Scherz Krimis
Die mit den Streifen

Sophie Schallingher

Die Spinne und das Mädchen

Roman

Aus dem Französischen
von Johanna Kolf

Scherz

Die Autorin

Sophie Schallingher ist 1949 in Montréal geboren. *Die Spinne und das Mädchen,* ihr erster Roman, erhielt 1989 den französischen *Prix du Suspense.*

Die Originalausgabe erschien 1989 unter dem Titel »L'amour venin« bei Les Quinze éditeur, Canada

Umschlaggestaltung: ja DESIGN, Bern: Julie Ting & Andreas Rufer
Umschlagbild: PRISMA/Spencer Rowell

1. Auflage 2001, ISBN 3-502-51795-9

Gesamtherstellung: Ebner Ulm

Für Gilberte, die weiß warum ...
Für Michou, für die dieses Buch ein Versprechen ist ...
und
Mit all meiner Liebe ... auf immer, für Henri, der an mich geglaubt hat ...
Für Mélanie, Liette und Nathalie, Pierrot und Miche, deren Zärtlichkeit, Zuneigung, Geduld und Ermutigung mir sehr geholfen haben.

»Die Kinder sind hochmütig, herablassend,
jähzornig, eigennützig, wankelmütig, schüchtern,
unmäßig, verlogen, heuchlerisch:
sie lachen und weinen leicht . . .
sie möchten nicht selbst leiden, lieben es aber, anderen Leid zuzufügen: Sie sind bereits Menschen.«

La Bruyère

Das Kind ist ein vielgestaltiger Perverser.«

Sigmund Freud

Reinheit ist die Fähigkeit, den Makel zu betrachten.«

Simone Weil

1

Simon O'Brien stieg an der Ecke Rue Sherbrooke und Rue Claremont aus dem Bus. Von den Sonnenstrahlen geblendet, kniff er die Augen zusammen und rückte mit mechanischer, nervöser Geste das Brillengestell zurecht, das ihm auf der Nase heruntergerutscht war.

Ungeduldig trat er von einem Fuß auf den anderen, während er einen Augenblick auf dem Gehsteig warten musste, bis das schwere Gefährt an ihm vorbeigefahren war, bevor er die Straße überqueren konnte. Sogleich umhüllte ihn eine Wolke aus Staub und Abgasen. Instinktiv hielt er den Atem an, wandte sich ab und zog die Schultern zusammen, als könnte er ihr dadurch entkommen.

Als er den Mund wieder öffnete und tief Luft holte, hatte er das Gefühl, flüssiges Blei zu schlucken ... An jenem glühend heißen Junitag herrschte eine erdrückende Schwüle und Feuchtigkeit.

Obwohl er vor Hitze beinahe umkam, verfiel Simon, von Erregung und Eile getrieben, in Laufschritt, als er die Fahrbahn betrat, während er mit nervöser Hand seinen Krawattenknoten lockerte, der ihn zu ersticken drohte. Er fühlte sich unwohl, seine Kleider waren nass vor Schweiß und klebten an den Rundungen seines korpulenten Körpers.

Er zwang sich dazu, seinen Schritt zu verlangsamen, noch bevor er die Straße ganz überquert hatte.

Ruhig ... ganz ruhig! schalt er sich innerlich, als ihm einfiel, dass er gut daran täte, an derart heißen Tagen sein zweiundsechzigjähriges, schwaches Herz zu schonen.

Während er die Rue Claremont entlangging, nahm er ein Taschentuch heraus und wischte sich gründlich die Stirn und den Kopf damit ab. Dabei ließ er es von seinem kahlen Schädel zum Nacken hinuntergleiten, wo sich noch Überreste seiner einst beeindruckenden Löwenmähne fanden, in Form eines üppigen Kranzes weißer Locken.

Er ging wieder schneller. Keine Disziplin der Welt konnte an jenem Tag seine Erregung dämpfen. Ohne auf den Verkehr zu achten, überquerte er die Avenue Winchester und sah sich dabei schon in seinem Labor. Er bewegte sich flink und anmutig, und für einen Mann seines Gewichts unglaublich leichtfüßig.

Der Vormittag war lang und anstrengend gewesen. In dem Hörsaal, in dem er seine Entomologie- Vorlesung hielt, herrschte drückende Hitze. Wie um das Ende dieses letzten Trimesters zu feiern, war die Klimaanlage ausgefallen. Wahrscheinlich lag es an der Überhitzung . . . Seit mehr als fünf Tagen war das Thermometer nicht unter 30° C gesunken.

Mehr als einmal hatte er sich versucht gefühlt – vor allem im Sommer ging es ihm so –, seine Stelle an der Universität von Montreal zu kündigen. Aber einerseits machte ihm das Unterrichten sehr viel Spaß, und er wusste genau, dass er erst dann gehen würde, wenn man ihn hinauswarf; andererseits brauchte er diese Stelle, die ihm nicht nur ein ziemlich ansehnliches Einkommen sicherte – das er im Hinblick auf die enormen Summen, die sein Labor verschlang, dringend nötig hatte –, sondern auch genügend Zeit für seine Forschung ließ.

Als er die Rue Somerville erreichte, überquerte er sie schräg, eilte auf eine Freitreppe zu, sprang in mehreren Sätzen die Stufen hinauf und brach vor der Haustür vor lauter Erschöpfung beinahe zusammen.

Er suchte fieberhaft nach seinem Schlüsselbund, wobei er sich erneut das Gesicht abtrocknete, hantierte einen Augenblick lang nervös an dem Schloss herum, stieß dann die Tür auf und knallte sie mit einem Fußtritt wieder zu.

In der Diele war es ziemlich düster, aber Simon machte sich nicht die Mühe, das Licht anzuschalten. Er warf seine Schlüssel mehr auf den Sekretär, der hier im Vorraum prangte, als dass er sie darauf legte, lief mit Riesenschritten den Flur entlang und blieb am Ende stehen. Vorsichtig öffnete er die Tür, die in den Keller führte. Seine Hand streifte den Lichtschalter, und die Treppe lag hell erleuchtet vor ihm.

Simon holte tief Luft und versuchte sein Herz zu beruhigen, dessen unregelmäßige Schläge in seiner Brust widerhallten. Die Aufregung ließ seine Sommersprossen deutlich hervortreten. Er wischte sich die Hände an der Hose ab und spürte dabei durch den dünnen Stoff hindurch das Zittern seiner Beine.

Er zwang sich dazu, die zwölf Stufen, die vor ihm lagen, langsam hinunterzugehen, wobei er sich mit der rechten Hand gegen die Wand stützte.

Am Fuß der Treppe war eine kleine Luftschleuse und zwei Türen: Eine davon führte nach links, in den nicht benutzten Teil des Kellers, in dem sich der Heizkessel und all der Kram befand, den man aufhebt, weil man sich nie dazu durchringen kann, ihn wegzuwerfen; die andere, auf die Simon nun zuging, führte nach rechts.

Es handelte sich um eine Panzertür, die genauso aussah wie die Tür zum Tresorraum einer Bank, mit Ausnahme der Farbe vielleicht: Eine dicke Schicht roten Lacks, die zugleich Wärme ausstrahlte und bedrohlich wirkte, bedeckte das Metall.

Simon hatte sich große Mühe gegeben, die richtige Zahlenkombination zu finden. Er musste sie sich einerseits leicht selbst merken können, andererseits sollte niemand sonst sie erraten. Er hatte daher die ersten zwei Ziffern seines Geburtsdatums gewählt, und dann die Anzahl der Türen hinzugefügt, die sich im Haus befanden.

Nachdem er sich die Hände erneut an der Hose abgewischt hatte, rückte er mit zitternden Fingern die goldgeränderten Brillengläser zurecht, die erneut auf seiner Nasenspitze gelandet waren. Während er sich an dem winzigen Zifferblatt zu schaffen machte, um die Zahlenkombination einzugeben, entfuhr ihm ein lautes Stöhnen ... furchtbare Magenkrämpfe ließen ihn sich vor Schmerzen krümmen. Die Aufregung hatte sich heimtückisch in Angst verwandelt ... Angst vor dem Scheitern, zweifellos.

Heute, dachte Simon und holte tief Luft. Heute werde ich es endlich wissen!

Seit Beginn dieser Woche hatte er gespürt, dass er am Ende seiner Forschungen angelangt war. Seit gestern wusste er nun, dass heute der Tag X war. Sieg oder Niederlage. Der Höhepunkt seines Lebens. Eines war sicher: Sein Schicksal würde sich hier erfüllen, hinter dieser Tür.

Er murmelte ein kurzes Gebet, ergriff die Türklinke mit beiden Händen und zog die schwere Panzertür auf.

Das Labor von Simon O'Brien war ein großer Raum, der Helligkeit und Sauberkeit ausstrahlte.

Entlang der vier weiß getünchten Wände reihten sich auf halber Höhe Labortische aneinander, die in einem leicht bläulichen Weiß lackiert waren. Die Türen und Schubladen der Unterschränke waren ebenfalls weiß. Das Ganze erinnerte auf seltsame Weise an eine Küchenzeile.

Auf einem der Tische, der sich an der linken Wand direkt neben der Tür befand, standen ein Computer und ein Drucker sowie eine Zentrifuge und verschiedene Experimentiergeräte.

Oberhalb des Computers reihten sich bis zur Decke hinauf Regale mit Glasscheiben, in denen sich einige Software sowie zahlreiche Disketten und Nachschlagewerke befanden. Unter dem Tisch lagen auf einem schmalen Bord die Stapel von Endlospapier für den Drucker.

An der angrenzenden Wand standen auf einem der Labortische, unter einem Fenster, das nicht sehr hoch, aber dafür sehr breit war, zwei Käfige. In dem einem tummelten sich weiße Mäuse, in dem anderen Meerschweinchen... Dazwischen befand sich ein Becken mit einem gewölbten Glasdeckel, der wie ein Sieb durchlöchert war. Es war mit ziemlich trübem Wasser gefüllt, in dem etwa zehn Frösche fröhlich herumtollten.

Rechts von dem Fenster hatte Simon weitere Regale aufgestellt, in denen sich Gläser mit allen möglichen Insekten stapelten – die meisten davon lebendig –, wie etwa Fliegen, Wespen, Schmetterlinge, Ameisen und andere mehr.

An der hinteren Wand, auf dem längsten Labortisch, standen gläserne Käfige verschiedener Größen. Ihre Bewohner waren Grauen erregende Wesen, allesamt berüchtigt für ihre äußerst gefährlichen, ja sogar tödlichen Bisse. Simon hatte im Laufe seiner jahrelangen Studien – sowie nach manchen Abenteuern – die schönsten Exemplare der Welt an Spinnen erworben, die ein Entomologe sich nur vorstellen konnte:

Eine riesige Vogelspinne aus Südamerika, deren Körper allein etwas über 10 cm lang war und deren gesamte Beinspannbreite über 20 cm betrug; ein herrliches Paar Taranteln aus Apulien (Italien); eine *Nemesia caementaria*, aus der Familie der Vogelspinnen, aus dem Süden der Vereinigten Staaten; eine *Phormictopus*, aus der gleichen Familie, kleiner als ihre Kusine, aber gefährlicher als eine Klapperschlange, zahlreiche *Atrax* – eine von ihnen hatte in Australien bereits einen Menschen getötet –, ein Paar *Lycosa raptoria*, einige *Ctenus*, die Simon aus Brasilien, sowie einige *Loxosceles laeta*, die er aus Peru mitgebracht hatte.

Das Bemerkenswerteste an dieser Sammlung waren die verschiedenen Exemplare der Gattung *Latrodectus*, ob es sich nun um die Schwarze Witwe aus Amerika, die Katippo aus Neuseeland oder die Malmignatte aus Europa und dem Süden Russlands handelte.

Alle Paare lebten in getrennten Käfigen und wurden nur für kurze Zeit vereint, da die Weibchen allzu sehr dazu neigten, ihr Männchen, sobald die Paarung beendet war, nicht mehr als Gefährten, sondern als eine Beute zu betrachten, die zu verschlingen ihr Fleisch fressender Instinkt sowie ihre kannibalische Veranlagung geboten ... Was sie im Übrigen dann auch mit Genuss und ohne falsche Scham taten.

Auf dem letzten Tisch, der sich an der rechten Wand befand, stand ein Eisenkäfig mit einem Schimpansen darin, der auf den Namen Napoleon hörte. Ein riesiger Kühlschrank mit zwei Türen trennte den Tisch mit den Spinnen von dem des Affen.

Die Mitte des Zimmers beherrschte ein massiver Korpus mit vielen Schubladen und einer Spüle aus rostfreiem Stahl.

Er war mit Notizzetteln übersät, die neben anderen Gegenständen lagen – oder sie teilweise überdeckten –, wie etwa einem Mikroskop, einem Bunsenbrenner und einigen Behältern aus durchsichtigem Kunststoff, die Zangen, Werkzeugspanner, Nadeln, Spritzen, Doppellupen, Okularmikrometer, Mikroskalpelle, Glasröhrchen verschiedenen Durchmessers mit flachem oder gewölbtem Boden und anderes enthielten.

Ein einzelner Glaskäfig mittlerer Größe stand neben dem Spülbecken. In diesem Käfig lebte ein prächtiges Tier, das Simon »Géna« getauft hatte – eine Abkürzung von *génétique arachnoïdienne,* arachnoidale Genetik.

Das Tier maß in der Länge etwa 5 cm, die sich auf einen pechschwarzen Cephalothorax und vier Paar sehr dünner Laufbeine verteilten, die mit je drei Fußklauen besetzt waren. Es sah der berühmten Schwarzen Witwe Amerikas täuschend ähnlich, obwohl es viel größer war. Im Gegensatz zu seiner Verwandten hatte es auch nur ein einziges rotes Mal auf dem Rücken, das auf dem samtigen schwarzen Untergrund seines Körpers glänzte wie ein Leuchtturm in der Nacht ... Ein Herzmal.

Es handelte sich um eine prachtvolle, einzigartige Spinne, die für Simon die Krönung seiner Sammlung darstellte ... Sie war sein Kind, das er nach einigen schwierigen und ziemlich gefährlichen Experimenten durch künstliche Befruchtung selbst geschaffen hatte – Spinnen verschiedener Gattungen haben eine instinktive Aversion gegeneinander und paaren sich niemals.

Durch Géna hoffte er, seinen kühnsten Traum verwirklichen zu können: ein polyvalentes Serum, das jede Art von neurotoxischem Gift unschädlich machte, von welcher Spinne auch immer es stammte.

Géna war im Juli vor zwei Jahren geboren worden.

Weniger als vier Tage nach der Legezeit und dem Weben des Kokons hatte Simon sie ihrer Mutter weggenommen. Er hatte sie ihrer Hülle beraubt und in ein Uhrglas gelegt, dieses dann auf eine Korkscheibe gestellt, die im Inneren eines Glasbehälters mit einem Deckel auf Wasser schwamm. Jeden Tag hatte er den Deckel entfernt, um frische Luft hineinzulassen und die Feuchtigkeit zu vertreiben. Als sechzehn Tage später die erste Häutung abgeschlossen war, hatte die kleine Spinne versucht, aus ihrem Gefängnis zu entkommen. Bereits damals war sie in der Lage, einen Spatzen in wenigen Minuten zu töten.

Simon hatte das Gift seines »Kindes« mit Hilfe der hochkomplizierten Apparate des Universitäts-Labors analysiert. Das Ergebnis dieser Analysen hatte ihn zunächst verblüfft, dann erschreckt. Er musste feststellen – wobei er nie herausfand, wie dies geschehen konnte –, dass er ein Wesen geschaffen hatte, dessen Gift zu den stärksten gehörte, die man sich vorstellen konnte, ein extrem schnell und tödlich wirkendes neurotoxisches Gift, vergleichbar mit dem der gefürchteten Schwarzen Mamba Afrikas. Géna war eine Killerin ... Sie war noch aggressiver als eine *Ctenus*, und in der freien Natur würde ihr Biss einen Menschen in weniger als fünfzehn Minuten töten.

Als Simon seine anfängliche Panik überwunden hatte – indem er sich einredete, dass es Géna nie gelingen würde, aus dem Labor zu entkommen –, machte er sich sofort an die Herstellung des polyvalenten Serums. Ein Meerschweinchen produzierte schließlich das begehrte Serum.

Vier Monate später begann er die klinische Phase. Nachdem er die Spinne mit Napoleon in Berührung gebracht und sie ihn mindestens zweimal gebissen hatte, injizierte er Napoleon eine Probe seines Serums.

Napoleon vertrug das Serum schlecht. Simon rechnete schon damit, ihn zu verlieren, so krank war der Affe. Mehr als vierzehn Tage lang war das Tier benommen und völlig kraftlos und litt darüber hinaus an einer schweren Lähmung der Atemmuskeln und einer Vergiftung der Leber und Nieren.

Simon wartete geduldig ab, bis Napoleon wieder gesund war, bevor er zum zweiten Mal mit seinem Serum experimentierte ... Mit Erfolg! Napoleon war zwar vollkommen traumatisiert, aber er überlebte.

Nun musste er das Serum an einem Menschen testen, der genug Vertrauen und Enthusiasmus besaß, um sich dem Experiment zu unterziehen. Der erste – und einzige – Kandidat auf der Liste war kein anderer als er selbst.

Wenn er es überlebte – wovon er fest überzeugt war –, hätte er nicht nur sein Ziel erreicht, sondern könnte seine außergewöhnliche Entdeckung der ganzen Welt verkünden. Es wäre die Sensation des Jahrhunderts, und man würde ihm dafür nichts Geringeres als den Nobelpreis verleihen.

Als Simon sein Labor betrat, schaltete sich durch einen raffinierten Mechanismus, der durch das Öffnen der Türe ausgelöst wurde, das Beleuchtungssystem ein. Alle Neonleuchten, die an den Deckenbalken befestigt waren, gingen gleichzeitig an, in perfektem Synchronismus. Die gepanzerte Tür drehte sich langsam in ihren Angeln und fiel mit einem dumpfen Geräusch zu.

Das bläuliche Licht der Neonleuchten verlieh den weißen Tischen einen sanften Schimmer. Simon zog sein Sakko aus und legte die Krawatte ab, hängte sie an den Kleiderhaken und streifte einen makellos sauberen, weißen Kittel über sein kurzärmeliges Hemd.

In dem Raum herrschte erdrückende Hitze.

Verdammt!, fluchte Simon im Stillen. Er vermutete einen Defekt im kombinierten Klimatisations-, Filter- und Lüftungssytem.

Nachdem er die Geräte überprüft und die Panne festgestellt hatte, schlug er mit der flachen Hand auf das Metall und rief wütend:

»Verdammte Scheißmechanik!«

Er ging zum Fenster, zog mit heftiger Geste die Jalousie hoch, die es verdunkelte, und schob dann die Gleitwand nach links. Ein Loch, das beinahe so groß war wie ein Tischtennisball, klaffte in einer der unteren Ecken des Fliegengitters. Simon nickte verdutzt mit dem Kopf und schnalzte mit der Zunge gegen die Zähne, was bei ihm ein Zeichen äußerster Verwirrung war.

Er hasste die kleinen Ärgernisse des Alltags. Vor allem wenn sie sein Labor betrafen. Er notierte im Geiste die Reparatur, die auszuführen war, wobei ihm sofort M. Legault einfiel. Der gute Mann konnte sowohl das Fenster als auch die Klimaanlage reparieren.

M. Legault war nicht nur der Mann für alles im Viertel, auch seine Verschwiegenheit war garantiert. Als Taubstummer war er äußerst diskret. Seine Behinderung stellte für Simon einen unschätzbaren Vorteil dar, und so wandte er sich an ihn, sobald in seinem Labor irgendwelche Probleme auftauchten. Er wollte in Frieden leben, und es lag ihm sehr daran, dass niemand erfuhr, was er im Keller seines Hauses trieb. Kein Sterblicher außer ihm selbst und M. Legault hatte ihn jemals betreten.

Simon ging durch den ganzen Raum und vergewisserte sich, dass sonst alles in Ordnung war.

Als er an den Spinnenkäfigen vorbeikam, blieb er einen Augenblick lang stehen, um einen Blick auf eine brasilianische *Lycosa raptoria* zu werfen, die ihn vor einigen Wochen ins Handgelenk gebissen hatte. Bei der Erinnerung an den heftigen Schmerz, den er empfunden hatte, musste er nach Luft ringen. Er erinnerte sich noch sehr gut an das von einem roten Hof umgebene Knötchen, das sich nach dem Biss gebildet hatte. Daraus war ein Wundbrand entstanden, der das Fleisch bis auf die Knochen freigelegt hatte. Der Schorf war erst nach mehr als einem Monat abgefallen. Das Geschwür, das jetzt erst vernarbte, hatte zu einer teilweisen Lähmung des Gelenks geführt.

Er rieb leicht an seinem Handgelenk, wandte sich von der Spinne ab und ging auf Napoleon zu, der hin und her sprang und schrille Schreie ausstieß, seit Simon das Zimmer betreten hatte.

»Na, mein Dicker«, flüsterte er ihm zärtlich zu. »Geht's dir gut?«

Er zog eine der Schubladen auf, die sich unter dem Käfig befanden, nahm ein paar Erdnüsse heraus und hielt sie dem Affen hin.

Napoleon nahm sie, ließ sie dann fallen, packte die Hand, die ihn streichelte, und kratzte sich damit am Kopf, was ihm anscheinend großes Vergnügen bereitete.

»Das reicht, hör auf«, brummte Simon und zog sanft seine Hand zurück. »Du wirst mir noch das einzige intakte Handgelenk brechen, das ich noch habe.«

Napoleon stieß einige Protestschreie aus und klammerte sich an die Stäbe seines Käfigs. Er folgte seinem Herrn mit den Augen bis zum Mitteltisch, wo sich Simon über Géna beugte.

»Du bist wirklich das Schönste, was ich auf dieser Welt gesehen habe«, wisperte er der Spinne zu, die ihn aufmerksam aus ihren vier in zwei Reihen angeordneten Augenpaaren beobachtete.

»... Und auch das Schrecklichste«, fügte er hinzu.

Als er daran dachte, was er noch zu tun hatte, überkam ihn panische Angst.

Doch jetzt war er schon zu weit gegangen. Es gab kein Zurück mehr.

2

Unweit von Simon O'Briens Haus stand an der Straßenecke ein Haus, dessen Garten vollständig von einer prächtigen Zedernhecke umgeben war, die nicht weniger als 90 cm dick und ungefähr 1,80 m hoch war.

Aus dieser Hecke tauchte plötzlich ein kleines, von einer Masse dunkler Locken umrahmtes Gesicht auf, dessen feine Züge mit dem eckigen, sehr willensstarken Kinn kontrastierten.

Im Schutz der Nadelhölzer lauerte ein kleines Mädchen, das auf etwas zu warten oder vielmehr etwas zu fürchten schien.

Sie warf einen kurzen Blick auf die unmittelbare Umgebung der Hecke, bevor sie das restliche Gelände in Augenschein nahm. Nichts rührte sich. Immer noch beunruhigt, beobachtete sie das Haus, besonders die Terrassentür.

Dahinter bewegte sich nichts. Das Kind schlüpfte vorsichtig aus seinem Versteck und zwang sich dazu, nicht zu laufen, sondern langsam zu gehen, unbekümmerten Schritts, wie es glaubte, um nur ja nicht aufzufallen. Dabei versuchte es entspannt zu wirken, wie die harmlosen Spaziergängerinnnen, die es im Fernsehen gesehen hatte. In Wirklichkeit zitterte es vor Angst und sein abgehackter Schritt hatte nicht das Geringste mit der Anmut und Geschmeidigkeit eines im Wald lustwandelnden Schneewittchens zu tun, das es in der Naivität seiner fünf Jahre zu imitieren glaubte.

Das kleine Mädchen warf einen letzten Blick auf das Haus und setzte sich dann neben das Planschbecken in Form eines Frosches, wo es seine Barbie-Puppe gelassen hatte. Sie wusste genau, dass sie eine Dummheit gemacht hatte, und hatte nun Schuldgefühle. Im Übrigen war sie schon einmal von ihrer Mutter erwischt worden, die sie selbstverständlich bestraft und ihr darüber hinaus einen langen Vortrag über Zedernhecken gehalten hatte, die nicht dazu dienten, die Bedürfnisse kleiner Mädchen zu befriedigen, selbst wenn diese natürlich und äußerst dringend seien.

Ihre Mutter täuschte sich, wenn sie dachte, dass sie es absichtlich machte, obwohl sie es sehr amüsant, ja sogar aufregend fand, etwas Verbotenes zu tun; wenn sie den Drang spürte und nicht mit dem Spielen aufhören wollte, hielt sie sich zurück, so lange sie nur konnte. Da sie die Toilette dann beim besten Willen nicht mehr rechtzeitig erreichen konnte, blieb ihr nichts anderes übrig, als schnellstmöglich einen geeigneten Platz in der Hecke zu finden. Die Zedernhecke war wirklich das beste Versteck: Niemand konnte sehen, wie sie ihre Unterhose herunterzog. Niemand, außer ihrer Mutter natürlich, die immer alles sah und immer alles wusste. Das heißt beinahe alles ...

Nachdem sie abschließend zu der Überzeugung gelangt war, dass ihre Mutter nichts gemerkt hatte, entspannte sie sich und fing an, ihre Puppe auszuziehen. Kurz darauf verdüsterte sich ihr Blick, und plötzliche Traurigkeit überkam sie. Ihre Einsamkeit bedrückte sie heute mehr als sonst. Sie langweilte sich.

Sie hätte gern einen Bruder oder eine Schwester gehabt, mit denen sie spielen konnte. Oder vielleicht einen Hund. Ach, wie gerne hätte sie doch einen Hund gehabt! Nichts zu wollen! Ihre Mutter entgegnete ihr jedes Mal: »Wenn du groß und vernünftig bist, mein Schatz. Vorher nicht!« Für ein kleines Mädchen von fünf Jahren schien dieses vernünftige Alter jedoch Lichtjahre entfernt.

Sie gab sich trüben Gedanken hin, kauerte mit verschlossenem

Gesicht auf dem Rasen und zog unaufhörlich ihre Puppe an und wieder aus. Ihre Bewegungen wurden immer heftiger, in dem Maße, in dem ihre Wut, entstanden aus einer quälenden Frustration, zunahm.

Voller Groll blickte sie zum Haus hinüber und stieß einen tiefen Seufzer aus. Plötzlich veränderte sie ihre Position, legte sich flach auf den Bauch und hielt ihre Barbie-Puppe, die sich, auf Kopf und Hände gestützt, in einem labilen Gleichgewicht befand, vor sich hin.

»Früher hatte ich eine Katze . . .«, vertraute sie ihr plötzlich mit trauriger Stimme an. »Das ist . . . Das ist lange her, denn ich war noch sehr klein. Ich war bloß drei Jahre alt . . . Meine Katze war lustig . . .«

Als hätten diese unerwarteten Geständnisse sie aus dem Gleichgewicht gebracht, fiel die Barbie plötzlich um. Das kleine Mädchen hob sie auf und stellte sie nun so auf, dass ihr Gesicht zu Boden blickte und sie sich auf ihre Fingerspitzen stützte; dann erzählte sie ihre Geschichte weiter, wie sie diese Katze angebetet hatte, wie sie ihr beigebracht hatte, zehntausend Meter hoch zu springen . . .

»Und dann eines Tages«, rief sie aus, mit vor Aufregung weit aufgerissenen Augen, »sah Mama selber die Katze in die Luft fliegen. Sie ist wie ein Mehlsack auf den schönen Kristallteller im Wohnzimmer geplumpst und hat alles kaputtgemacht . . . Das hat Mama gar nicht gern gesehen, verstehst du . . . Sie hat nicht aufgehört zu schreien . . . sie war sehr wütend auf mich, und auf die Katze auch . . .«

Eine große blaue Fliege, die summend um den Kopf des Kindes herumflog, unterbrach plötzlich seinen Monolog.

Das Mädchen sah auf, bemerkte die Fliege und versuchte sie mit dem Handrücken zu verjagen. Die Fliege blieb hartnäckig, kam zurück und setzte sich auf seinen Unterarm. Mit einer heftigen, ungeduldigen Bewegung verjagte die Kleine sie erneut. Umsonst. Das Insekt, durch den leicht süßlichen Geruch ihrer Haut angelockt, flog weiter um sie herum und suchte unablässig eine Stelle auf diesem sich bewegenden Objekt, auf der es sich niederlassen könnte.

Verärgert durch diese Belästigung, zischte das kleine Mädchen in drohendem Ton:

»Verdammte Fliege! ... Lass mich in Frieden! Hau ab!«

Wie zum Hohn setzte sich die Fliege auf ihre Nasenspitze. Das Kind schrie laut auf und wedelte mit der Hand vor seinem Gesicht herum. Die Fliege flog davon, blieb jedoch in der Nähe, um sich dieses Festessen nicht entgehen zu lassen.

Da zog das kleine Mädchen leise eine seiner Sandalen aus und wartete geduldig ab, bis sich das Insekt wieder auf ihm niederließ. Die ahnungslose Fliege beendete ihren Sturzflug diesmal auf dem Bauch der Barbie. Mit einer schnellen und gezielten Bewegung ließ das Mädchen die Waffe auf sie niedersausen.

»Das hast du jetzt davon, du Ekel!«, beschimpfte sie das Insekt.

Sie hob ihre Sandale auf und beugte sich über den Körper der Barbie, um sich zu vergewissern, dass die Fliege auch wirklich tot war.

Der Tod war für sie keine abstrakte Vorstellung. Die Menschen waren tot, wenn sie sich nie mehr bewegten. Ganz einfach. Eines Tages würde auch sie selbst sterben. Wenn sie sehr, sehr alt wäre. Eines Tages würde sie sich nicht mehr bewegen, nicht mehr essen und trinken können ... sie würde weder lachen noch laufen können. An diesem Tag würde sie tot sein. Ihre Mutter hatte ihr das alles erklärt, bevor sie ihren Großvater in der Leichenhalle ein letztes Mal sah. Sie erinnerte sich sehr gut daran, denn kurz davor hatte ihre Mutter ihr ihre Katze weggenommen, um sie zu bestrafen.

Sie schloss die Augen, um sich dieses »letzte Mal« beim Großvater besser in Erinnerung rufen zu können. Sein Bild stand klar und deutlich vor ihr: Er bewegte sich nicht mehr. Sie hatte ihn auf die Wange geküsst, und er hatte nicht gelächelt, wie er das sonst immer tat. Daher wusste sie, dass er tot war.

Die Fliege bewegte sich nicht mehr. Sie war tot. Ihre kleine Leiche ergoss sich in einem gelblichen, widerwärtigen, tropfenden Brei auf den Körper der Barbie.

»Igitt!«, rief das kleine Mädchen aus, als es angeekelt das abscheuliche Magma betrachtete.

Sie packte die Puppe bei den Füßen und tauchte sie rasch in das Plantschbecken, um sie zu reinigen. Die Barbie ließ das Bad mit stoischer Ruhe über sich ergehen und sich dann fügsam einen Badeanzug überstreifen.

Aus dem Haus rief eine Frauenstimme:

»Amélie? . . . Das Mittagessen ist fertig!«

Als einzige Antwort blickte Amélie zur Terrassentür hinüber, hinter der eine dunkelhaarige Frau ihr zuwinkte.

»Also? . . . Kommst du?«, beharrte die Stimme.

»Ja, Mama. Ich komme schon! Ich komme!«

Amélie ließ die blonde Puppe auf einem Ameisenhaufen liegen und lief zum Haus.

Elizabeth saß am Küchentisch, das Kinn auf die verschränkten Hände gestützt, und betrachtete ihre Tochter.

Der gleiche Körperbau, die gleichen Gesichtszüge, die gleichen Haare. Eine Miniaturausgabe von ihr selbst. Mit Ausnahme der Augen. Sie waren größer als ihre, lang gestreckter zu den Schläfen hin, riesengroß und grün. Ihre Farbe war außergewöhnlich. Woher hatte sie nur diese Augenfarbe, fragte Elizabeth sich, während sie ihre kleine Tochter betrachtete. Oliviers Augen waren blau, wie ihre . . . Auch die der Großeltern. Vielleicht von einer entfernten Ahnin?

Plötzlich empfand sie große Zärtlichkeit für dieses kleine weibliche Wesen.

Meine Tochter ist wirklich ein Prachtexemplar, dachte sie. Sehr gut gelungen. Ihr Charakter ist nicht ganz einfach, das stimmt. Und das ist noch milde ausgedrückt. Aber ich liebe sie so, wie sie ist. Vom Scheitel bis zur Sohle. Innen und außen.

Das Geräusch von Metall, das gegen das Porzellan stieß, riss sie aus ihren Träumereien.

»Amélie, mein Schatz«, meinte sie lächelnd. »Warum stocherst du so in deinem Teller herum?«

»Ich mag das nicht!«, erklärte das Kind mit theatralisch angeekelter Miene.

Mit der Gabel stieß es den Brokkoli von seinem Steak.

»Du sagst einfach irgendwas«, gab Elizabeth zurück. »Du hast das doch noch nie gegessen, also . . .«

»Doch!«, unterbrach sie Amélie, ohne aufzusehen. »Ich weiß genau, dass ich diesen verdammten Brokkoli nicht ausstehen kann.«

Elizabeth legte die Hände flach auf den Tisch und fuhr mit geduldiger Stimme fort:

»Hör zu, mein Mäuschen... Probier wenigstes ein kleines Stück. Wenn er dir nicht schmeckt, kannst du ihn auf deinem Teller liegen lassen. Einverstanden?«

Amélie suchte das kleinste Stück aus, das sie finden konnte, und legte es auf den Rand ihrer Unterlippe.

»Igitt!«, schrie sie sofort und spuckte es auf die Tischdecke.

Elizabeth sah sie an und stöhnte verärgert.

»Gut! Das reicht, Schluss jetzt!« Sie hob das winzige Stück auf und legte es auf den Teller. »Reg dich nicht so auf!«

Sie streckte die Arme auf dem Tisch aus, beugte sich über die Tischplatte und hielt die Nase über den Brokkoli, wobei sie versuchte, den angewiderten Gesichtsausdruck ihrer Tochter zu imitieren, und absichtlich schielte, um den Effekt der Grimasse noch zu verstärken.

»Igitt!«, rief sie in spöttischem Ton.

Einen Moment lang herrschte Schweigen. Dann ließ Amélie geräuschvoll ihre Gabel fallen. Ein Sturm wütete in ihren großen grünen Augen, die eine bläuliche Färbung annahmen.

»Du bist die gemeinste Mama auf der ganzen Welt«, stieß sie plötzlich wütend hervor und schlug mit der Faust auf den Tisch.

Elizabeth zuckte zusammen, wie immer völlig überrascht von den übertriebenen Reaktionen ihrer Tochter. Sie richtete sich auf, ließ sich gegen die Rückenlehne ihres Stuhls fallen und protestierte:

»Aber, aber, das war doch nur Spaß, Amélie . . . du hast wirklich überhaupt keinen Sinn für Humor.«

Das kleine Mädchen ging nicht darauf ein. Sie nahm lediglich die Gabel wieder in die Hand und schob das Steak an den Tellerrand, wo schon der Brokkoli lag. Damit gab sie klar zu verstehen, dass sie nichts mehr essen wollte.

Elizabeth räusperte sich und meinte listig:

»Amélie . . . an deiner Stelle würde ich mich mit dem Mittagessen beeilen. Wenn du weiter so trödelst, wirst du keine Zeit mehr haben, um mit Diane zu spielen.«

»Diane!?«, fragte das Kind erstaunt.

»Ich warte, bis du aufgegessen hast, bevor ich ihre Mutter anrufe. Also beeil dich . . .«

»Darf sie mit uns zu Abend essen?«, unterbrach sie Amélie mit aufgeregter Stimme.

»Ich weiß noch nicht«, entgegnete sie vorsichtig.

Amélie aß ihr Fleisch auf, ohne sich noch einmal bitten zu lassen, voller Freude darüber, bald ihre Freundin zu sehen.

Simon O'Brien ging zum Kühlschrank. Er musste nacheinander beide Türen öffnen, da er nicht mehr wusste, in welches Fach er die Reagenzgläser gelegt hatte, die das Serum gegen das Gift enthielten.

Als er sich bückte und eines der winzigen Glasröhrchen herausnehmen wollte, spürte er einen stechenden Schmerz in der Magengegend. Er holte tief Luft, woraufhin der Schmerz sofort schwächer wurde und einen Geschmack von Asche in seinem Mund zurückließ.

Im Labor herrschte ungewöhnliche Stille.

Simon krempelte die Ärmel seines weißen Kittels auf und warf einen Blick auf Napoleon, der brav in seiner Ecke schlief. Einen Moment lang beneidete er den Affen um seinen Seelenfrieden; wie gerne hätte er auch geschlafen und nicht mehr diese dumpfe Angst gespürt, die ihm im Nacken saß.

Er schloss die Augen und holte noch einmal tief Luft. Der Knoten in seiner Kehle lockerte sich, und das Zittern seiner Hände ließ etwas nach.

Es wird gelingen. Nur noch eine kleine Anstrengung. Du wirst doch jetzt nicht aufgeben ...

Er zündete zunächst den Bunsenbrenner an und stellte einen metallenen Dreifuß mit einem mit Wasser gefüllten Gefäß darauf, in dem er die Instrumente sterilisieren wollte. Plötzlich wurde die Stille durch die lauten Zirpgeräusche der riesigen Vogelspinne durchbrochen ... Sie hatte Hunger. Die Frösche, die anscheinend begriffen hatten, dass die schreckliche Fleischfresserin ihre Beute forderte, stimmten sogleich ein großes Wehgeklage an, eine Art Totengesang zu Ehren des zukünftigen Opfers.

Durch das entsetzte Quaken der Frösche brutal aus seinem Schlaf gerissen, stürzte Napoleon sich auf die Gitterstäbe seines Käfigs. Mit zurückgeworfenem Kopf und verdrehten Augen brüllte er wie ein Wahnsinniger.

Simon sah den Affen an, dann die Frösche, dann wieder den Affen. Verdutzt versuchte er zu verstehen, warum seine Pensionsgäste plötzlich verückt spielten. Das Geschrei war ohrenbetäubend, und beinahe hätte er selbst losgebrüllt.

Nur mühsam bezwang er seine eigene Erregung, ging zum Käfig des Affen, nahm eine Banane aus einer der Schubladen und hielt sie dem Tier hin, in der Hoffnung, es so zu beschwichtigen.

Während der Affe genüsslich die Banane fraß, kehrte er zum Mitteltisch zurück. Sein Gesicht war auffallend bleich. Er warf einen Blick auf das Gefäß, in dem das Wasser gerade zu kochen begann, wobei ihm plötzlich auffiel, dass er es nicht deutlich sehen konnte: Die Umrisse waren verschwommen, wie verdoppelt. Er zwinkerte mit den Augen, und sogleich war seine Sehkraft wiederhergestellt. Er machte sich daher keine allzu großen Sorgen, zumal er in Gedanken bereits bei den Vorbereitungen für das Experiment war.

Mit Hilfe einer langen Pinzette holte er eine sterilisierte Nadel aus dem kochenden Wasser und befestigte sie an einer Spritze, die er anschließend mit dem Serum füllte. Er drückte sanft auf den Kolben, wobei er gleichzeitig mit dem flachen Fingernagel ein paar Mal auf die Spritze klopfte, um die Luftblasen zu entfernen.

Dann legte er sie vorsichtig auf ein sterilisiertes Tuch neben das Spülbecken.

»Los, an die Arbeit«, meinte er dann plötzlich und hielt seine linke Hand in Génas Käfig.

Die Spinne lag auf dem Bauch und beobachtete ihn bereits seit einer Weile durch die Glaswände hindurch. Langsam näherte sie sich Simons Hand; als sie bei den Fingern angelangt war, betastete sie sie vorsichtig mit ihren behaarten Beinen.

Simon wartete mit geschlossenen Augen auf Génas Biss, den er zugleich fürchtete. Seine Finger waren so starr, dass er kaum wahrnahm, wie die Spinne sie befühlte.

»Los, mach schon. Beiß zu ... Lass es uns hinter uns bringen«, betete er im Stillen.

Nach einigen Sekunden ungeduldigen Wartens wurde er stutzig und konnte nicht anders, als die Augen zu öffnen und nachzusehen, was sie wohl machte. Sein Blick fiel auf das Tier. Es hatte sich auf der Innenfläche seiner Hand niedergelassen, wo es zu schlafen schien, ohne irgendwelche Anzeichen von Angst oder Aggressivität. Wie ein aufmerksamer, liebender Vater war Simon beunruhigt über das unerklärliche Verhalten »seines« Kindes: Géna hätte längst angreifen müssen. Sie musste einfach angreifen.

Er versuchte ihr Mut zu machen:

»Los, Géna ... Auf was wartest du?« Er hielt auch die andere Hand in den Käfig und kitzelte mit den Fingerspitzen ihren kleinen, hervortretenden Bauch. »Beiß, mein Mädchen. Los jetzt!«

Géna ließ ein kaum hörbares Zirpen vernehmen und streichelte mit den Spitzen ihrer Fußklauen die Haut des Entomologen.

Simon wurde von einem plötzlichen Schwindel erfasst. Er musste entsetzt feststellen, dass er nie die Möglichkeit in Betracht gezogen hatte, dass die Spinne sich weigern könnte, ihn zu beißen.

»Los, Géna«, stieß er zwischen den Zähnen hervor. »Sei ein braves Mädchen und tu, was man dir sagt.«

Verstört und aus der Fassung gebracht, stieß er den kleinen schwarzen Körper mehrmals mit der Spitze seines Zeigefingers an und dachte dabei angestrengt nach; er wusste, dass Géna in der Lage war, seine Stimme, seinen Geruch, seine Vibrationen zu erkennen. Aber war es möglich, dass sie ihre natürliche Angriffslust zügelte, nachdem sie ihn »erkannt« hatte?

Simon verwarf diesen Gedanken sofort wieder: Es handelte sich um eine Spinne ... Nicht um einen Hund oder eine Katze.

Ich werde noch verrückt, sagte er sich.

Géna schien das Geschubse des alten Professors zu mögen und wich ihm nicht aus. Nach einem etwas heftigeren Stoß landete sie auf dem Rücken, an Simons Hand geschmiegt, und strampelte mit ihren acht langen Beinen in der Luft.

»Géna«, wiederholte er mit leiser Stimme, »lass mich jetzt nicht im Stich ...« Er packte die Spinne sanft um die Mitte ihres Körpers und richtete sie wieder auf. »Ich bitte dich ...«

Die Spinne setzte sich in Bewegung und kletterte über Simons Hand hinweg bis zum Handgelenk, an dem die Adern unter der Anspannung wie Schnürsenkel hervortraten.

»So ist es richtig, meine Süße«, säuselte Simon. »Jetzt hast du es verstanden. Nur zu. Ich bin ...«

Er konnte seinen Satz nicht mehr zu Ende bringen. Er spürte, wie ein stechender Schmerz durch seinen Arm schoss, und griff sofort nach der Spritze, in der – falschen – Überzeugung, dass Géna gerade ihre Giftklauen in sein Fleisch gebohrt hatte.

Sein Kopf war leer, und plötzlich stellte er fest, dass er keine Luft mehr bekam. Sein Herz klopfte wie verrückt, und die wilden, unregelmäßigen Schläge hallten in seiner beklemmten Brust wider. Der Schweiß lief ihm in die Augen, seine Beine zitterten. Die Spritze fiel ihm aus den Händen, bevor die Nadel durch seine Haut gedrungen war. Er hatte einen Kreislaufkollaps erlitten, der ihn nun genauso rasch und brutal an die Pforten der Unterwelt führte, wie das Gift seiner Spinne es getan hätte.

Simon schwankte hin und her und brach dann plötzlich zusammen, wobei seine Arme alles zu Boden fegten, was auf dem Mitteltisch stand.

Génas Käfig zerbrach bei dem Aufprall; der Bunsenbrenner fiel herunter und baumelte nun an der Gasleitung. Die Flamme – die Simon aus Versehen nicht abgedreht hatte – züngelte sogleich an der Lackschicht, die sie bald zum Schmelzen brachte, und griff dann das weiche Holz an, das ihr gleichfalls nicht sehr lange widerstand.

Kleine Flammen entstanden und erloschen wieder, um anderen Platz zu machen. Der Rauch breitete sich im ganzen Labor aus.

Simon, der mit dem Gesicht zum Boden lag, hob mühsam den Kopf.

Seine Hände und Füße liefen wegen des Sauerstoffmangels blau an. Er röchelte und rang verzweifelt nach Luft, während er allmählich das Bewusstsein verlor.

Mit letzter Kraft gelang es ihm, sich auf den Rücken zu drehen. Er fror entsetzlich und spürte seine Beine und Arme nicht mehr. Er sah, wie die Flammen die Decke erreichten, und schloss die Augen. Er wusste, dass er sterben würde.

Seine Lippen verzogen sich zu einem Lächeln; er stellte sich vor, wie er gerade auf einem Entomologen-Kongress erzählte, dass er sein Serum nicht ausprobieren konnte, weil seine Spinne sich weigerte, ihn zu beißen.

Es war so idiotisch, auf diese Art zu sterben, so kurz vor dem Ziel ... an Ungeduld und Aufregung zu sterben.

Wenn er gekonnt hätte, hätte Simon zum ersten Mal in seinem Leben der Lachlust nachgegeben, die sich seiner bemächtigte. Doch er hatte keine Zeit mehr dazu. Kurz bevor ihn die Flammen erreichten, versank er im Koma, wie ein von Ballast beschwerter Körper in tiefen Gewässern.

3

Elizabeth lag bequem auf einem Liegestuhl im Schatten eines hundertjährigen Ahorns, dessen riesiger Stamm aus den Betonplatten der Terrasse ragte. Gerade war ihre Freundin Gilberte gekommen, und die beiden Frauen hatten es sich auf der Terrasse gemütlich gemacht.

Amélie und Diane spielten fröhlich in ihrem Plantschbecken, schreiend, lachend und wie wild mit Wasser spritzend. Während sie an ihrem Tee nippte, sah Elizabeth zu ihnen hinüber und beneidete sie darum, wie sie bis zum Hals ins kühle Nass eintauchten. Einen Augenblick lang verlockte sie die Vorstellung einer erfrischenden, lauwarmen Dusche. Sofort verwarf sie diesen Gedanken jedoch wieder, da das momentane Wohlgefühl, das ihr diese wenigen kühlen Minuten bescheren würden, in keinem Verhältnis zu der Mühe stand, die es sie kosten würde. Sie fühlte sich viel zu ermattet, um einen Fuß vom Liegestuhl zu nehmen, geschweige denn aufzustehen.

Sie nippte noch einmal an der kalten Flüssigkeit mit Zitronengeschmack und spürte, wie ihr schlecht davon wurde. Angewidert verzog sie das Gesicht.

»Du bist nicht so ganz in Form, wie es scheint«, bemerkte Gilberte, die sie seit geraumer Zeit beobachtete. »Liza ... was verheimlichst du mir schon wieder?«

Elizabeth lächelte und wandte ihr Gesicht der jungen Frau zu.

»Rate mal ...«

»Warte ...« Sie biss sich auf die Unterlippe und richtete ihre lachenden, vor Aufregung glänzenden Augen auf Elizabeth. »Du lässt dich scheiden! ... dein Architekt war gemein zu dir, ist es das?«

Elizabeth brach in schallendes Lachen aus. Sie hatte im Stillen gewettet, dass Gilberte die Gelegenheit nutzen würde, um über Olivier herzuziehen. Plötzlich fiel ihr auf, dass Gilberte, soweit sie sich zurückerinnern konnte, Olivier nie anders als den »Architekten« bezeichnet hatte. Selbst wenn sie mit ihm sprach, nannte sie ihn so. Für ihn war sie umgekehrt »die Wanze«. Die ganze Zeit über erweckten die beiden den Eindruck, als würden sie sich hassen, in Wirklichkeit jedoch mochten sie sich sehr gern, waren ihr beide treu ergeben und teilten ihre Zuneigung gerecht unter sich auf.

Sie kannte Gilberte viel länger als Olivier, seit der Volksschule nämlich. Seit dem Tag, an dem Elizabeth beschlossen hatte, ihr Pausenbrot mit der kleinen Haitianerin zu teilen, deren kaffeebraune Haut und krause Haare die anderen Kinder zu Schikanen und Spott verleiteten, waren die beiden unzertrennlich. Selbst als Elizabeth für einige Jahre nach Europa ging, waren sie in Kontakt geblieben. Sie schrieben sich regelmäßig jede Woche. Elizabeth berichtete in witziger Art von den kleinsten Details ihres Lebens in Belgien, während Gilberte mit Ironie von den neuesten Ereignissen in der Werbebranche erzählte, in der sie sich, nach einigen aufreibenden Jahren, in denen sie nicht lockerließ, einen Job als Projektleiterin erkämpft hatte.

Gilberte machte sich Elizabeths Lachanfall zunutze, um sofort mit verschwörerischer Stimme zu fragen:

»Also wenn es nicht der Architekt ist, dann war deine Tochter gemein zu dir.«

»Warum willst du unbedingt glauben, dass jemand *gemein* zu mir war? Du tappst noch im Dunkeln.«

»Also ein kleines Gesundheitsproblem?«

»Erraten!«

»Hmmm . . .«

Gilberte streckte die Hand nach ihrer Tasse aus, trank einen Schluck Tee und nutzte diesen kurzen Moment des Schweigens, um Elizabeths Gesicht zu erforschen, wobei sie voller Sorge die violetten Schatten unter den Augen der jungen Frau bemerkte.

»Du siehst seltsam aus«, meinte sie, während sie die Tasse auf dem Tisch abstellte.

»Ich fühle mich auch *seltsam*, stell dir vor! Mir ist die ganze Zeit schlecht. Wahrscheinlich brüte ich irgendeine schreckliche Krankheit aus . . . ein neues Virus . . .«

»Ich verstehe«, sagte Gilberte und lächelte breit.

»Was? Was verstehst du?«, fragte Elizabeth, drehte sich zur Seite und stützte sich auf einem Ellbogen auf, um die dunklen Pupillen besser ergründen zu können, die sie zärtlich anblickten.

»Nun, ich hab's endlich kapiert! Es ist die Art von Virus, die man neun Monate lang ausbrütet... Man nennt das ein Baby, glaube ich.«

»Ein Baby!«, rief Elizabeth aus. »Das ist völlig idiotisch! Und außerdem ist es unmöglich... Nicht mit einer Spirale!«

»Nur weil es idiotisch ist, ist es nicht unbedingt unmöglich. Es gibt immer Ausnahmen, weißt du...«

Elizabeth ging nicht darauf ein. Ihr war klar geworden, wie wenig stichhaltig ihr Argument war, und plötzlich fielen ihr voller Sorge all die Artikel in medizinischen Fachzeitschriften ein, die von Statistiken und Wahrscheinlichkeiten handelten...

Sie dachte mit Bitterkeit daran, dass ein zweites Kind ihr Leben völlig durcheinander bringen und ihren Plan, in naher Zukunft auf den Arbeitsmarkt zurückzukehren, über den Haufen werfen würde.

Und Olivier?... fragte sie sich. Wie würde er es aufnehmen, wo er mir doch erst letzte Woche gesagt hat, dass es verrückt wäre, noch ein Kind zu bekommen?

Eine Ameise, die ihren großen Zeh hinaufkletterte, riss sie aus ihren Gedanken. Während sie das Insekt mit den Fingern wegschnippte, rief sie mit zugleich empörter und niedergeschlagener Stimme:

»Verdammt noch mal!... Ich will nicht schwanger sein!... Nicht jetzt!«

»Das brauchst du mir nicht zu sagen«, entgegnete Gilberte und lächelte erneut. »Sieh mal an, im Grunde hatte ich Recht... Ich habe doch geahnt, dass der Architekt gemein zu dir war!«

Elizabeth warf ihr einen vernichtenden Blick zu.

»Du bist boshaft!«, explodierte sie und richtete sich abrupt auf. »Glaubst du vielleicht...«

Sie sprach nicht zu Ende. Ihr Gesicht wurde plötzlich totenbleich, als wäre alles Blut daraus entwichen. Sie hatte zufällig den Blick gehoben und dabei eine dichte, graue Rauchwolke bemerkt, die zum Himmel aufstieg.

Die Brise, die durch das offene Fenster hereinwehte, fachte das Feuer an, das sich sogleich weiter ausbreitete. Eine Flamme, die kühner war als die anderen, schoss zu dem Deckenbalken über dem Mitteltisch empor. Eine weitere gesellte sich zu ihr. In wenigen Sekunden züngelten unzählige kleine Flammen den Balken entlang in Richtung Computer.

Die erste Angriffswelle erfasste die Holzregale, die nur geringen Widerstand leisteten. Die Flammen schlängelten sich an den Wandbrettern entlang, verzehrten Simons Bücher und erreichten den Tisch. Eine kleine Gruppe blieb vor Ort und beschäftigte sich mit dem Computer, während die anderen in die darunter liegenden Schränke eindrangen, wo sie sich in Windeseile neue Munition einverleibten – die Papierstapel.

Géna lag unbeweglich auf Simons Leiche. Sie ängstigte sich zu Tode und wusste nicht, wohin. Sie spürte die Gefahr, die Notwendigkeit zu flüchten. Sie musste der Flammenhölle möglichst schnell entkommen.

Wie die der meisten ihrer Artgenossen, war auch Génas Sehkraft eher schwach; einen Großteil der Informationen über ihre Umwelt vermittelten ihr die langen, feinen, beweglichen Haare an ihren Beinen, die die Kommunikation zwischen der Außenwelt und ihren Nervenfasern gewährleisteten.

Den Cephalothorax und das vordere Beinpaar aufgerichtet, tastete sie nervös durch die Luft. Sogleich nahm sie die Brise wahr, die durch das Fenster hereinwehte, verließ Simon, dessen Füße bereits in Flammen standen, und raste los.

Sie kletterte auf den Labortisch unter dem Fenster, schlüpfte zwischen dem Froschbecken und dem Meerschweinchenkäfig hindurch und lief zur Wand. Auf dem Fensterbrett hielt sie einen Augenblick inne und prüfte das Fliegengitter mit Hilfe ihrer zwei Pedipalpen, Tastern, die sich zu beiden Seiten ihres Kopfes befanden und ihre Chelizeren umrahmten – eine Art Giftklauen, in deren Spitze der Giftdrüsenkanal mündete.

Géna kletterte auf das Fliegengitter, lief darauf herum und suchte nervös nach einem Fluchtweg. Endlich fand sie die zerrissene Stelle und versuchte mit dem Kopf voran hindurchzuklettern, wurde in ihrem Schwung aber durch eines ihrer rechten Vorderbeine gebremst, das sich in dem feinen Netz aus Metallfäden verfangen hatte. Voller Entsetzen lehnte sie sich auf die anderen Beine zurück und zog und schob ihren Körper nach vorne, um sich aus der Falle zu befreien, die sie gefangen hielt.

Durch den dichten Rauch hindurch, der aus dem Fenster quoll und sie zu ersticken drohte, zirpte Géna entsetzt in Richtung Simon, als könnte er sie retten. Der Entomologe war jedoch bereits tot. Seine Hose und sein Hemd wurden von den Flammen erfasst. Die zunächst gerötete Haut schwoll durch die Hitze unmäßig an. Gase, die durch seine sämtlichen Körperöffnungen entwichen, schaukelten ihn hin und her, als wäre er noch lebendig. Seine Leiche verflüssigte sich zunächst und verkohlte dann.

Am anderen Ende des Zimmers hatten die Flammen einen Bogen um die Panzertür herum gemacht und züngelten nun an dem Tisch empor, auf dem der Affenkäfig stand.

Napoleon war halb verrückt vor Furcht. Er schrie und stöhnte und riss mit aller Gewalt an den Gitterstäben. Als der Rauch in seine Lungen drang, musste er husten und spucken und flüchtete schließlich erschöpft in die hinterste Ecke seines Käfigs; dort kauerte er sich nieder und hielt sich die Hände vor die Augen, schielte aber trotzdem auf die Flammen, die den Tisch entlangzüngelten und unerbittlich näher kamen. Als ein Funke auf sein Fell fiel, sprang er auf und klammerte sich an die glühend heißen Gitterstäbe. Der Schmerz war so groß, dass er sofort losließ und sich auf das Stroh warf, das den Boden seines Käfigs bedeckte. Ein Halm ging in Flammen auf, dann noch einer ... Wie durch einen Windhauch entfacht, fing die Strohschütte plötzlich Feuer, und Napoleon war in der Flammenhölle gefangen.

Géna, die sich immer noch nicht aus dem Fliegengitter befreit hatte, beschloss, den eingeklemmten Körperteil zu amputieren. Sie wusste, dass es um Leben und Tod ging.

Sie verrenkte sich, packte mit Hilfe der Pedipalpen und Chelizeren das Bein direkt über der Schiene und schnitt es fein säuberlich durch.

Endlich befreit, baumelte sie an einem seidenen Faden in der Luft, einer Art Sicherheitsleine, die es ihr erlaubte, ihren Fall zu kontrollieren und wohlbehalten im Garten anzukommen. Aus ihrer Wunde floss ein dünnes Rinnsal einer farblosen Flüssigkeit. Der Verlust an Hämolymphe war gering, und die Hämostase würde nicht lange dauern. Bei ihrer Operation hatte sie sich von ihrem Instinkt leiten lassen: Die Amputation ihres Beins an einer anderen Stelle als dem Gelenk hätte zu einer tödlichen Blutung führen können.

Géna lief von der Hauswand weg zu einer Gruppe von Sträuchern, unter deren Zweigen sie sich versteckte. Auf dem flachen Bauch im Gras liegend, versuchte sie sich mit ihrer Umgebung vertraut zu machen.

Nach einer Weile erst wagte sie sich aus ihrem Versteck.

Sie spürte, wie der Hunger sie quälte. Auf ihren Hinterbeinen aufgerichtet, befühlte sie die Luft, um herauszufinden, wohin sie gehen sollte.

Die Spinne, die für den Menschen genauso gefährlich war wie eine Königskobra, ging auf Beutefang.

Das Tier war frei ... auf sich selbst gestellt ... auf die Stadt losgelassen!

Elizabeth hielt sich eine Hand vor den Mund.

Das Feuer! Gilberte ... das Feuer! O mein Gott! Nein!

Sie wollte schreien, aber kein Laut drang aus ihrer Kehle. Die Angst verzerrte ihre Züge und vergrößerte ihre Pupillen so sehr, dass sie das tiefe Blau der Iris beinahe überdeckten.

Eine leise Stimme, die aus ihrem Unterbewusstsein kam, hallte in ihrem Kopf wider: *Großmutti! Großmutti!* ...

Während sie so vor Gilberte stand, die sie beunruhigt und neugierig zugleich beobachtete, schwankte sie leicht hin und her.

»Liza ... Was hast du?«, fragte Gilberte und sprang auf, um sie zu stützen, bevor sie zusammenbrach.

Sie half ihr sich hinzusetzen, und hörte sie dabei mit kaum hörbarer Stimme wimmern:

»... Das Feuer!«

»Was für ein Feuer?«, fragte sie und sah besorgt um sich. Von einer plötzlichen Eingebung getrieben, hob sie den Blick und bemerkte ebenfalls den Rauch am Himmel. Großer Gott! Es brennt!

Wie kommt es, dass die Feuerwehr noch nicht da ist? Hat sie denn niemand alarmiert?

Sie packte Elizabeth am Arm und stieß aufgeregt hervor:

»Es ist ganz in der Nähe! Liza, wir müssen die Feuerwehr rufen! Schnell!«

Die Haut unter ihren Händen war kalt und feucht, die Muskeln vor lauter Anspannung völlig verkrampft, so dass sie plötzlich das Gefühl hatte, ein Stück Holz in Händen zu halten. Als sie Elizabeths Finger sah, die sich wie Klauen fest an den Liegestuhl klammerten, sah sie ein, dass es unmöglich war, sie von der Stelle zu bewegen.

Sie ließ sie los und rannte zur Küche, nicht ohne einen entsetzten Blick auf die Flammen zu werfen, die den Windungen des Rauchs folgend zum Himmel loderten.

Kurze Zeit war Elizabeth wie gebannt durch die Bewegung der Flammen und wimmerte leise vor sich hin, während sie ihren Körper hin und her wiegte; sie schloss die Augen und versuchte die unerträglichen Bilder zu verdrängen, die plötzlich aus den Tiefen ihrer Vergangenheit auftauchten, Bilder, die sie nach Jahren des Friedens und des Vergessens nun wieder verfolgten.

Sie war fünf Jahre alt. Ihre Mutter hatte sie für einige Tage bei den Großeltern mütterlicherseits gelassen, die vor der Sommerhitze und dem Lärm der Stadt in die Bergwelt der Laurentides geflüchtet waren.

Das Holzhaus lag mitten im Grünen, am Hang eines Berges. Am Waldrand schlängelte sich ein Bach entlang, an dem Elizabeth Stunden damit verbrachte, Krebse zu fangen.

Dort war sie auch, mit den Füßen im eiskalten Wasser stehend, als sie plötzlich Schreie hörte. Instinktiv lief sie zum Haus. Rauch drang aus den Fenstern und stieg zum Dach auf. Mit rußgeschwärztem Gesicht versuchte ihr Großvater mit einer Bohle die Tür einzuschlagen und schrie dabei wie ein Wahnsinniger:

»Martha! Martha! Martha!«

Elizabeth war noch sehr klein, aber nicht so klein, um nicht zu verstehen, dass ihre Großmutter sich im Inneren dieser Flammenhölle befand. Entsetzt musste sie mit ansehen, wie das Feuer die Wände des kleinen Holzhauses verzehrte. Ihre Großmutter musste es sofort verlassen ... Warum kam sie nicht heraus? Vielleicht hörte sie nichts ...?

Sie stimmte in das Gebrüll ihres Großvaters ein:

»Großmutti! Großmutti . . .!«

Als die zu weit entfernt wohnenden Nachbarn endlich eintrafen, fanden sie einen alten Mann und ein kleines Mädchen vor, die sich verstört und verzweifelt aneinander klammerten; die beiden kauerten am Boden, den Blick auf die Überreste des Hauses gerichtet, das gerade eingestürzt war, und erweckten unwissentlich die schreckliche Illusion, als betrachteten sie ein riesiges Lagerfeuer . . .

Die schrille Sirene des Feuerwehrautos hallte in der Straße wider und riss sie jäh aus dem Albtraum, den sie von neuem durchlebte.

Einige Minuten später stand Elizabeth neben Gilberte und den Kindern auf der Freitreppe und sah teilnahmslos dem Geschehen auf der Straße zu.

In aller Eile hatte sie ein paar Sachen zusammengepackt, in zwei Koffer gestopft und in die Diele gestellt. Jeden Augenblick wartete sie darauf, von der Feuerwehr oder der Polizei einen Evakuierungsbefehl zu erhalten . . . Nur sieben Häuser lagen zwischen ihrem Haus und dem, das am anderen Ende der Straße in Flammen aufgegangen war.

Die Polizei hatte das ganze Viertel abgeriegelt und den Verkehr gesperrt. Schonungslos drängten sie mit energischen Befehlen und Trillerpfeifen die Ansammlung von Schaulustigen zurück, die die Rettungsarbeiten behinderten.

Die Feuerwehrleute hatten das Feuer in den Griff bekommen, jedoch nicht verhindern können, dass die Flammen auf das Nachbarhaus übergriffen.

Ein paar erreichten gerade auf Leitern, die sie an den Fensterbrettern befestigten, die zweite Etage, die sie zuvor unter Wasser gesetzt hatten. Mit Äxten schlugen sie die Scheiben aus den Fenstern, von denen die meisten sowieso schon durch das Zusammenwirken der Hitze und des Wassers explodiert waren.

Plötzlich bemerkte Elizabeth Dianes Mutter, die sich in Windeseile aus dem Knäuel von Menschen auf dem Bürgersteig löste; ihre Haare waren völlig zerzaust, sie selbst fassungslos und kreidebleich.

Die junge Frau lief über die Straße, eilte die Stufen der Freitreppe hinauf, fiel auf die Knie und nahm ihre Tochter in die

Arme. Wimmernd und am ganzen Körper zitternd, presste sie sie an sich und bedeckte den Kopf ihres Töchterchens mit einer Flut von schmatzenden Küssen.

Gilberte, die Carole Cormier kritisch beäugte, seit sie mit der Anmut einer Kanonenkugel auf der Freitreppe gelandet war, zog folgende Schlussfolgerungen: Erstens mochte sie die Frau nicht besonders, zweitens fand sie sie hochgradig hysterisch.

Sie fragte sich gerade ironisch, welche der beiden Schlussfolgerungen sich aus der anderen ergab, als Carole zu Elizabeth aufblickte und zwischen zwei Schluchzern, halb lachend, halb weinend, hervorstieß:

»Wenn du wüsstest . . .! Ich hatte solche Angst. Ich dachte schon, dass . . .«

Verdammt noch mal! knurrte Gilberte im Stillen. Sie bricht uns hier noch zusammen.

»Schon gut . . . Was hast du denn, deiner Tochter geht es gut. Allen *geht es gut* . . . Also beruhig dich, ja?«

Sie packte die junge Frau fest am Ellbogen, richtete sie wieder auf und meinte:

»Wir sollten hineingehen und eine kleine Stärkung zu uns nehmen.« Sie warf Elizabeth, die nicht mit der Wimper gezuckt hatte, einen fragenden Blick zu. »Du hast sicher so etwas wie Scotch oder Cognac zu Hause, nicht wahr?«

Elizabeth nickte bejahend mit dem Kopf.

Sie gingen alle drei ins Haus und nahmen Amélie und Diane mit, trotz deren Protesten. Das Schauspiel auf der Straße war für die beiden kleinen Mädchen, die niemals soviel Aufruhr an einem einzigen Tag erlebt hatten, mehr als aufregend.

Carole stolperte über die Koffer, die in der Diele standen.

»Verflucht! Was ist das denn . . . Fahrt ihr in Urlaub?«, fragte sie halb im Scherz.

Elizabeth antwortete mit einem Achselzucken.

»Du scheinst nicht bemerkt zu haben, dass das Feuer direkt nebenan war«, gab Gilberte zurück und schubste sie ins Wohnzimmer. »Wir hätten evakuiert werden können. Hättest du da vielleicht deinen Ehevertrag und deine Reizwäsche verbrennen lassen?« Sie goss den beiden einen Scotch ein, da die Cognacflasche leer war.

Elizabeth fühlte ein Kribbeln in ihrem Körper und kicherte nervös.

»Nein ... Natürlich nicht«, entgegnete Carole und betrachtete skeptisch die riesigen Gepäckstücke.

Daraufhin verwandelte sich Elizabeths Kichern in schallendes Gelächter, in das die kleine Haitianerin spontan mit einstimmte.

Elizabeth bog sich vor Lachen, bis ihr die Tränen kamen. Sie konnte nicht mehr stehen und ließ sich auf das Sofa fallen. Die Ellbogen auf die Knie gestützt, den Kopf in den Händen vergraben, brüllte sie jedes Mal vor Lachen, wenn ihr Blick auf die Koffer oder auf Carole fiel, die sich von dem unbändigen Gelächter anstecken ließ und nun ihrerseits losprustete.

Olivier De Blieck platzte mitten hinein in die allgemeine Heiterkeit. Er war so groß – 1,92 m –, dass er nicht unbemerkt bleiben konnte ... Noch dazu sah er auffallend gut aus. Mit zweiunddreißig Jahren konnte er stolz sein auf seinen schlanken, jugendlichen, durchtrainierten Körper. Seine blonden, fast weißen Haare, seine strahlend blauen Augen und ein leichter Akzent verrieten seine flämische Herkunft, und wenn er lächelte, was er zu selten tat, blitzte eine Reihe blendend weißer, völlig regelmäßiger Zähne in seinem Gesicht auf.

Als er seinen Aktenkoffer zu seinen Füßen abstellte, lächelte er jedoch nicht.

Ein anstrengender Arbeitstag lag hinter ihm. Zudem hatte er seinen Wagen außerhalb des Viertels stehen lassen und den Rest der Strecke zu Fuß gehen müssen, was ihn veranlasste, die Polizei, die Feuerwehr und die Menschheit im Allgemeinen zu verfluchen. Er schwitzte, hatte Hunger und vor allem war ihm durchaus nicht nach Lachen zumute.

Amélie stürzte sich unvermittelt auf ihn.

»Papa! Papa! ... Machst du mit uns ein Picknick?«, fragte sie ihn und streckte ihm die Arme entgegen.

Olivier hob sie hoch und drückte einen schallenden Kuss auf ihre Wange, während er ungläubig auf die beiden Koffer sah. Er setzte Amélie ab und sah Elizabeth an, die nach Luft rang.

Dann wanderte er im Zimmer herum, die Hände auf dem Rücken verschränkt, und wartete ungeduldig darauf, dass das Gelächter, das ihn allmählich wütend machte, endlich verstummte.

»Gott im Himmel! ... Was ist hier eigentlich los?«, explodierte er plötzlich und riss seine Arme hoch, als hätte er mit dieser Geste den Raum um sich herum bezeichnen wollen, den er momentan als »verfluchte Baracke« abtat. »Könnte jemand so freundlich sein, mir das zu sagen!«, fügte er hinzu und blieb abrupt vor Elizabeth stehen.

»Reg dich nicht so auf«, entgegnete Elizabeth zwischen zwei Lachanfällen. »Warte, ich erkläre es dir ...«

Sie rückte zur Seite, um ihm auf dem Sofa Platz zu machen, und sah zu ihm auf.

Um des lieben Friedens willen ließ sich Olivier neben sie auf das Sofa fallen.

Elizabeth stürzte sich sogleich in eine Reihe von Erklärungen, die sie mit anmutigen Handbewegungen und kurzem Kopfnicken unterstrich. Sie sprach lange von dem Feuer, den Leuten auf der Straße, der Angst, die sie gehabt hatte, und brach plötzlich in Tränen aus.

Olivier legte ihr die Arme um die Schultern und zog sie an sich. Schon bereute er, wütend geworden zu sein.

»Ganz ruhig ... Es ist alles vorbei. Schon gut, Liebling ... Beruhig dich«, sagte er und streichelte ihr zärtlich über das Haar. »Ich bin ja bei dir.«

Das Schluchzen ging in leises Wimmern über. Elizabeth löste sich aus seiner Umarmung und schnäuzte sich geräuschvoll.

Olivier nahm ihren Kopf in seine Hände und wischte mit den Daumen die Tränen ab, die ihr immer noch über die Wangen liefen. Er beugte sich über ihre Lippen und drückte einen sanften Kuss darauf.

4

Am Beginn ihres ersten Tages in Freiheit hing Géna mit dem Bauch nach oben unter einem großen Gespinst aus unregelmäßigen, sich überkreuzenden Fäden. Es wehte eine sanfte, würzige Brise, die ihr harmlos erschien und sie leise hin und her wiegte, bis sie einschlief.

Plötzlich wachte sie auf ... Ein heftiger Stoß hatte gerade ihr Netz zum Vibrieren gebracht. Instinktiv zog sie ihre langen Beine näher an ihren Körper heran und zwang sich dann dazu, reglos auf die zweite Erschütterung zu warten.

Als nichts geschah, beschloss sie, an den Fäden zu ziehen, da sie fälschlicherweise annahm, eine Beute habe sich in ihrem Netz verfangen. Kaum hatte sie die Fäden mit ihren Fußklauen gepackt, als sie einen warmen Atemhauch spürte. Das war eine völlig neue, seltsame Wahrnehmung, die sie erschreckte und völlig aus der Fassung brachte. Sie rollte sich zusammen, verharrte reglos und verließ sich einzig und allein auf ihre Sinnesorgane. Erneut spürte sie den warmen Lufthauch entlang ihres Körpers und glaubte diesmal eine dunkle Masse zu erkennen, die sich vorsichtig ihrem Netz näherte. Sogleich spannte sie die Muskeln an.

Auf die Hinterbeine gestützt, die Chelizeren nach vorne gerichtet, sah Géna, wie die Masse sich auf sie stürzte. Ohne zu zögern, schlug sie ihre Giftklauen brutal in das kalte, feuchte Ding, das ihren Bauch berührte, und injizierte ihr Gift.

Der Schäferhund, in dessen Schnauze Géna gebissen hatte, heulte vor Schmerzen laut auf. Er rieb seine Nase heftig im Gras und rannte dann wie ein Wahnsinniger im Kreis herum. Er stöhnte, japste, fiel um, stand wieder auf und rannte weiter wie verrückt in dem Garten herum, in dem Géna sich niedergelassen hatte.

Der Schmerz, den der Biss verursacht hatte, hatte bereits nachgelassen, als die Lähmung seine Pfoten erfasste. Er blieb stehen und brach auf dem Rasen zusammen. Mit weit geöffnetem Maul und heraushängender Zunge – von der dicker, weißlicher Speichel tropfte –, rang er verzweifelt nach Luft. Aber die Lähmung hatte sich bereits auf die Muskeln seines Brustkorbs ausgedehnt und blockierte allmählich den Atmungsmechanismus. Der Sauerstoffgehalt des Blutes sank, so dass die Hirnzellen nicht mehr ausreichend versorgt werden konnten. Der Hund fiel ins Koma und starb.

Mit ihren kurzsichtigen Augen hatte Géna die Bewegungen des Hundes verfolgt. Sobald sie spürte, dass die Vibrationen, die von dem Hund ausgingen, verschwunden waren, verließ sie ihr Netz, um sich einen ruhigeren Standort zu suchen. Sie schlüpfte unter einem Bretterzaun hindurch und wanderte dann, ohne stehen zu bleiben, durch einige Gärten und Einfriedungen, bis sie zu einer Zedernhecke kam. Sie schlüpfte hinein und webte darin ein großes Netz, in dessen Mitte sie sich gemütlich niederließ. Erschöpft und etwas benommen, streckte sie ihre Beine aus und versank in einen tiefen Schlaf. Ihr Herz schlug plötzlich wesentlich langsamer. In aller Ruhe bereitete sich ihr Körper auf eine regenerierende Häutung vor.

Amélie stürzte ihr Glas Milch hinunter und sprang auf, wobei sie geräuschvoll ihren Stuhl umstieß.

»Ich bin fertig!«, rief sie ihrer Mutter zu und zeigte mit triumphierender Miene auf die Reste ihres Frühstücks, als handelte es sich um eine mit Auszeichnung bestandene Prüfung. »Kann ich jetzt nach draußen gehen?«

Elizabeth nickte zustimmend mit dem Kopf. Zerstreut sah sie ihrem Töchterchen nach, bis sie im Garten verschwunden war, und knabberte dann weiter gedankenverloren an ihrer Brotschnitte.

Olivier las seine Zeitung und trank Kaffee dabei. Er sah zu seiner Frau hinüber, die ungewöhnlich schweigsam war, bemerkte ihren traurigen Blick und machte sich Sorgen. Die Ereignisse des Vortags hatten sie wahrscheinlich mehr erschüttert, als sie zugeben wollte. Er kannte die tragischen Umstände des Todes ihrer Großmutter, ebenso wie die des Todes ihrer Mutter fünf Jahre darauf (ihr Auto war gegen einen Lastwagen geprallt, der mit leicht entflammbaren Chemikalien beladen war ...). Durch seinen Schwiegervater hatte er die Wahrheit erfahren, da Elizabeth sich immer geweigert hatte, davon zu sprechen, und so tat, als hätte es in ihrer Kindheit keine Frauen in der Familie gegeben.

Er befürchtete nun, dass das Feuer schreckliche Erinnerungen in ihr wachgerufen hatte und sah prüfend in ihr Gesicht. Er versuchte sich einzureden, dass alles in Ordnung sei.

Elizabeth schien nicht einmal zu bemerken, dass er sie beobachtete. Plötzlich kam sie ihm zerbrechlich und weit entfernt vor, tief in ihre Gedanken versunken, völlig abwesend.

Das machte ihm große Sorgen, und da er nicht wusste, was er sagen sollte, um das Schweigen zu brechen, das allmählich unerträglich wurde, legte er seine Zeitung nieder, nahm ihre Hände in die seinen und fragte sie leise:

»Woran denkst du?«

Elizabeth, der es schwer fiel, sich von ihren Gedanken loszureißen, blickte ihn mit verschleierten, traurigen Augen an.

»An dich«, erwiderte sie mit einem halben Lächeln.

Das versteht sich von selbst, sagte sich Olivier und wandte die Augen ab, überzeugt davon, dass sie ihm das Erstbeste entgegnet hatte, was ihr gerade einfiel.

Er täuschte sich jedoch, sie dachte wirklich an ihn und fragte sich, ob er es manchmal bedauerte, nach Kanada ausgewandert zu sein.

Sie hatten sich in Belgien kennen gelernt, wo Elizabeth seit zwei Jahren im Rahmen eines Studentenaustauschs lebte. Sie studierte an der Königlichen Kunstakademie in Mons und absolvierte gerade ein Zeichenpraktikum; Olivier besuchte das gleiche Institut, Fachrichtung Architektur. Der Zufall – oder das Schicksal? – hatte gewollt, dass sie sich eines Tages in dem Gedränge nach ihren Kursen gegenseitig anrempelten. Diese zunächst banal erscheinende Art ihrer ersten Begegnung hatte durchaus etwas Originelles: Er war es, der alle Bücher fallen ließ, und sie war es, die ihm half, sie aufzuheben. Nachdem Olivier sein Studium beendet hatte, ließen sie sich in Brüssel nieder, heirateten und bekamen ein Kind. Kurz nach Amélies Geburt beschloss Olivier, Belgien zu verlassen und in Kananda sein Glück zu versuchen ... Der amerikanische Traum! Und so landeten sie mit fünf Koffern, einem sechzehn Monate alten Baby auf dem Arm und Geld für einige Wochen auf dem Flughafen von Montreal. Olivier hatte anfangs Schwierigkeiten, sich anzupassen, vor allem auf dem Gebiet der Kommunikation: Die Leute sprachen zwar die gleiche Sprache, aber die Wörter hatten eine andere Bedeutung. Was Elizabeth anbelangte, so fühlte sie sich in ihrem eigenen Land fremd, sie hatte in gewisser Weise ihren Stamm verraten, indem sie einen Europäer heiratete, und spürte die Auswirkungen nun in ihren sozialen Kontakten. Noch dazu war sie ein Einzelkind, hatte keine Familie mehr, seit ihr Vater gestorben war, und außer Gilberte auch keine Freunde.

»Es würde mich interessieren, warum du so traurig aussiehst, wenn du an mich denkst«, entgegnete Olivier nach langem Schweigen.

Elizabeth war aufgestanden, um den Tisch abzuräumen. Sie warf ihm einen spöttischen Blick zu und konterte sofort:

»Weil es mich schmerzt, mit anzusehen, wie ein brillanter Architekt bald arbeitslos sein wird.«

»Was? Was erzählst du da . . .«

»Du scheinst nicht zu wissen, wie viel Uhr es ist, mein Liebling. Du hast noch knappe drei Minuten Zeit, um aus deinem Morgenmantel zu schlüpfen, deinen Anzug anzuziehen und ins Auto zu springen. Eins ist sicher, du wirst zu spät kommen!«

»Na und?«

»Dann wird man dich rauswerfen, weil du so stinkfaul bist.«

Olivier war inzwischen ebenfalls aufgestanden. Er brach in schallendes Gelächter aus, nahm sie in die Arme und gab ihr einen herzhaften Kuss auf die Lippen.

Ihr trautes Beisammensein wurde jäh von der Haustürglocke unterbrochen. Elizabeth wartete, bis Olivier die Treppe hinaufgegangen war, bevor sie mit herrischer Geste die Tür öffnete, fest entschlossen, den Hausierer, den sie davor vermutete, schnell wieder loszuwerden.

»*Salut!* . . . Da bist du aber überrascht, was?«, rief Gilberte und küsste sie auf beide Wangen.

»Nein, was denkst du . . . Ich bin es gewohnt, frühmorgens unzählige Besucher zu empfangen«, gab Elizabeth mit feiner Ironie zurück, während sie die Tür schloss. »Was führt dich her?«

»Ich habe gestern Abend mein Köfferchen hier vergessen . . . in den Wirren der Ereignisse, wenn ich so sagen darf.«

Sie ging ins Wohnzimmer und blickte sich suchend um.

»Ich glaube, ich habe ihn hier gelassen . . . Ach, da ist er ja!«, rief sie aus und wirbelte den gesuchten Gegenstand durch die Luft, nachdem sie ihn hinter dem Sofa entdeckt hatte.

Sie machte Anstalten, wieder zu gehen, bevor Elizabeth ihr einen Kaffee anbieten konnte, blieb dann jedoch unschlüssig stehen.

»Sag, ist der Architekt schon weg?«

»Nein, er zieht sich gerade an. Warum?«

»Super!« Sie stellte das Köfferchen ab, öffnete es, holte einen Zerstäuber aus Metall heraus und reichte ihn Elizabeth. Sieh mal!

Bitte ihn, das hier auszuprobieren. Es ist ein neues Deo für Männer, für das ich die Werbung mache. Es würde mich interessieren, wie es ihm gefällt.

Etwas skeptisch nahm Elizabeth die Flasche, auf der in grünen Buchstaben vor zitronengelbem Hintergrund der Name *Scottish Spring* prangte, und ging zur Treppe.

Einige Minuten später kam sie wieder herunter, gefolgt von Olivier, dessen Blick bereits verriet, wie sehr er das Produkt verabscheute, das er gerade ausprobiert hatte.

»Nun?«, erkundigte sich Gilberte mit Unschuldsmiene und nahm die Flasche entgegen, die ihr Olivier reichte.

»Bist du sicher, dass dein *Scottish Spring* wirklich ein Deo ist? Es riecht eher nach Moschuskonzentrat. An deiner Stelle«, meinte er hinterlistig, »würde ich mir einen aufregenderen Namen dafür ausdenken, *Arabian Summer* zum Beispiel.«

Woraufhin er sich mit einem »*Salut*, Wanze« von ihr verabschiedete und die Tür hinter sich schloss.

Elizabeth platzte vor Lachen, während Gilberte halb wütend, halb amüsiert, leise vor sich hinschimpfte:

»Scheißkerl! ... Eines Tages mache ich ihn fertig, Wanzen-Ehrenwort!«

Sie warf das Deo in ihr Köfferchen, umarmte Elizabeth und machte sich ihrerseits auf den Weg.

Sobald sie allein war, griff die junge Frau nach dem Telefonhörer, rief in der Praxis ihres Gynäkologen an und bat darum, mit ihm sprechen zu können. Sie kannte Doktor Déry seit ihrer Kindheit ... Er hatte sie nicht nur zur Welt gebracht, sondern war auch ein Freund ihrer Eltern geworden. Die Unterhaltung dauerte nur wenige Minuten, in denen Elizabeth ihm ihre Ängste anvertraute. Er beruhigte sie und schlug ihr vor, am späten Nachmittag vorbeizukommen, wenn ihr das zeitlich passte. Sie willigte rasch ein.

Das Zimmer war gerade groß genug für den Mahagonischreibtisch, den Sessel und die zwei Stühle. Hinter den weißen Vorhängen befand sich der Untersuchungstisch, auf dem Elizabeth lag.

Als die Untersuchung beendet war, zog Doktor Déry mit einer langsamen, anmutigen Bewegung seine Handschuhe aus und warf sie in einen Behälter aus rostfreiem Stahl.

»Du kannst dich wieder anziehen«, sagte er mit freundlicher Stimme.

Einige Minuten später gesellte sie sich zu ihm.

»Setz dich«, sagte er und deutete auf einen Stuhl, ohne aufzusehen.

Mit sorgenvoller Miene notierte der alte Mann den Befund in der Akte, die vor ihm lag.

Elizabeth rutschte unruhig auf ihrem Stuhl hin und her, kreuzte ihre Beine und stellte sie wieder nebeneinander. Dann hielt sie es nicht länger aus, beugte sich plötzlich zu ihm und erkundigte sich mit leicht heiserer Stimme:

»Seit wann bin ich schwanger?«

»Seit etwa acht bis neun Wochen«, antwortete Doktor Déry und sah auf. »Ich muss zugeben, dass mich das überrascht ...«

»Und mich erst!«, stieß sie hervor, wandte den Blick ab und presste ihre langen, schlanken Finger, die von einem unkontrollierbaren Zittern erfasst wurden, zwischen ihre Knie.

»Ich glaubte, vor so einem ... Unfall sicher zu sein.«

Ihre Stimme klang vorwurfsvoll.

Doktor Déry lehnte sich in seinem Sessel zurück und entgegnete vorsichtig, während er sie aus den Augenwinkeln beobachtete:

»Im Prinzip warst du das auch ... deine Chance, schwanger zu werden, betrug nur fünf Prozent. Du musst zugeben, dass das wenig ist.«

»Das nennen Sie eine Chance, Doktor?«, protestierte sie.

»Elizabeth, du übertreibst. Ich bin sicher, dass dein Mann sich über die Neuigkeit freuen wird.«

»Da bin ich mir nicht so sicher, Doktor.«

»Du wirst sehen ... Vielleicht ist er anfangs nicht so begeistert, aber dann wird er sich damit abfinden.«

Elizabeth wollte gerade das Thema Abtreibung anschneiden, aber dann überlegte sie es sich anders. Sie wusste, dass er strikt dagegen war und ihr Ansinnen ihn zutiefst schockieren würde. Für Doktor Déry gab es keinerlei Rechtfertigung für eine Schwangerschaftsunterbrechung, da war sie sich sicher. Er hielt es schon für falsch, dass Frauen selbst entschieden, ob sie ein Kind haben wollten oder nicht ...

Sie hörte nur mit halbem Ohr hin, als er ihr riet, sich möglichst zu schonen, sich nicht unnötig anzustrengen und vor allem sehr vorsichtig zu sein.

»... Da du eine Spirale getragen hast, bist du empfindlicher als andere Frauen. Das Risiko einer Fehlgeburt ist beträchtlich. Gut ... Ich sehe dich in einem Monat wieder«, meinte er, während er sie zur Tür begleitete.

Ohne zu wissen, wie ihr geschah, fand Elizabeth sich plötzlich auf der Straße wieder. Noch unter dem Schock der Neuigkeit wollte sie sich ein bisschen die Beine vertreten, frische Luft schnappen und ihre Gedanken und Gefühle ordnen. Daher ging sie zu Fuß die Rue Saint-Denis hinunter, von der Rue Sherbrooke bis zum Boulevard de Maisonneuve, stieg dann in ein Taxi und ließ sich nach Hause chauffieren.

5

Langsam stieg sie die Stufen der Freitreppe hinauf und wühlte dabei fieberhaft in der großen Baumwolltasche, die sie als Handtasche benutzte.

Verdammt noch mal! fluchte sie im Stillen. Wo habe ich nur diese verfluchten Schlüssel hingetan!

Elizabeth wollte gerade klingeln, als die Tür plötzlich aufging und Rosa Brisebois vor ihr stand.

Die gute Frau als hässlich zu bezeichnen war ein Euphemismus! Sie war ungefähr 1,50 m groß – und 75 cm breit! –, und das einzig Menschliche an ihr waren ihre Füße, ihre Hände und ihre kleinen, schwarzen, glänzenden Augen, die in ihre dicken Wangen einer Fettleibigen eingebettet waren. Ihr leicht abgeflachter Kopf, der genauso breit war wie ihre Schultern, verlieh ihr auf eine merkwürdige Art ein zugleich rundes und eckiges Aussehen, was die Phantasie der Menschen beflügelte, die sie zu Gesicht bekamen.

Trotz ihrer Hässlichkeit hatte Rosa Brisebois großen Erfolg bei Müttern, die ein Kindermädchen suchten. Ein Psychologe hätte daraus die Schlussfolgerung gezogen, dass dies wahrscheinlich an ihren prankenähnlichen Armen lag. Kurzum, sie war seit über einem Jahr Amélies Babysitter, was einen echten Rekord darstellte, denn damit hatte sie bereits drei Monate länger durchgehalten als alle anderen.

Als sie die kompakte Masse dieser Frau so unerwartet vor sich auftauchen sah, zuckte Elizabeth unwillkürlich zusammen.

»Ach, Rosa!«, rief sie überrascht. »Das ist nett von Ihnen... Danke.«

Als sie an ihr vorbeiging, bemerkte sie die ungewöhnliche Kälte ihres Blicks und erriet instinktiv den Grund dafür, dass sie ihr aufzulauern schien; sicherlich hatte sie ihr einige unangenehme Dinge über das Verhalten ihrer lieben Tochter zu sagen.

Im Haus herrschte eine bedrückende, spannungsgeladene Atmosphäre. In der Diele legte Elizabeth ihre Handtasche ab und zog ihre Schuhe aus, während sie mit halbem Ohr auf die Musik hörte, die aus dem Wohnzimmer drang. Sie erkannte den Vorspann der Fernsehnachrichten von Radio-Canada und warf unwillkürlich einen Blick auf ihre Uhr. Es war genau 18 Uhr 58.

Als Amélie, die vor dem Fernseher auf dem Boden lag, sie hereinkommen sah, sprang sie mit einem Satz auf und stürzte auf sie zu. Elizabeth gab ihr einen Kuss und hob dann mit einem Finger das energische kleine Kinn. Sie sah forschend in die großen grünen Augen, die offensichtlich geweint hatten, und fragte mit sanfter Stimme:

»Hast du Dummheiten gemacht?«

»Ich habe nichts getan, sie ist schuld!«, rief Amélie und deutete mit dem Zeigefinger auf Rosa. »Sie hat meine ganze Tafel Schokolade gegessen!«

Die Schuldige bekam einen hochroten Kopf und sank noch tiefer in dem Sessel zusammen, in den sie leise geglitten war. Sie wartete, bis Elizabeth auf dem Sofa ihr gegenüber Platz genommen hatte, und entgegnete dann:

»Achten Sie nicht auf das, was sie sagt, Madame De Blieck. Sie wissen ja, wie Ihre Tochter ist... Sie muss aus allem ein Drama machen.«

Elizabeth, die eine heftige Entgegnung in der Art: »Lügnerin! Du bist es, die aus allem ein Drama macht...« erwartete, sah zu Amélie hinüber. Das kleine Mädchen, das sich inzwischen vor den Fernseher hingesetzt hatte, drehte sich nicht um, hob nicht einmal den Kopf und schien weder etwas gehört zu haben, noch sich im

Geringsten dafür zu interessieren, was hinter ihr geschah oder gesprochen wurde. Ihre Aufmerksamkeit wurde anscheinend völlig von einer Sendung über Behinderte in Anspruch genommen.

»Was ist passiert?«, flüsterte Elizabeth und wandte sich erneut Rosa zu.

»Ich hatte Schokolade gekauft, die ich der Kleinen nach dem Abendessen geben wollte«, erklärte Rosa und wedelte mit ihren dicken, kurzen Händen. »Aber nachmittags bekam ich Hunger und ... nun ...« Sie wurde wieder rot und zuckte dann mit den Schultern, plötzlich empört darüber, dass eine Kleinigkeit so aufgebauscht wurde. »Normalerweise wäre ich losgegangen und hätte noch eine Tafel Schokolade gekauft, aber ich musste Ihre Tochter bestrafen. Sie war unverschämt. Im Übrigen wollte ich Ihnen sagen ... Sie müssen wissen, dass ich nicht mehr auf sie aufpassen kann, Madame«, beendete sie ihren Satz, mit vor Aufregung zitternder Stimme. »Es ist eine zu große Verantwortung für eine Frau meines Alters. Sie folgt nicht ... Sie ist eigensinnig ...«

Elizabeth dachte niedergeschmettert daran, dass es nicht leicht sein würde, einen anderen Babysitter zu finden. Sie musste unbedingt versuchen, die Sache wieder ins Lot zu bringen. Vielleicht wäre Rosa ja zugänglicher, wenn das Objekt ihrer Klagen aus ihrem Blickfeld verschwände. Elizabeth beugte sich zu ihrer Tochter hinab und sagte:

»Amélie, ich möchte, dass du auf dein Zimmer gehst und dich fertig machst zum Schlafengehen. Ich komme in ein paar Minuten nach.«

»Ach, Mama ...«

»Du verabschiedest dich jetzt und gehst hinauf, Amélie. Sofort!«

Das kleine Mädchen merkte am scharfen Ton ihrer Mutter, dass jeder Widerstand zwecklos war. Widerwillig verabschiedete sie sich von Rosa, auf eine kurze, trockene und abwesende Art, und rannte dann in ihr Zimmer hinauf.

»Gut«, nahm Elizabeth mit sanfterer Stimme die Unterhaltung wieder auf, »vielleicht erzählen Sie mir jetzt, was sie getan hat.«

»Es ist nicht so sehr das, was sie getan, als vielmehr das, was sie gesagt hat«, versetzte Rosa.

Elizabeth atmete erleichtert auf, da sie in ihrer Unschuld

glaubte, dass ihre Tochter nichts Unverzeihliches gesagt haben konnte.

»Sehen Sie mal, Rosa ... Amélie ist doch noch ein kleines Mädchen, ein Baby, das ...«

»Sie hat schreckliche Dinge gesagt! Sie hat gesagt, dass ich ... eine alte Schachtel bin, ein Drecksstück voller Falten und ... Ich weiß nicht, ob ich das vor Ihnen sagen kann ... Ach, Madame!« Sie verlor die Fassung und begann zu weinen. »Sie hat mich ein fettes Aas genannt«, stieß sie schluchzend hervor.

Elizabeth erstickte beinahe an ihrem Speichel.

Oje! ... Aus der Traum!, rief sie im Stillen, verbarg ihr Gesicht in den Händen und räusperte sich, um die Lachlust zu verbergen, die sie plötzlich überkam.

»Es tut mir so Leid, Rosa. Ich weiß nicht, was in sie gefahren ist ...«

Sie wusste es nur zu gut, hatte jedoch keinerlei Verlangen danach, sich mit der simplen Psychologie der guten Frau auseinander zu setzen. Auf jeden Fall war der Schaden in der Tat nicht wieder gutzumachen.

Sie half Rosa aus dem Sessel, begleitete sie zur Tür und bat sie, ihre Entschuldigung anzunehmen. Sie versicherte ihr nochmals, dass sie sie gut verstehen könne, und schubste sie dann beinahe zur Tür hinaus, verärgert darüber, dass sie nicht ohne ein Empfehlungsschreiben gehen wollte.

»Ich schicke es Ihnen morgen per Express«, versprach Elizabeth und schloss die Tür, während Rosa ihr einen dankbaren Blick zuwarf.

Einen Moment lang lehnte sie sich mit nachdenklicher Miene gegen die Tür und sah zur Treppe hinüber, die in den ersten Stock führte.

An die Arbeit, sagte sie sich und seufzte erschöpft. Der Tag ist noch nicht zu Ende.

Amélie lag noch wach und wartete auf ihre Mutter.

»Ist dir klar, was du da angestellt hast?«, fragte sie Elizabeth und setzte sich auf den Rand ihres Betts. »Du warst so gemein zu Rosa, dass sie nicht mehr kommen und auf dich aufpassen will.«

»Warum hat sie auch meine Schokolade gegessen!«, versetzte Amélie empört. »Sie ist eine ...«

Sie schloss die Augen und suchte angestrengt nach dem richtigen Ausdruck. Da sie keinen fand, stahl sie einen aus dem Wortschatz ihres Vaters und schloss triumphierend:

»... eine Schwachsinnige!«

Elizabeth musste unwillkürlich lächeln. Tief in ihrem Inneren gab sie ihrer Tochter Recht.

»Amélie! ... Es war falsch von Rosa, deine Schokolade zu essen, das stimmt. Aber das entschuldigt nicht, dass du gemein zu ihr warst.«

Das kleine Mädchen sah auf seine Fingerspitzen hinunter und tat so, als ginge sie das überhaupt nichts an.

»Mama ... Was machen die Behinderten, die keine Arme haben, wenn sie sich kratzen wollen?«

Elizabeth seufzte:

»Ich weiß es nicht, Amélie ... Wir haben aber gerade von Rosa gesprochen, nicht wahr? Was hat das mit den Behinderten zu tun? Auf jeden Fall«, fügte sie hinzu und drohte ihr mit dem Zeigefinger, »wenn ich dich das nächste Mal erwische, dass du so gemein zu jemandem bist ...«

Amélie, die die Drohung kalt ließ, packte lachend den Finger und wechselte erneut das Thema:

»Erzählst du mir eine Geschichte?«

»Also gut, aber nur eine kurze ... weil es schon sehr spät ist.«

Sie erzählte eine sehr malerische, aber stark verkürzte Version von »Rotkäppchen«, deckte das kleine Mädchen dann zu und küsste sie.

»Gute Nacht, mein Mäuschen«, murmelte sie und ging zur Tür.

»Mama? ... Wenn ich noch einmal etwas Schreckliches sage, wie werde ich dann bestraft?«, rief ihr Amélie vom Bett aus zu.

Den Gedankensprung beherrscht sie perfekt, dachte Elizabeth, bevor sie antwortete:

»Du bekommst keine Schokolade mehr! Zumindest eine Zeit lang.«

»Wie lange?«

»Das weiß ich noch nicht«, antwortete Elizabeth vorsichtig. »Ich muss darüber nachdenken.« Sie ging schnell aus dem Zimmer.

Sie gab lieber eine ausweichende Antwort, da sie genau wusste, dass ihre Tochter sofort ausrechnen würde, in welchem Verhältnis die Länge der Bestrafung zur Größe des Vergehens stand.

Was für eine kleine Nervensäge sie doch ist, dachte sie, als sie die Treppe hinunterging.

Im Küchenradio wurde gerade einer der großen Hits von Stevie Wonder übertragen, *I just called to say I love you*. Elizabeth machte sich ein Käsesandwich und summte dabei mit. Die Terrassentür stand offen und ließ feuchtschwüle Luft herein, als wollte der Garten all die Hitze loswerden, die sich seit Tagesanbruch darin angesammelt hatte, indem er sie heimtückisch durch das Fliegengitter blies.

Sie litt so sehr unter der Hitze, dass sie nicht auch noch den Herd anschalten wollte. Wenn sie allein essen musste, kochte sie sowieso nie; im Allgemeinen begnügte sie sich damit, auf die Schnelle irgendetwas zu knabbern.

Plötzlich hörte sie auf zu summen und spitzte die Ohren. Sie war sicher, in der Diele ein Geräusch gehört zu haben. Als sie das charakteristische Klirren von Oliviers Schlüsselbund erkannte – er pflegte ihn zwei-, dreimal in die Luft zu werfen, wenn er die Tür abgeschlossen hatte –, machte sie schnell noch ein Sandwich, da sie davon ausging, dass er genauso hungrig war wie sie selbst.

Er stürzte in die Küche herein. Mit zerzausten Haaren und glänzenden Augen lockerte er seine Krawatte und lächelte ihr zu.

»Entschuldige, Liebling. Ich habe mich verspätet. Ist die Prinzessin schon im Bett?«, fragte er und umarmte sie.

Elizabeth nickte und fügte hinzu:

»Du hast sie nur um wenige Minuten verpasst. Und eine halbe Stunde später hättest du auch mich verpasst. Ich bin todmüde.«

»Jetzt schon!«

»Den Glücklichen schlägt keine Stunde, mein Liebling«, entgegnete sie und nahm die Teller, auf die sie die Sandwiches gelegt hatte.

Bevor sie den Tisch erreichte, versperrte Olivier ihr den Weg, nahm sie in die Arme und drängte sie zurück, bis sie mit dem Rücken zum Kühlschrank stand.

»Hör zu, Olivier, Liebling ...« protestierte sie sanft. »Die Sandwiches werden trocken.«

»Ach! Und ich sterbe vor Hunger«, sagte er aus Höflichkeit und küsste sie auf den Hals.

»Für einen Sterbenden bist du ziemlich zudringlich«, versetzte Elizabeth.

Sie befreite sich aus seiner Umarmung, glitt geschickt unter seinen Armen hindurch und stellte die Teller auf den Tisch. Im Vorbeigehen küsste sie ihn auf die Nasenspitze und murmelte:

»Ich liebe dich.«

Nachdem die Küche aufgeräumt war, gingen sie zu Bett.

»Mir ist heiß«, beklagte sich Elizabeth, als sie sich hinlegte. »Schaltest du bitte den Ventilator ein.«

»Was immer du willst, mein Schatz«, antwortete Olivier mit einem Augenzwinkern, ein glückliches Lächeln auf den Lippen.

Stutzig geworden, drehte Elizabeth sich zu ihm, um sein Gesicht besser erforschen zu können. Plötzlich fragte sie sich, ob seine Euphorie etwas mit ihr zu tun hatte. Hatte er erraten, dass sie schwanger war? Hatte irgendjemand – wahrscheinlich Doktor Déry, wer sonst? – ihn bereits über ihren Zustand informiert?

Olivier konnte es kaum erwarten, ihr die Neuigkeit mitzuteilen, die er bislang verschwiegen hatte. Schließlich hielt er es nicht mehr aus, riss seine langen Arme hoch und rief:

»Geschafft! Wir haben ihn!«

»Wen?«

»Den Vertrag! Das berühmte Krankenhaus, von dem ich dir so viel erzählt habe ... Wir haben den Vertrag bekommen«, verkündete er stolz.

»Herzlichen Glückwunsch«, sagte sie ohne große Begeisterung.

»Ist das alles, was du dazu zu sagen hast? Ich glaube, du verstehst nicht ganz. Das ist ein riesiger Auftrag ... ein wunderbarer Auftrag! Und warte ... das ist noch nicht alles. Heute Morgen hat man mir einen Teilhaberstatus angeboten. Das war zu erwarten! Ich war es schließlich, der diesen Vertrag an Land gezogen hat. Nächste Woche treffe ich die Ingenieure und ...«

»Ich hoffe, dass dein Krankenhaus rechtzeitig fertig wird«, unterbrach ihn Elizabeth, die die unverhoffte Gelegenheit, die sich ihr bot, nutzte, um das Gespräch auf das Thema zu lenken, das ihr am Herzen lag.

»Rechtzeitig? Aber warum ... Wovon sprichst du?«, stammelte er, plötzlich beunruhigt.

Elizabeth nahm all ihren Mut zusammen.

»Ich spreche von unserem Baby ... Ich bin im zweiten Monat schwanger«, stieß sie hervor und wandte unwillkürlich den Blick ab.

Olivier fühlte sich, als würde ihm jemand mit einer Keule einen Schlag auf den Kopf versetzen.

Er rollte sich auf die Seite, sah sie an und begriff sofort, dass es durchaus möglich war. Verwirrt zögerte er einige Sekunden und fragte schließlich:

»Seit wann weißt du es?«

»Ich war heute bei Doktor Déry«, entgegnete sie.

Elizabeth berichtete ihm von dem Arztbesuch, ihren Fragen und den Antworten, die sie erhalten hatte.

»So. Jetzt weißt du genauso viel wie ich«, beendete sie ihren Bericht mit niedergeschlagener Stimme und musste an sich halten, um nicht plötzlich loszuweinen.

Einen Augenblick lang herrschte Schweigen, dann meinte Olivier:

»Du machst ein Gesicht, mein Liebling. Man könnte meinen, du hättest mir gerade eine Katastrophe verkündet.«

»Kommt es dir nicht so vor ...?«

»Elizabeth! ... Wie kannst du so etwas sagen!«, rief er überrascht.

Plötzlich wurde ihm klar, dass sie sich davor gefürchtet hatte, ihm zu gestehen, dass sie schwanger war. Warum nur? Wovor fürchtete sie sich? War es möglich, dass sie sich auch nur eine Sekunde lang eingebildet hatte, er wäre nicht glücklich über ein zweites Kind? Nur weil es einfach so passiert war, ohne dass seine Ankunft vorher gewünscht, beschlossen und bis ins Detail geplant worden war? Sein Herz zog sich zusammen. Es war seine Schuld, dass sie offenbar nicht genügend Vertrauen in ihn hatte, um ihm ohne Furcht alles zu gestehen, was sie bedrückte.

Er packte sie sanft bei den Handgelenken und nahm sie in die Arme.

»Wenn du es genau wissen willst, ich denke, es ist gut, dass dieses Baby kommt, ohne uns nach unserer Meinung zu fragen. Wenn wir den richtigen Moment abgewartet hätten, hätten wir dieses zweite Kind wahrscheinlich nie gemacht. Deshalb habe ich nichts dagegen. Ich würde sogar sagen, dass ich sehr glücklich darüber bin. Und du?«

»Wenn du es bist, bin ich es auch«, entgegnete sie erleichtert. Jetzt merkte auch sie, dass ihre Angst zum großen Teil damit zusammenhing, dass sie Oliviers Ablehnung fürchtete. Es war nicht wirklich wichtig, dass ihre Pläne über den Haufen geworfen wurden und sie ihre Rückkehr ins Arbeitsleben noch etwas verschieben musste. Weniger wichtig zumindest, als sie gedacht hätte.

»Wann ist es so weit?«

»Im Januar.«

»Glaubst du, dass es ein Junge wird?«

»Das fällt in dein Fach. Nach allem, was ich weiß, ist der Mann für das Geschlecht des Kindes verantwortlich.«

Er küsste sie zärtlich auf die Stirn.

»Wie wäre es mit einer kleinen Feier?«, schlug er mit schmachtender Stimme vor.

»Wir haben keinen Champagner«, entgegnete Elizabeth pragmatisch.

»Ich habe eine viel bessere Idee«, sagte er und schaltete das Licht aus.

6

Elizabeth lief ziellos im Haus herum, unfähig, irgendeine Beschäftigung zu beginnen. Es war bereits später Vormittag, und Olivier war frühmorgens ins Büro gefahren, obwohl es Samstag war. Er hatte versprochen, in ein bis zwei Stunden wieder da zu sein.

Am Tag zuvor hatte sie den Plan gefasst, das Wochenende auf dem Land zu verbringen. Es war so furchtbar heiß, und ein wenig frische Luft würde ihnen allen sehr gut tun. Aus diesem Plan wurde jedoch nichts, da Olivier zu beschäftigt war. Enttäuscht hatte sie sich damit getröstet, dass sie das nächste Wochenende fahren würden.

Das Telefon hatte nur einmal geklingelt. Gegen 11 Uhr. Es war Carole Cormier. Als sie die Stimme der Frau erkannte, die sie »das Klatschweib von Westmount« nannte, fiel es Elizabeth schwer, Ruhe zu bewahren. Die junge Frau rief sie normalerweise nur an, um ihr den neuesten Klatsch des Viertels zu berichten, der sie, besonders heute, nicht im Geringsten interessierte. Sie war nervös und gereizt und der Ansicht, dass es viel zu heiß war, um Caroles dummem Tratsch zuzuhören.

Obwohl sie also durchaus nicht in der Stimmung für albernes Geschwätz war, nahm sie sich zusammen und hörte höflich zu, was Carole ihr zu verkünden hatte: Dass nämlich die Bilodeaus ihren Schäferhund am Mittwoch Vormittag mitten im Garten tot aufgefunden hatten.

Die Obduktion, die die Bilodeaus gefordert hatten, hatte keine Anomalie ergeben. Keine sichtbare Verletzung, keinerlei Spuren von Chemikalien im Verdauungssystem, keine erkennbare Krankheit. Nicht einmal einen Bandwurm. Das Tier schien erstickt zu sein. In den Atemwegen war jedoch kein Gegenstand entdeckt worden, der eine Obstruktion hätte verursachen können. Der Hals wies auch keine Würgemale auf. Der Bericht des Tierarztes endete mit der folgenden Feststellung: »Vermutlich Tod durch Herz-Kreislauf-Versagen. Ursache unbekannt.«

Amélie war der Unterhaltung gefolgt und hatte die Gelegenheit genutzt, erneut eine alte Auseinandersetzung zu beginnen. Sie wollte einen Hund ... Warum hatte sie keinen ... Das war ungerecht, etc.

Die Diskussion war immer hitziger geworden. Elizabeth hatte schließlich die Geduld verloren und das kleine Mädchen in den Garten geschickt, nachdem sie ihr einen leichten, aber geräuschvollen Klaps auf den Hintern versetzt hatte.

Nun stand sie da, an die Terrassentür gelehnt, und beobachtete Amélie, die sich unter den nächstliegenden Baum geflüchtet hatte, den hundertjährigen Ahorn. Freilich gab es im Garten keine allzu große Auswahl an Bäumen. Eigentlich gab es nur zwei. Der andere war eine riesige schottische Kiefer, Oliviers ganzer Stolz, da sie die einzige ihrer Art im ganzen Viertel war. Sie trotzte dem rauen Klima, der Luftverschmutzung, dem Blitz und den Angestellten des Gartenbauamts, die sie ständig ihrer Krone berauben wollten, und war inzwischen mehr als 20 Meter hoch gewachsen. Ungeniert breitete sie ihre Zweige mit der rötlichen Rinde um sich herum aus und drang sogar auf das Grundstück des Nachbarn vor, der sich jedoch nicht beschwerte, so glücklich war er über die kleinen schuppigen Zapfen, die auf seinen Rasen fielen und ihm als Abdeckung für seine Beete dienten.

Elizabeth hatte oft davon gesprochen, die untersten drei Äste der Kiefer abzuschneiden, unter dem Vorwand, dass dies den Baum kräftigen würde. Als Olivier sich heftig dagegen sträubte – es kam gar nicht in Frage, dass irgendjemand Hand an seinen Baum legte –, hatte sie ihm eines Tages empört erklärt, dass die Kraft des Baumes ihr in Wirklichkeit völlig egal sei und sie die Äste nur deshalb abschneiden wolle, weil sie sie für gefährlich halte. Da sie sich so tief unten am Stamm befänden, seien sie für ein Kind zu leicht zugänglich. Olivier, dem keine Argumente mehr einfielen, hatte sich daraufhin nur noch mehr versteift und entgegnet: »Na und? Soviel ich weiß, ist meine Tochter kein Affe! Wenn du dir solche Sorgen machst, musst du ihr nur die Leviten lesen, anstatt mich zu schikanieren. Es kommt nicht in Frage, dass ich meinen Baum verstümmle!«

Diese Diskussion hatte vor zwei Jahren stattgefunden, in dem Jahr, in dem ein kleiner Junge in der Straße von einer Leiter fiel und sich dabei das Genick brach. Zugegeben ... es handelte sich um eine Leiter und keinen Baum. Aber Elizabeth sah es als Beweis dafür an, dass Kinder auf alle möglichen Ideen kamen, um sich den Hals zu brechen, und man daher alles aus ihrer Reichweite entfernen musste, was ihnen dabei half.

Seit damals hatten sie nie mehr über dieses Thema gesprochen. Aber jedes Mal, wenn Elizabeth den Baum betrachtete, quälte sie nach einer Weile eine dunkle Vorahnung. Meistens wandte sie verlegen den Blick ab. Sie konnte sich nicht erklären, was sie fühlte und warum ...

Elizabeth sah nur Amélies Rücken, aber sie musste sie weder sehen noch hören, um zu wissen, dass das kleine Mädchen wie ein Rohrspatz schimpfte ... Sie hasste es, einen Klaps auf den Hintern zu bekommen. Im Augenblick verabscheut mich die Kleine wahrscheinlich mehr als alles andere auf der Welt, sagte sie sich.

Sie bereute ihren Wutanfall und fragte sich, woher diese Nervosität kam, die sie spürte, seit sie aufgestanden war. War es nur die erdrückende Schwüle, die ihr so arg zusetzte? Der Anruf von Carole hatte ihre Nervosität auf eine seltsame Art noch gesteigert. Das lag nicht nur an der schrillen Stimme der jungen Frau, obwohl es unbestreitbar war, dass diese Stimme ihr fürchterlich auf die Nerven ging. Nein. Da war noch etwas anderes. Die Geschichte dieses Hundes hatte sie beunruhigt und verwirrt. Ja ... *verwirrt*! Sie hatte so etwas wie Furcht gespürt, als sie von dem Tod des Hundes erfuhr, und sich aus irgendeinem unerklärlichen Grund betroffen gefühlt. Das war umso verwirrender, als sie diesen Hund noch nicht einmal kannte. Warum bewegte sein Tod sie dann so sehr?

Sie konnte sich noch so sehr eine Idiotin schimpfen und sich einreden, dass alles pure Einbildung war und sie gut daran täte, die ganze Geschichte sofort zu vergessen, die Angst tief in ihrem Inneren wurde sie nicht los.

Sie verstand nicht, dass diese Angst, die ihr die Kehle zuschnürte, daher kam, dass sie unbewusst die drohende Gefahr ahnte. Sie fühlte nur instinktiv, dass ihr Schicksal auf unerklärliche Art mit dem gewaltsamen Tod des Hundes verknüpft war.

Als sie merkte, dass ihre Mutter sie nicht mehr überwachte, lief Amélie auf die Zedernhecke zu. Sie war so wütend, dass sie nur noch darauf sann, sich zu rächen und irgendetwas Dummes anzustellen. Dann hätte sie ihren Klaps zumindest verdient.

Sie schlüpfte in die Hecke. Sobald sie sich vergewissert hatte, dass niemand sie sehen konnte, zog sie wutentbrannt ihre Unterhose herunter und ging in die Hocke. Nur zum Trotz wollte sie so viel Wasser lassen, wie sie nur konnte.

Sie spürte eigentlich keinen Harndrang und musste sich sehr anstrengen, um einige Tropfen aus ihrer Blase zu pressen. Zufrieden richtete sie sich wieder auf und zog ihre Unterhose hoch. Da sah sie *es* ... ein schwarzes Ding in der Mitte eines Netzes aus seidenen Fäden, das zwischen zwei Zedernstämmen hing.

Amélie trat fasziniert näher. Ihre grünen Augen weiteten sich vor Erstaunen. Noch nie hatte sie eine solche Spinne gesehen. Die,

die sie normalerweise jagte, waren nicht größer als die Spitze ihres kleinen Fingers. Aber diese hier!

Sie kniete sich hin, beugte sich über das Netz und stieß einen Schrei des Entzückens aus, als sie auf dem pechschwarzen Körper einen herzförmigen roten Fleck entdeckte, der wie ein riesiger, fein ziselierter Rubin glänzte.

Die Spinne lag auf dem Bauch im Zentrum ihres Netzes und rührte sich nicht. Amélie hauchte sie sanft an und wartete auf eine Reaktion. Nichts ... keine Bewegung. Sie wartete einige Sekunden und hauchte sie dann noch einmal an. Immer noch nichts.

Als sie die Spinne genauer betrachtete, stellte sie fest, dass eines ihrer Beine zur Hälfte abgetrennt war. Mit der Spitze ihres Zeigefingers berührte sie ganz sachte das amputierte Glied ... Keine Reaktion.

Das kleine Mädchen, das so gut wie nichts über Spinnen wusste, konnte nicht ahnen, dass seine Entdeckung sich gerade im völlig natürlichen Stadium der Häutung befand, in dem die Spinne in einen komaähnlichen Tiefschlaf fiel.

Da sie die Spinne für tot hielt, streckte sie die Hand aus, packte sie vorsichtig um die Körpermitte und hob sie bis auf Augenhöhe.

Sie ist genauso weich wie mein Teddybär, dachte sie und streichelte mit dem Finger den samtigen Rücken. Sie ist das Schönste, was ...

Amélie zog schnell den Finger zurück. Die Spinne hatte ihre Beine bewegt. Eine kaum sichtbare Bewegung, die ihren aufmerksamen Blicken jedoch nicht entgangen war.

Sie hat sich bewegt!, sagte sie sich verblüfft.

Also war sie nicht tot ... Diese Feststellung erstaunte sie, erschreckte sie jedoch nicht. Sie war eher überrascht als ängstlich, als sie ihren Finger zurückzog. Immer noch hielt sie die Spinne in der Hand und beobachtete sie. Es kam ihr seltsam vor, dass die Spinne sich nur so wenig bewegte, wenn sie lebendig war. Sie sah ziemlich mitgenommen aus. Vielleicht lag sie wegen ihres abgetrennten Beins im Sterben.

Ihr Herz strömte über vor Mitleid für das verletzte Tier.

»Armes, kleines Tier«, seufzte sie und streichelte sie wieder mit dem Finger. »Hab keine Angst. Ich tu dir nicht weh. Ich werde mich um dich kümmern ...«

Amélie verstummte und suchte nach einem Namen, der zu *ihrer* Spinne passte. Mit halb geschlossenen Augen dachte sie angestrengt nach und verwarf der Reihe nach alle Vornamen, die ihr in den Sinn kamen. Sie fand sie nicht schön genug ... Plötzlich hellte ihr Gesicht sich auf, und sie rief freudig aus:

»Nellie! ... Ja, das ist es. Ich werde dich Nellie nennen. Das klingt schön und sanft ... genauso wie du.«

Amélie hob die andere Hand und legte den kleinen, schwarzen, reglosen Körper darauf.

»Ich werde mich um dich kümmern, meine Nellie«, sagte sie mit vor Zärtlichkeit überströmender Stimme.

Sie wollte zu ihrer Mutter laufen und ihr die Spinne zeigen, besann sich dann jedoch eines Besseren.

»Wenn Mama dich sieht«, erklärte sie Nellie, »wird sie nicht wollen, dass ich dich behalte. Nur weil ich noch nicht alt genug bin ... verstehst du. Also werden wir ihr nichts sagen ... Sie darf es nicht wissen.«

Nellie, die zusammengerollt in der Hand des kleinen Mädchens lag, bewegte sich immer noch nicht. Aber Amélies Stimme drang durch das Koma hindurch zu ihr – es war die zweite menschliche Stimme in ihrem Leben. Diese »Musik« hatte die gleiche Wirkung auf sie wie die von Simon, obwohl sie etwas anders klang: Sie wirkte beruhigend und tröstlich und schuf ein Gefühl der Geborgenheit.

Die Stirn in nachdenkliche Falten gelegt, überlegte Amélie, wie sie Nellie am besten im Haus verstecken und bei sich behalten konnte, ohne dass ihre Mutter etwas merkte.

Plötzlich stand sie auf und meinte mit geheimnisvoller Miene:

»Ich habe ein schönes Versteck für dich, meine Nellie.«

Mit einer entschlossenen Bewegung ließ sie die Spinne in die Tasche ihres Kleides gleiten und trat dann vorsichtig aus der Zedernhecke. Nachdem sie sich vergewissert hatte, dass ihre Mutter nicht in den Garten sah, ging sie langsam zum Haus, mit einer Hand ihre kostbare Last bedeckend.

Das Tier hatte einen neuen Unterschlupf, einen neuen Beschützer und eine neue Identität gefunden ... Einen echten Namen. Jetzt konnte Géna-Nellie neue Kräfte sammeln und ihre Häutung an einem sicheren Ort zu Ende bringen.

Amélie lag auf dem Holzboden ihres Zimmers, das Kinn auf beide Hände gestützt, und lächelte.

Vor ihren strahlenden Augen glänzte in dem dunklen Zimmer, vom Licht des Mondes beschienen, das rote Dach des kleinen Puppenhauses, das ihr Vater für sie gezimmert hatte.

Es war ein prächtiges Spielzeug, eine geschickte Miniaturnachbildung eines kanadischen Hauses, aus kleinen Holzstücken zusammengesetzt, 27 cm lang und 15 cm breit, mit einem Satteldach, an dem ein Griff befestigt war. Ein Rundfenster im oberen Teil einer Seitenwand ermöglichte die Lüftung des Hauses, wenn es völlig geschlossen war, das heißt wenn die Fassade, auf die zwei Fenster und eine Tür gemalt waren, sich in ihrer »normalen« Position befand. Wenn man das Dach, dessen Mitte Scharniere aufwies, einfach zusammenklappte, konnte man die Fassade herausnehmen, wodurch eine große Öffnung entstand. Aus diesem Grund hatte Olivier auf die Dachfenster und die Veranda verzichten müssen, traditionelle Bestandteile dieses Häusertyps. Er hatte auch keinen Kamin gebaut. Die offizielle Begründung dafür lautete, dass er nirgends passendes Baumaterial finden konnte . . . Er hätte natürlich niemals zugegeben, dass er vor der Schwierigkeit der Aufgabe, der Tüftelei und dem gewaltigen Zeitaufwand, den allein der Bau des Kamins erfordert hätte, kapituliert hatte.

Dieses Kinderspielzeug nun diente Nellie bereits seit einigen Tagen als Unterschlupf. Als sie aus ihrer Häutung erwacht war, hatte sie rasch ein großes Netz gesponnen, das zwei Wände und einen Teil des Bodens ihrer seltsamen Behausung bedeckte.

Amélie versorgte sie regelmäßig mit Wasser und frischer Beute, wie Fliegen, Ameisen, Schmetterlingen oder dicken Heuschrecken. Jeden Tag ließ Amélie sie aus ihrem Käfig, und Nellie nutzte dies aus, um das Zimmer des kleinen Mädchens zu erkunden. Wenn sie der Tür zu nahe kam, fing Amélie sie wieder ein und erklärte ihr freundlich, dass sie das Zimmer nicht verlassen durfte.

Sie wiegte sie in der hohlen Hand und streichelte mit einem Finger geschickt den hervortretenden kleinen Bauch. Sie sang ihr Abzählreime vor und vertraute ihr ihre Sorgen und Freuden an.

Manchmal stieg sie abends, nachdem ihre Mutter ihr gute Nacht gesagt hatte, aus dem Bett und zog sich aus. Dann legte sie sich splitternackt mit dem Rücken auf den Boden, setzte Nellie auf ihren Nabel und ließ die kleine Spinne ihren Körper erforschen. Die Bewegung der krallenbewehrten Beine auf ihrer Haut rief ein langes, angenehmes Schaudern hervor, auf das das Kind ganz versessen war.

Amélies Glück wäre vollkommen gewesen, hätte sie nicht ständig die Furcht gequält, dass ihre Mutter Nellie eines Tages entdecken und sie beide trennen würde. Denn ihre Mutter würde ihr Nellie wegnehmen, da war sich das kleine Mädchen ganz sicher. Sie passte daher auf wie ein Luchs, wenn sie die Spinne auf dem Fußboden herumwandern ließ. Immer blieb sie in ihrer Nähe, um sie im Notfall sofort fangen und verstecken zu können. Sie verließ nie ihr Zimmer, ohne Nellie in das kleine Haus gesetzt und sich vergewissert zu haben, dass dieses gut verschlossen war. Und abends wartete sie immer, bis ihre Mutter sie zugedeckt hatte und die Treppe hinuntergegangen war, bevor sie mit Nellie spielte.

Ein letztes Mal streichelte sie die Spinne, die sich wieder in ihrem Versteck befand, stellte die Holzwand auf und murmelte:

»Gute Nacht, meine Nellie. Schlaf gut.«

Sie klappte gerade das Dach herunter, als ein leises Geräusch vor der Tür plötzlich ihre Aufmerksamkeit erregte. Sie hob die Augen und konnte ein Seufzen nicht unterdrücken, als sie sah, wie die Türe leise geöffnet wurde und der Kopf ihrer Mutter im Türrahmen erschien.

Elizabeth wollte früher als sonst zu Bett gehen und war, einer plötzlichen Eingebung folgend, zum Zimmer ihrer Tochter gegangen. Sie verspürte das Bedürfnis, sich durch die Betrachtung ihres Kindes in seinem friedlichen, vertrauensvollen Schlaf des Gerechten zu beruhigen und zu trösten.

»Was machst du da, mein Liebling?«, fragte Elizabeth, als sie das Zimmer betrat, überrascht, dass ihre Tochter nicht im Bett lag. »Du solltest schon lange schlafen, nicht wahr?« Sie kniete sich neben Amélie und sah prüfend in das Gesicht des Kindes, dessen Augen ihr plötzlich zu groß erschienen. »Was hast du? Fühlst du dich nicht wohl?«, fügte sie mit leicht beunruhigter Stimme hinzu und legte die Hand auf Amélies Stirn, die ihr kühl, aber merkwürdig feucht vorkam.

Amélie sah sie an, entgegnete jedoch nichts. Ihre Mutter hatte ihr solche Angst eingejagt, als sie unerwartet das Zimmer betrat und Nellie beinahe entdeckt hätte, dass sie wie versteinert war und sich weder bewegen noch etwas sagen konnte.

Elizabeth nahm ihre Hand, half ihr hoch und meinte:

»Na los. Du musst jetzt schlafen.«

Sie deckte sie zu, nahm ihr das Versprechen ab, nicht mehr aufzustehen, küsste sie zärtlich auf die Wange und verließ schließlich das Zimmer, während sie die Tür leise hinter sich schloss.

Weder die Mutter noch das Kind hatten auch nur einen Augenblick lang geahnt, dass Elizabeth nur knapp dem Tod entronnen war. Es hätte genügt, dass sie die Hand nach dem kleinen Haus ausgestreckt und aus Neugier oder rein zufällig das Dach zurückgeklappt hätte.

Nellie, die hinter der beweglichen Wand lauerte, hatte sich auf ihre Hinterbeine gelehnt, sobald sie die fremden Vibrationen spürte – alles, was nicht Amélie war, war fremd und damit ein Feind. Mit nach vorne gerichteten Giftklauen hatte sie abgewartet – angriffslustig, nervös, bereit zum Zuschlagen.

7

Der Monat Juli ging seinem Ende entgegen. Er war noch heißer gewesen als der Juni. Die Stadt kochte unter der glühend heißen Sonne, während auf dem Land die Felder verdorrten. Während der letzten neunzehn Tage waren nicht mehr als zwei Zentimeter Regen gefallen.

Die Dürre, die Quebec zu befallen drohte, hatte die städtischen Behörden veranlasst, Bestimmungen zu erlassen, die vor allem den privaten Wasserverbrauch stark einschränkten.

Elizabeth, die sehr unter der unerträglichen drückenden Hitze litt, wetterte gegen alles und jeden: Gegen die Temperaturen natürlich, die morgendliche Übelkeit, Oliviers Arbeit, Amélies Albernheiten, vor allem gegen die schreckliche Müdigkeit, die sie immer wieder überfiel, sie niederstreckte und ihr alle Kraft raubte. Sie konnte sich nicht daran erinnern, während ihrer ersten Schwangerschaft so müde und schlecht gelaunt gewesen zu sein.

Sie holte den tragbaren Ventilator aus ihrem Zimmer und fluchtete sich ins Wohnzimmer, den einzigen Ort, an dem es momentan einigermaßen kühl war, dank der vielen Bäume, die eine Art Halbdunkel schufen und die Fenster vor den Sonnenstrahlen schützten.

Sie versuchte sich auf ihre Lektüre zu konzentrieren, einen Roman von Stephen King, aber es gelang ihr nicht. Nachdem sie dreimal den gleichen Absatz gelesen hatte, legte sie das Buch schließlich weg und ließ ihren Gedanken freien Lauf. Vielleicht würde sie, wenn sie nachdachte, eine Erklärung für dieses merkwürdige Unbehagen finden, das sie an jenem Montagnachmittag, der an sich völlig normal verlief, so sehr quälte.

Ohne besonderen Grund musste sie an das Gespräch zurückdenken, das sie einige Wochen zuvor mit Amélie über den kleinen Bruder oder die kleine Schwester, die bald zur Welt kommen würde, geführt hatte. Das kleine Mädchen hatte etliche Fragen nach der Herstellung von Babys gestellt, auf die Elizabeth knapp geantwortet hatte, ein wenig überrascht darüber, dass ihre Tochter sich mehr für das »Herstellen« als für das Ereignis als solches interessierte. Sie, die sich immer beklagt hatte, dass sie so allein war ... Warum freute sie sich nicht mehr darauf, dass ihre Einsamkeit nun bald vorüber sein würde?

Seltsam, sagte sich Elizabeth, womit sie einerseits Amélies Reaktion und andererseits das Wesen des kleinen Mädchens meinte, das sich im Laufe der letzten Wochen merklich verändert hatte. Die sonst so offenherzige, laute und geschwätzige Amélie war allmählich bräver geworden. Verschlossener, ernsthafter, zurückhaltender. Immer öfter hielt sie sich in ihrem Zimmer auf – das sie jetzt selbst aufräumte –, spielte dort stundenlang und redete mit ihren Puppen.

Manchmal, wenn Elizabeth sich auf Zehenspitzen die Treppe hinaufschlich, um ihrer Tochter heimlich nachzuspionieren, in der ehrbaren Absicht, sich zu vergewissern, dass sie keine Dummheiten machte, kam es vor, dass sie einige Minuten lang gerührt durch die geschlossene Tür hindurch Amélies Geschwätz lauschte, in dem ein Name besonders oft vorkam.

Nellie ... Nellie ... Ein schöner Name, dachte Elizabeth ... Der sehr gut zu dem Baby passen würde, wenn es ein Mädchen würde. Auf jeden Fall, sagte sie sich, während sie immer noch über Amélies Wesenswandel nachdachte und sich plötzlich um ihre Gesundheit sorgte, hoffe ich, dass sie keine Krankheit ausbrütet.

Die Türglocke riss sie jäh aus ihren Gedanken. Überrascht sprang sie mit einem Satz auf und öffnete.

Mit schmerzverzerrtem Gesicht und verweinten Augen stürzte Carole Cormier herein, ihre Tochter vor sich herschiebend.

»Entschuldige bitte, dass ich hier so hereinplatze«, stieß sie hervor, »aber ... ich habe gerade erfahren, dass mein Vater einen Schlaganfall hatte. Er ist im Krankenhaus. Ich muss sofort hinfahren. Kannst du auf Diane aufpassen?«

Elizabeth hatte noch keine Zeit gehabt, etwas zu entgegnen, als Carole auch schon wieder draußen war, sich in ihr Auto stürzte und ihr zurief:

»Ich rufe dich an, sobald ich kann!«

Sie sah zu, wie sie wegfuhr, und wandte ihren Blick dann dem kleinen Mädchen zu, das offensichtlich nicht wusste, ob es lachen oder weinen sollte.

»Gut«, sagte sie zu dem Kind. »Ich denke, wir werden einige Stunden zusammen verbringen ... Ich bin sicher, dass Amélie sich sehr freuen wird, dich zu sehen«, fügte sie hinzu, als sie sie in die Küche führte. Plötzlich merkte sie, wie kühl ihre Stimme klang.

Elizabeth hasste Routine, mochte jedoch auch keine Überraschungen oder Veränderungen, die sie nicht selbst geplant hatte. Wie ihre Tochter übrigens konnte sie es nicht ausstehen, wenn man ihr Leben für sie organisierte. Ganz besonders verabscheute sie das Gefühl, dass jemand ungestraft über ihre Zeit oder ihre Person verfügte. Und das war genau der Eindruck, den sie in diesem Moment hatte. Sie konnte nicht anders, als sich zu ärgern, bereute jedoch, es das kleine Mädchen spüren zu lassen, das nicht das Geringste dafür konnte.

Sie stellte der Kleinen ein Glas Milch und ein paar Kekse hin und sagte mit betont sanfter Stimme:

»Ich hole Amélie. Bleib da sitzen, meine Kleine ... Ich komme gleich wieder.«

Sie ging aus der Küche zur Treppe und rief in den ersten Stock hinauf. Als sie beim dritten Mal immer noch keine Antwort erhielt, stieg sie innerlich fluchend die Treppe hinauf.

Die Zimmertür war geschlossen. Elizabeth stieß sie abrupt auf und rief mit atemloser Stimme:

»Kannst du nicht antworten, wenn ich dich rufe!«

Amélie saß im Schneidersitz auf ihrem Bett und kehrte ihr den Rücken zu. Sie schien mit ihren Puppen zu spielen, die in einer Reihe auf den Kopfkissen lagen.

Nellie, die zwischen den gespreizten Knien des kleinen Mädchens lag, richtete sich sofort auf. Elizabeth konnte sie nicht sehen, aber die Spinne hatte ihre Anwesenheit bemerkt.

Amélie hatte ihre Mutter nicht heraufkommen gehört. In panischer Angst bedeckte sie Nellie mit den Händen und sah sich nach Elizabeth um. Vor lauter Überraschung war ihr Gesicht rot angelaufen.

»Was?«, flüsterte sie mit kaum hörbarer Stimme.

Elizabeth, die sich an den Türrahmen lehnte und die Hand noch auf der Klinke hatte, war zu verärgert und zu sehr außer Atem, um auf die betroffene Miene ihrer Tochter zu achten.

»Deine Freundin Diane ist unten«, sagte sie schroff.

Ihr Blick wanderte durchs Zimmer und richtete sich schließlich auf Amélie, die sich immer noch nicht bewegt hatte.

»Was ist? ... Hast du nicht gehört, was ich gesagt habe?«, schimpfte sie. »Diane will mit dir spielen ... Beeil dich!«

In sarkastischem Ton fuhr sie fort:

»Es würde dir übrigens nicht schaden, *einmal* dieses Zimmer zu verlassen. Hier riecht es inzwischen wie im Raubtierkäfig ... Los, verflixt noch mal! Beweg dich ein bisschen!«

»Ich komme ja schon, Mama.«

Amélie wusste sich nicht anders zu helfen, als Nellie verstohlen in die Tasche ihres Kleides zu stecken. Dann hüpfte sie rasch vom Bett herunter und lief zu ihrer Mutter, wobei sie die Hand über ihrem Schützling geschlossen hielt.

Es war höchste Zeit. Elizabeth wunderte sich schon über den offensichtlichen Mangel an Begeisterung ihrer Tochter, die normalerweise bei der Vorstellung, ihre Freundin zu sehen, vor Freude an die Decke sprang.

Als die Kinder ihren Imbiss beendet hatten, schickte Elizabeth sie in den Garten.

In der Küche läutete das Telefon. Elizabeth hob den Hörer ab, und ihr Gesicht verzog sich zu einem Lächeln, als sie Gilbertes Stimme erkannte.

»Wie geht es dir?«, fragte sie in einem Ton, der ihre Erschöpfung und ihren Ärger verriet.

»Es geht schon«, flötete Gilberte. »Und dir? ... Wenn man dich so hört, könnte man glauben, dass du alle Last der Welt auf deinen Schultern trägst. Was ist mit dir los?«

»Nichts ... Nichts Besonderes zumindest, es ist nur diese Schwangerschaft, die mich so anstrengt. Ich bin die ganze Zeit erschöpft und habe trotzdem das Gefühl, den ganzen Tag nichts getan zu haben ... Wahrscheinlich bin ich zu alt zum Kinderkriegen.«

»Der Himmel soll auf mich fallen und mich taub machen!«, rief Gilberte sogleich ironisch aus. »Was für ein Unsinn! Ich denke, ein netter Abend unter Frauen wäre das Beste für dich. Was sagst du dazu? Wir könnten ins Kino oder in ein Restaurant gehen ... Worauf hast du Lust?«

»Ich hab keine Ahnung.«

»Gut, das können wir später entscheiden. Ich kann heute Abend gegen sechs Uhr bei dir sein.«

»Lieber morgen. Heute Abend ist es unmöglich. Olivier arbeitet, und ich habe keinen Babysitter«, entgegnete Elizabeth.

»Wie ... Hast du Rosa noch nicht ersetzt?«, wunderte sich Gilberte.

»Das ist leichter gesagt als getan«, versetzte Elizabeth.

Sie plauderten noch eine Weile, und Elizabeth versprach, für den morgigen Abend einen Babysitter zu finden.

Kaum hatte sie aufgelegt, klingelte das Telefon erneut. Es war Olivier.

»Ich muss heute Abend doch nicht arbeiten«, verkündete er fröhlich. »Wenn ich nicht aufgehalten werde, bin ich in ungefähr zehn Minuten zu Hause. Bis gleich!«

Elizabeth hatte noch nicht einmal Zeit gehabt, ihr Gespräch mit Gilberte zu erwähnen. Da er heute Abend nicht arbeitete ... Auf jeden Fall wartete sie besser ab, bis er da war, bevor sie irgendwelche Pläne schmiedete. Bis dahin wollte sie sich das Gesicht waschen und sich anziehen, damit er sie nicht am helllichten Nachmittag im Schlafanzug antraf.

Sie ging zur Terrassentür und warf einen Blick auf die Mädchen, die sich gut zu unterhalten schienen.

»Amélie!«, rief sie durch das Fliegengitter hindurch. »Wenn du mich brauchst, ich bin oben ... Es dauert nur ein paar Minuten, in Ordnung?«

Das kleine Mädchen gab ihr ein Zeichen, dass es verstanden hatte. Elizabeth verließ die Küche und sagte sich, dass nichts dabei war, sie einen Moment allein zu lassen. Es drohte keine Gefahr. Das Schwimmbecken war halb leer ... der Garten umzäunt ... Was konnte ihnen schon zustoßen?

Die beiden kleinen Mädchen saßen am Gartentisch unter dem Sonnenschirm. Sie hatten riesige bunte Badetücher um sich geschlungen und unter den Armen verknotet. In elegante Abendgarderobe gekleidet, wie ihnen schien, spielten sie »feine Damen beim Teetrinken«, mit einem winzigen Service aus echtem Porzellan, das Gilberte Amélie zu ihrem fünften Geburtstag geschenkt hatte.

Als Amélie ihre Mutter verkünden hörte, dass sie nach oben ging, stieß sie einen Seufzer der Erleichterung aus.

Seit sie im Garten war, konnte sie es kaum erwarten, ihr Geheimnis mit Diane zu teilen, und hatte nur noch eines im Sinn: sich in der Zedernhecke zu verstecken und ihr Nellie zu zeigen. Mit fieberhafter Ungeduld wartete sie auf den passenden Moment. Wenn ihre Mutter doch endlich verschwinden würde ... Nur ein paar Minuten, nur so lange, bis sie zur Hecke gelaufen waren. Solange sie sich in der Küche aufhielt, in nächster Nähe des Gartens, war das Risiko zu groß. Sie hörte und sah alles.

Mit vor Aufregung glänzenden Augen stand sie auf, löste rasch den Knoten des Badetuchs und ließ es zu Boden fallen.

»Pst!«, sagte sie zu Diane, die sie fragend ansah. »Warte! Ich seh mal nach ...«

Sie ging zur Terrassentür, sah durch das Fliegengitter hindurch, um sich zu vergewissern, dass ihre Mutter wirklich aus dem Zimmer gegangen war, und lief dann lächelnd zu Diane zurück.

»Zieh das Ding aus«, befahl sie ihr und zeigte mit dem Finger auf das falsche Abendkleid, »und komm mit!«

»Wohin denn? ... Warum?«, fragte das kleine Mädchen, das

niemals irgendetwas tat, ohne vorher tausend Fragen zu stellen, was alle Welt auf die Palme brachte, einschließlich der autoritären Amélie.

»Komm, sag ich dir!«

Als sie begriff, dass ihre Freundin nicht mitkommen würde, ohne zumindest eine Erklärung erhalten zu haben, stöhnte sie entnervt und fügte hinzu:

»Ich will dir etwas ganz Besonderes zeigen ... etwas, das du noch nie gesehen hast!«

»Was denn?«

»Wenn du es sehen willst«, drohte Amélie, die allmählich die Geduld verlor, »dann musst du mitkommen. Sonst siehst du gar nichts.«

Das saß. Diane raffte sich endlich dazu auf, ihr in den hinteren Teil des Gartens zu folgen. Amélie stürzte sich als Erste in die Zedernhecke und merkte bald, dass dort nicht genug Platz für sie beide war. Die Stämme standen viel zu dicht beieinander, als dass sie nebeneinander sitzen oder sogar stehen konnten.

Enttäuscht kehrte sie wieder um und rempelte dabei ihre kleine Freundin an, die ihr auf den Fersen folgte. Das zimperliche kleine Mädchen stieß sofort gellende Schreie aus, wie ein erschrockenes Robbenbaby.

»Pst! Sei still!«, knurrte Amélie. »Sonst hört dich noch meine Mutter.« Die Hände in die Hüften gestemmt, ließ sie ihre Blicke durch den Garten wandern, auf der Suche nach einem anderen Versteck für sie beide. »Jetzt sei endlich still, du verfluchter Schreihals!«, rief sie plötzlich verärgert und drehte sich zu Diane um, die immer noch jammerte. »Möchtest du meine Überraschung sehen, ja oder nein? Also hör auf zu schreien! Sonst ...«

Diane warf ihr einen bösen Blick zu und verstummte.

»Was ist deine Überraschung?«, fragte sie nach einer Weile und folgte Amélie zu der schottischen Kiefer.

»Das wirst du sehen, wenn wir da raufgeklettert sind!«

Amélie blieb vor dem Baum stehen und deutete auf einen der niedrigen Äste.

Ihr kühner Geist – oder vielleicht ein gewisser Sinn für eine dramatische Inszenierung – hatte sie plötzlich auf die Idee gebracht, auf den Baum zu klettern. Sie sagte sich, dass dort oben immer

Zeit genug bleiben würde, um Nellie zu verstecken, falls ihre Mutter unerwartet auftauchen sollte.

Absichtlich wählte sie den dicksten und niedrigsten der drei Äste in ihrer Reichweite ... Nicht wegen seiner offensichtlichen Festigkeit, noch weil er leicht zu erreichen war, sondern vor allem weil er der einzige war, wie sie aus Erfahrung wusste, den man von der Terrassentür aus nicht sehen konnte. Ihr Vater war eines Tages auf diesen Ast gestiegen, um eine Katze einzufangen, die sich dorthin geflüchtet hatte. Sie musste mit ihrer Mutter in der Küche bleiben und hatte durch das Fliegengitter nach draußen gespäht, aber nichts gesehen. Nicht einmal ihren Vater.

Sie hatte keine Ahnung, dass sie auch den gefährlichsten der drei Äste ausgesucht hatte ... den einzigen, der über die Zedernhecke und das dahinter verborgene schmiedeeiserne Gartentor hing, das das Nachbargrundstück abschloss.

»Warum?«, wimmerte Diane und sah verblüfft und beunruhigt auf den riesigen Ast, auf den Amélie sie zutrieb.

Das war alles zu viel für sie. Das brave, ruhige Kind wäre niemals von allein auf den Gedanken gekommen, auf einen Baum zu klettern. Die Vorstellung allein verwirrte und ängstigte es.

Amélie musste sie davon überzeugen, dass ihre »Überraschung« in Wirklichkeit ein »Geheimnis« war ... Dass sie es mit niemand anders teilen wollte ... Dass sie ihr auf jeden Fall überhaupt nichts zeigen würde, wenn sie nicht sofort auf den Baum kletterte.

Ängstlich, aber von Neugier geplagt, gab Diane nach.

Sobald sie rittlings einander gegenüber auf dem Ast saßen, nahm Amélie ihrer Freundin das Versprechen ab, das Geheimnis zu bewahren und mit niemandem darüber zu reden.

»Versprichst du es, ja oder nein?«, beharrte sie.

»Na gut, ich verspreche es«, entgegnete Diane rasch, da sie spürte, wie Amélie zögerte, und fürchtete, dass sie ihre Meinung ändern könnte.

Amélie steckte feierlich die Hand in ihre Tasche.

»Jetzt musst du die Augen zumachen ... ganz fest«, sagte sie zu dem kleinen Mädchen, das wie gebannt auf die Tasche ihres Kleides starrte, »und darfst sie erst wieder aufmachen, wenn ich es dir sage.«

Anders als sonst stellte Diane keine einzige Frage. Gehorsam kniff sie die Augen zusammen, so fest sie nur konnte.

Amélie lächelte zufrieden und sagte:

»Gib mir deine Hand ... und lass die Augen zu.«

Diane gehorchte und gluckste nervös.

Zunächst spürte sie etwas Weiches und Federleichtes auf ihrer Hand. Plötzlich durchfuhr jedoch ein fürchterlicher, stechender Schmerz ihre Hand, der bald ihren ganzen Arm erfasste.

Verunsichert und verängstigt durch den ihr fremden Geruch, hatte Nellie ihre Giftklauen brutal in das zarte Fleisch des kleinen Mädchens gestoßen.

Diane öffnete die Augen, schrie laut auf und schüttelte instinktiv ihre Hand. Durch die plötzliche Bewegung verlor Nellie das Gleichgewicht. Sie fiel von dem Ast herunter und baumelte an einem Spinnfaden in der Luft, nachdem sie vergeblich versucht hatte, sich an der rauen Rinde festzuhalten.

Das kleine Mädchen sah mit ungläubigem Entsetzen auf dieses ... dieses pechschwarze Ding, das ihr so wehgetan hatte und nun an einem Faden wieder zu ihr hinaufkletterte. Diesmal kreischte sie vor Furcht.

Erschrocken beugte sich Amélie, die noch nicht begriffen hatte, was passiert war, hinunter, um Nellie rasch wieder einzufangen. Sie streckte dem Tier, das inzwischen ihren Fuß erreicht hatte, die Hand entgegen und redete ihr gut zu:

»Los komm, Nellie. Komm ... Hab keine Angst.«

Nellie klammerte sich fest an ihre Fingerspitzen.

Diane weinte lautlos und drückte dabei die Bisswunde an ihre Lippen. Der Schmerz hatte nachgelassen, und sie spürte nur noch ein leichtes Kribbeln. In sich zusammengesunken, beobachtete sie mit Entsetzen, wie Amélie *das Ding* aufhob und wieder in ihre Tasche steckte.

»Ist das ... eine Spinne? Gehört sie ... dir?«, stieß sie hervor und warf Amélie, die schweigend nickte, einen Blick zu, in dem all der Abscheu lag, zu dem sie fähig war.

Sie sprach stockend, mit einem leisen Röcheln. Das Gift, das sich mit blitzartiger Geschwindigkeit in ihrem Organismus ausbreitete, bewirkte, dass ihre Brustmuskeln sich zusammenzogen, was die Atmung mehr und mehr erschwerte.

Sie schluckte mühsam – etwas schien ihr im Hals zu stecken –, schnitt eine Grimasse und sagte:

»Sie ... ist böse ... Sie ... sie hat mich gebissen ...«

Amélies Augen weiteten sich vor Erstaunen. Sie wusste nicht, dass Nellie beißen konnte. Diese Entdeckung verstörte sie und machte sie nachdenklich. Wie ein Kind, das erfährt, dass sein Hund gerade jemanden gebissen hat.

»Ich will ... will runter«, sagte Diane mit schwacher Stimme. »Lass mich ... vorbei ... Werde es ... deiner ... deiner Mutter sagen.«

»Nein!«, rief Amélie erschrocken. »Du hast versprochen, nie etwas zu sagen. Du hast kein Recht dazu!«

Ihr Herz machte einen Satz in ihrer Brust. Sie stellte sich vor, was passieren würde, wenn Diane alles ihrer Mutter erzählte ... Sie wusste, dass man ihr Nellie wegnehmen würde ... und ahnte, dass man sie töten würde, wie man die bösen Hunde tötet, die Leute beißen. Nein, ihre Mutter durfte nichts erfahren!

»Ich will nicht, dass du es ihr sagst!«, protestierte sie mit weinerlicher Stimme. »Ich will es nicht!«

Verzweifelt und von furchtbarer Angst erfüllt, brach Amélie in Tränen aus. Sie bereute bitter, ihr Geheimnis mit Diane geteilt zu haben, aber jetzt war es zu spät. Sie wusste nicht, wie sie sie daran hindern konnte, alles zu erzählen, oder wie sie Nellie beschützen sollte.

Diane zitterte am ganzen Körper. An den Ast geklammert, rang sie nach Luft und röchelte schrecklich. Ihr Gesicht war totenbleich, und ihre Lippen nahmen eine beunruhigende bläuliche Färbung an.

Amélie glaubte, dass sie ihr etwas vorspielte und die »komischen Geräusche«, die aus ihrem Mund kamen, absichtlich machte, nur um sie zu ärgern. Aufgebracht rief sie aus:

»Hör auf! Das ist nicht lustig!«

Sie trocknete sich mit dem Handrücken die Augen und zog geräuschvoll die Nase hoch. Als Diane immer noch komische Laute von sich gab, warf sie ihr einen verächtlichen Blick zu und schrie sie wütend an:

»Hör auf, sag ich dir! Das geht mir auf die Nerven! ... Warum tust du das?«

Sie erhielt keine Antwort.

Sie sah nur, wie Diane sich ganz langsam nach hinten beugte und plötzlich in die Tiefe stürzte.

Dann hörte sie einen dumpfen Aufprall.

Vor Amélies entsetzten Augen war der Körper des kleinen Mädchens auf das Gartentor gefallen und hatte sich aufgespießt.

Die pfeilförmigen, spitz zulaufenden Gitterstäbe waren an mehreren Stellen mit verblüffender Leichtigkeit durch die Haut gedrungen. Eine der Spitzen hatte sich einen Weg durch die Rippen gebahnt und die Lunge durchlöchert. Eine andere hatte die rechte Körperseite teilweise durchbohrt und dabei das Fleisch und die Muskeln zerrissen. Durch die klaffende Wunde entwich langsam das Blut aus dem Körper. Eine weitere Spitze, die schließlich zum Tode führte, hatte zunächst die Schädelknochen gestreift, dann das Rückenmark und den Hals durchbohrt, einen Teil der Zunge zerrissen, vier Zähne des Oberkiefers ausgeschlagen und die Lippe bis zur Nase gespalten. Nun ragte sie aus dem weit geöffneten Mund des kleinen Mädchens hervor.

In ihrem Blick, der zum Himmel gerichtet war, spiegelte sich weder Furcht noch Schmerz, sondern vielmehr Überraschung. In ihren goldbraunen Augen lag ungläubiges Staunen.

Während ihr Herz wie wild schlug, starrte Amélie auf die Spitze, die aus Dianes Mund herausragte. Dann stieß sie einen gellenden Schrei aus und schob sich mit den Händen auf dem Ast nach hinten, bis ihr Rücken den Stamm berührte. Schreiend und stöhnend zugleich, kletterte sie von dem Baum herunter und lief zum Haus.

Von Amélies Schreien aufgeschreckt, stürzte Elizabeth die Treppe hinab. Dort traf sie auf Olivier, der gerade zur Tür hereingekommen war. Sie wechselten nur einen Blick und liefen dann beide in die Küche.

Amélie war auf der Terrasse ausgerutscht und wäre der Länge nach hingefallen, wenn ihre Mutter sie nicht mit fester Hand aufgefangen hätte.

»Mama! ... Mama!«, stieß sie schluchzend hervor. »Diane ... Diane ist gestürzt!«

Elizabeth kniete nieder und nahm sie in die Arme.

»Pst! ... Beruhig dich«, sagte sie und zog sie an sich. Ihr Blick wanderte durch den Garten. Als sie das kleine Mädchen nirgends sehen konnte, befiel sie eine dumpfe Angst. »Wo ist sie? Wo ist sie gestürzt?«, fragte sie ängstlich.

Amélie sah sie an, ohne ein Wort zu sagen, drehte sich dann langsam um und deutete auf die schottische Kiefer.

»Dort«, murmelte sie.

Elizabeth sprang mit einem Satz auf und folgte Olivier, der bereits zu dem Baum lief.

»Oh, mein Gott ... nein, nicht das«, stöhnte sie im Stillen. »Mein Gott, ich bitte dich ...«

Sie sah, wie Olivier plötzlich stehen blieb.

Er hatte gerade den verstümmelten Körper entdeckt, der halb auf dem Gartentor, halb auf der Hecke lag. Entsetzt starrte er auf den eisernen Pfeil, der aus dem Mund des Kindes ragte, wie eine riesige, abscheuliche, schwarze Zunge, die in einer letzten Verhöhnung des Lebens, des Ewigen, des Nichts zum Himmel zeigte.

Er drehte sich um und ging zu Elizabeth zurück. Sein Gesicht war totenbleich.

»Elizabeth ..., ich glaube, es ist besser, wenn du nicht weitergehst«, stieß er mühsam hervor und packte sie bei den Schultern. »Es ist ... es ist kein schöner Anblick.«

Elizabeth sah ihm einige Sekunden lang in die Augen. Sie war nicht sicher, ob sie ihn richtig verstanden hatte. Sie *wollte* ihn nicht verstehen. Dann wandte sie den Blick ab und sah unwillkürlich zur Hecke hinüber, weil sie es einfach nicht glauben konnte ... Ihr Blick fiel auf etwas ... einen winzigen Fuß, der kaum über das Nadelholz hinausragte.

Verzweifelt versuchte sie dieses unerträgliche Bild aus ihrem Gedächtnis zu bannen, und sah wieder Olivier an. Der Blick ihres Mannes spiegelte eine ebenso unerträgliche Gewissheit wider: Sie konnte Diane nicht retten. Niemand konnte ihr mehr helfen.

Von einem erdrückenden Gefühl der Ohnmacht überwältigt, lehnte sie sich schluchzend an Oliviers Brust.

Plötzlich durchfuhr sie ein heftiger, stechender Schmerz, der sie zusammensinken ließ. Sie verlor das Bewusstsein und fiel in ein tiefes, schwarzes Meer. Langsam sank sie ins Gras, als wollte sie nur noch schlafen und vergessen.

8

Von ganz weit her, wie durch eine Wand aus Watte hindurch, drangen Geräusche zu ihr.

Sie spürte einen sanften Druck auf ihrem Handgelenk. Es ging ihr gut ... nichts tat ihr weh ... sie dachte an nichts.

Die Geräusche kamen näher und rissen die Wände ihres Wattekokons allmählich nieder. Langsam bewegte sie ihre Finger, einen nach dem anderen. Ihre Augenlider zitterten leicht. Mit der Zungenspitze befeuchtete sie ihre Lippen, die sich doppelt so groß anfühlten. Unendlich langsam, fast bedauernd, öffnete sie die Augen.

Die vertraute Umgebung ihres Zimmers beruhigte sie. Sie stieß einen Seufzer der Erleichterung aus und sah zum Nachttisch hinüber. Der Schein der Nachttischlampe fiel auf sehr große, sehr schöne Hände. Die Hände von Doktor Déry.

Der mitfühlende Blick des alten Arztes heftete sich auf Elizabeths düstere Augen und wirkte wie ein schmerzlindernder Balsam für Herz und Verstand. Er lächelte ihr zu.

»Wie fühlst du dich?«, fragte er sie mit einfühlsamer, wohltuender Stimme.

Elizabeth, die noch unter dem Einfluss des Beruhigungsmittels stand, das man ihr verabreicht hatte, fiel es schwer, ihre Gedanken zu ordnen.

»Gut ... glaube ich«, entgegnete sie. »Wieviel Uhr ist es?«

»Halb acht Uhr abends. Du hast mehr als drei Stunden geschlafen.«

»Was ist mit dem Baby?«

»Es ist alles in Ordnung. Es ist noch da, gut geschützt in seiner kleinen Muschel.« Er setzte sich auf den Bettrand und nahm Elizabeths Hand. »Du musst dich schonen, mein kleines Mädchen, wenn du willst, dass dieses Kind geboren wird. Du bist nicht sehr kräftig ... Zu blass, zu mager. Das ist weder für dich noch für das Baby gut«, fügte er hinzu und deutete auf den Bauch der jungen Frau.

»Amélie ... Wo ist sie?«, fragte sie plötzlich mit ängstlicher Stimme. »Haben Sie sie ...«

»Ja, ich habe sie gesehen«, unterbrach er sie sanft. »Es geht ihr sehr gut. Mach dir keine Sorgen. Im Moment schläft sie. Es ist seltsam«, fuhr er nachdenklich fort. »Der Schock, den sie erlitten hat, scheint keine Spuren hinterlassen zu haben. Sie hat sich völlig normal benommen ... Als ob nichts geschehen wäre. Sie hat ruhig in ihrem Zimmer gegessen und gespielt und ist dann friedlich eingeschlafen. Kinder sind viel robuster, als man glaubt ... Auf jeden Fall ist sie viel robuster als du«, sagte er und tätschelte ihre Hand.

»Hat sie ... mit Ihnen gesprochen? Wissen Sie, was passiert ist ... wie es geschehen ist?«, beharrte Elizabeth.

»Ganz offen gesprochen, ich weiß nicht viel. Ich wollte ihr keine Fragen stellen, verstehst du, und ... nun, sie war nicht gerade sehr gesprächig, was dieses Thema anbelangt. Sie hat mir gesagt, dass Diane auf den Baum klettern wollte ... Dann hat sie mir irgendeine Geschichte von einer Katze erzählt, die sich auf einen Ast verirrt hatte. Das kleine Mädchen hat bestimmt eine falsche Bewegung gemacht und das Gleichgewicht verloren ... Wahrscheinlich ging alles so schnell, dass sie nicht einmal mehr gemerkt hat, was mit ihr geschah. Zumindest hoffe ich das«, schloss er leise.

Elizabeth stöhnte wie ein verletztes Tier. Die Erinnerung an ein Gefühl des Unbehagens, an eine Vorahnung der unmittelbar bevorstehenden Katastrophe tauchte aus den Tiefen ihres Gedächtnisses auf, und ein schreckliches, quälendes Schuldgefühl ergriff erbarmungslos von ihr Besitz.

Das kleine Mädchen auf dem Ast ...

Auf dem Baum ...

Auf diesem *Baum*!

Diese dumpfe Angst, die sie jedes Mal überkam, wenn sie die schottische Kiefer ansah ... Sie wusste es. Sie hatte es immer gewusst ...

Wenn sie wusste, was geschehen würde, warum hatte sie es dann nicht verhindert?

Sie sah zu Doktor Déry auf, und als ihre Blicke sich trafen, spürte sie, dass er erraten hatte, was sie quälte.

»Es nützt nichts, dir Vorwürfe zu machen«, schalt er sie zärtlich. »Es ist geschehen, weil es geschehen musste. So musst du die Dinge sehen. Auf jeden Fall kannst du nichts daran ändern ... Also solltest du besser versuchen, es zu vergessen.« Er tätschelte noch einmal ihre Hand und stand auf. »Gut ... ich muss jetzt gehen. Dianes Mutter wartet unten, sie ist in einem fürchterlichen Zustand. Kein Wunder, am gleichen Tag hat sie ihren Vater und ihre einzige Tochter verloren ...«

Elizabeth sagte kein Wort, nicht einmal Auf Wiedersehen. Sie sah zu, wie er zur Tür ging und sie öffnete. Draußen stand Olivier, gegen die Wand gelehnt.

Die beiden Männer wechselten leise ein paar Worte. Olivier nickte mit dem Kopf und sah dabei immer wieder zu Elizabeth herüber. Dann schüttelte er dem Arzt die Hand, schloss die Tür hinter sich und trat ans Bett.

Er beugte sich über die junge Frau und drückte einen flüchtigen Kuss auf ihre Stirn, in den er all die Zärtlichkeit legte, die er für sie empfand.

Es war, als hätte er ihrer Verzweiflung eine Schleuse geöffnet.

Ihr Körper, der gegen die Tränen kämpfte, wie ein zerbrechlicher Staudamm gegen stürmisches Gewässer, begann zu zittern. Ihre Gesichtsmuskeln zogen sich zusammen ... und plötzlich brach der Damm. An Oliviers Schulter geklammert wie eine Schiffbrüchige an eine Boje, hinweggerissen von einer mächtigen, zerstörerischen Sturmflut, brach Elizabeth endlich in ein befreiendes Schluchzen aus.

Elizabeth hatte beschlossen, in die Leichenhalle des Viertels zu gehen, in der der Körper des Vaters und der Tochter von Carole seit zwei Tagen aufgebahrt waren.

Olivier, der von ihrer Absicht wusste, hatte versucht, sie zur Vernunft zu bringen und davon abzuhalten. Am Morgen, beim Frühstück, hatten sie noch einmal darüber gesprochen. Als ihm die Argumente ausgingen und er einsah, dass er sie nicht überzeugen konnte, war Olivier ziemlich verärgert gewesen und hatte ihr gesagt, kurz bevor er das Haus verließ: »Du hast Schuldgefühle? Gut, einverstanden. Na und? ... Ganz offen gesprochen, ich weiß nicht, wie die Tatsache, dass du dich in der Leichenhalle zeigst, etwas daran ändern könnte. Aber wenn du das glaubst, bitte, geh hin. Ich kann dich nicht daran hindern. Wenn du meine Meinung wissen willst ...« Die Hand bereits auf der Türklinke, warf er ihr einen wütenden Blick zu. Dann sah er plötzlich zur Decke hinauf und stieß einen resignierten Seufzer aus. Völlig unerwartet verzog sich sein Gesicht zu einem spöttischen Lächeln. »Nun, du bist der eigensinnigste, fanatischste Dickschädel, den ich kenne … und den ich wie verrückt liebe!«, hatte er den Satz beendet und sie auf die Stirn geküsst.

Sie hatte ihm nachgeblickt, als er aus dem Haus ging, und sich gedacht, dass er in einem Punkt Recht hatte. Nein, in zweien: Es stimmte, dass sie einen Dickschädel hatte, und es stimmte auch, dass er sie liebte. Was den Grund für ihren Eigensinn anbelangte … Ein undefinierbares Gefühl, ein nicht zu unterdrückendes Bedürfnis zwang sie, in die Leichenhalle zu gehen. Sie fühlte sich *verpflichtet*, Carole wieder zu sehen, der Mutter dieses Kindes in die Augen zu sehen, das sie nicht hatte beschützen können. Olivier hatte wahrscheinlich auch Recht mit seiner Behauptung, dass dieser Tod, für den sie sich verantwortlich fühlte, so große Schuldgefühle in ihr weckte, dass sie das – seiner Ansicht nach völlig unlogische und sehr wahrscheinlich charakterlich bedingte – Bedürfnis verspürte, ihn zu berühren und ihm in die Augen zu sehen. Wie um sich davon zu überzeugen, dass sie nicht geträumt hatte, dass dieser Albtraum Wirklichkeit war.

Als sie die Leichenhalle betrat, überkam Elizabeth eine plötzliche Übelkeit. Sie glaubte schon, sie würde ohnmächtig werden. Die Luft war schwül und stickig, vom allzu süßlichen Duft der Blumen durchdrungen.

Der einzige besetzte Raum war der Erste links. Sie ging langsam darauf zu, las den Familiennamen auf dem Schild, um sicherzugehen, und holte tief Luft, bevor sie eintrat.

In dem Zimmer war es kühl und dunkel und die Leute sprachen ganz leise miteinander, als hätten sie Angst, jemanden aufzuwecken. Ihr Flüstern verschmolz zu einer langen, monotonen Litanei, einem düsteren, endlosen Gebet.

Elizabeth trat zu den Särgen und kniete vor dem nieder, der die sterblichen Überreste von Diane Cormier enthielt; die kleine Kiste aus weißem Holz war geschlossen – dem Einbalsamierer war es nicht gelungen, die Verletzung der Lippe zu kaschieren – und verschwand fast unter all den Kränzen und Blumensträußen, die sich darauf türmten. In der Mitte stand ein Farbfoto des Kindes. Sie betrachtete einen Moment lang die langen blonden Locken, die Grübchen in den Wangen und die großen goldbraunen Augen, voller Sonne und Leben. Es war unerträglich. Ein Schluchzen mühsam unterdrückend, verließ sie rasch das Betpult.

Carole Cormier saß auf einem der niedrigen Sofas, die sich an der Wand neben den Särgen befanden. Sie sah sehr mitgenommen aus und achtete nicht auf das, was um sie herum geschah.

Elizabeth setzte sich neben sie und nahm sanft ihre Hand. Die junge Frau kniff ein paar Mal die Augen zusammen, bevor sie die Hand ansah, die die ihre hielt; dann wanderte ihr Blick langsam, ängstlich den Arm hinauf, streifte die Schultern und die Lippen und traf schließlich den durch Tränen verdüsterten Blick der anderen Frau, verweilte einige Sekunden und wurde plötzlich von einem feindseligen Funkeln beseelt. Carole erwachte aus ihrer Benommenheit, zog ihre Hand aus der von Elizabeth und wich entsetzt zurück, als wäre sie gerade von einer Schlange gebissen worden.

»Du hast hier nichts verloren. Hau ab!«, schalt sie sie mit tiefer, harter Stimme.

Verlegen und leicht verwirrt, senkte Elizabeth den Blick.

»Carole«, stammelte sie, »ich . . .«

Die Worte drängten sich in ihrem Kopf. Carole ließ ihr keine Zeit, ihre Gedanken zu ordnen. Völlig unerwartet versetzte sie ihr eine schallende Ohrfeige und brüllte:

»Raus hier! . . . Hau ab!«

Andere Trauergäste eilten herbei, umringten Carole und führten sie nach hinten, während sie beruhigend auf sie einredeten.

Wie betäubt stand Elizabeth auf und fand sich plötzlich draußen wieder, ohne zu wissen, wie sie dorthin gelangt war. Sie blieb eine Weile auf der Freitreppe des Gebäudes stehen, von Kopf bis Fuß zitternd. Sie versuchte zu verstehen, was passiert war, aber es gelang ihr nicht.

Ein Mann kam aus dem Gebäude, rempelte sie an und eilte dann zu seinem Wagen, der entlang des Bürgersteigs geparkt war. Elizabeth stieg langsam die Stufen der Treppe hinunter, warf dem Mann, der sie so jäh aus ihren Gedanken gerissen hatte und sie nun hinter seiner Windschutzscheibe anstarrte, einen verächtlichen Blick zu und ging dann langsam nach Hause.

Es fiel ihr schwer, sich wieder zu beruhigen. Zu viele widersprüchliche Gedanken und Gefühle bewegten sie.

Seltsamerweise hatte Caroles Aggressivität ihr Schuldgefühl etwas abgeschwächt, genauso wie man sich ein bisschen weniger schuldig fühlt, wenn man für den begangenen Fehler bestraft wird. Trotz der Ohrfeige und dem immer noch heftigen Schmerz empfand sie weder Bitterkeit noch Rachegefühle. Sie fragte sich nur, wie sie selbst reagiert hätte ... Sie wusste es nicht, vermutete aber, dass auch sie zu den verrücktesten Dingen fähig gewesen wäre.

Gedankenverloren, mit gesenktem Blick folgte sie einer imaginären Linie auf dem Bürgersteig. Sie ging von der Leichenhalle nach Hause, ohne auf den Weg zu achten. Ihre Schritte führten sie instinktiv in die richtige Richtung. Als sie wieder aufsah, war sie drei Meter von ihrem Haus entfernt.

Ein Mann stand vor ihrer Haustür und klingelte.

Elizabeth eilte die Treppe hinauf und sah überrascht den Mann an, der sich zu ihr umdrehte, als er ihre Schritte hörte.

Er war mittelgroß, etwa fünfzig Jahre alt, und schien in seinem stahlgrauen Anzug, der zu seiner Augenfarbe passte und seinen athletischen Körperbau nur schlecht kaschierte, sehr unter der Hitze zu leiden.

Er verzog sein Gesicht zu einem Lächeln – zumindest wirkte es auf Elizabeth so, als der riesige, grau melierte Schnurrbart erzitterte, der fast seinen ganzen Mund bedeckte – und verbeugte sich leicht.

»Madame De Blieck?«, fragte er mit ernster, tiefer Stimme.

»Ja ...«

Der Mann langte in seine Anzugjacke und zog ein kleines schwarzes Etui heraus, das seinen Personalausweis und eine Dienstmarke enthielt.

»Ich bin Inspektor Santini. Darf ich einen Moment eintreten ...? Ich würde Ihnen gerne einige Fragen stellen.«

Elizabeth schluckte ihren Speichel auf einmal und blinzelte dabei mit den Augen, als müsste sie eine bittere Pille schlucken. Sie schloss die Tür auf, ohne ein Wort zu sagen, so sehr war sie damit beschäftigt, gegen das plötzliche, unangenehme Gefühl anzukämpfen, dass das Universum über ihr zusammenstürzte und sie im Erdboden versank.

Ein Sonnenstrahl, der durch die Terrassentür fiel, spiegelte sich in Gabriel Santinis grauen Augen wider und verstärkte ihren metallischen Glanz.

Gilberte, die bereits frühmorgens gekommen war, um auf Amélie aufzupassen, hatte Kaffee gekocht, den sie nun vorsichtig in drei Tassen goss. Sie stellte den Glasbehälter wieder auf die Heizplatte, kam dann zurück und drückte sanft Elizabeths Schulter, die sich verkrampft und angespannt anfühlte, bevor sie sich wieder setzte.

Es herrschte eine gedrückte Stimmung. Das Klappern der Kaffeelöffel zerriss plötzlich die Stille und wirkte wie ein Startsignal.

»Ich verstehe nicht, Inspektor«, sagte Elizabeth unvermittelt, mit gesenktem Kopf, die Augen auf ihre Kaffeetasse gerichtet.

Dann hob sie den Blick, sah kurz zu Amélie hinüber, die im Garten spielte, und wandte sich dem Mann zu, der neben ihr saß.

»Ich dachte, es war ein Unfall ... Es war doch ein Unfall, nicht wahr?«

Es war eher eine Feststellung als eine Frage. Der Mann sagte zunächst nichts. Nachdem er seine Worte sorgfältig gewählt hatte, räusperte er sich und entgegnete schließlich:

»Ich behaupte nicht das Gegenteil, Madame De Blieck. Ich sage nur, dass ich verpflichtet bin, Nachforschungen anzustellen. Das ist so üblich, wenn es sich um einen tödlichen Unfall handelt. Es ist sozusagen Routine, verstehen Sie?«

Elizabeth wartete skeptisch auf die Fortsetzung.

»Ich habe Ihnen nur einige Fragen zu stellen. Sie werden sehen, es ist gleich vorbei. Es wäre am einfachsten, wenn Sie mir alles sagen, was Sie wissen ... alles, woran Sie sich erinnern, selbst das kleinste Detail, selbst das, was Ihnen unwichtig erscheint.« Er nahm einen Notizblock und einen Stift aus seiner Tasche. »Fangen Sie an, ich höre Ihnen zu.«

Elizabeth erzählte ihm alles, woran sie sich erinnerte, auf methodische, chronologische Art, die Antworten auf mögliche Fragen bereits vorwegnehmend. Er hörte ihr aufmerksam zu, ohne sie ein einziges Mal zu unterbrechen.

Als sie zu Ende war, lehnte er sich in seinem Stuhl zurück, steckte Notizblock und Stift ein und meinte dann vorsichtig:

»Wenn Sie nichts dagegen haben, würde ich gerne kurz mit Ihrer Tochter sprechen.«

»Aber ... ich habe sehr viel dagegen!«, rief Elizabeth aus, die der Vorschlag empörte. »Sie ist ein Baby, Inspektor! Ein kleines Mädchen von fünf Jahren! Wie kommen Sie nur auf die alberne Idee, ein Baby verhören zu wollen? ... Sie werden diesem Kind einen Schock fürs Leben versetzen«, fuhr sie mit aggressiver Stimme fort, einem Wutanfall nahe. »Nein, ich will es nicht. Ich werde nicht erlauben, dass –«

»Beruhigen Sie sich, Madame De Blieck«, beschwichtigte er sie, überrascht von Elizabeths heftigem Ton. »Sie haben keinen Grund, sich so aufzuregen. Sie brauchen sich keine Sorgen zu machen ... Ich weiß, wie man mit Kindern umgeht. Ich bin selbst Vater von drei Kindern. Ich versichere Ihnen, dass ich Ihrer Tochter auf keinen Fall einen Schock versetzen möchte.«

»In diesem Fall weiß ich wirklich nicht, wie Sie vorgehen wollen«, entgegnete Elizabeth schroff.

Sie stand auf und wanderte schweren Schrittes in der Küche umher.

»Allein die Tatsache, dass sie danach gefragt wird, was passiert ist –«

»Ich weiß«, unterbrach er sie und senkte den Blick. Im Stillen musste er zugeben, dass sie Recht hatte. »Aber Sie müssen verstehen, Madame, dass Ihre Tochter der einzige Augenzeuge ist, den wir in dieser Sache haben. Ich bitte Sie ... Ich verspreche Ihnen, dass alles gut gehen wird.«

Elizabeth zögerte, überzeugt davon, dass der Inspektor leicht eine Gelegenheit finden konnte, mit Amélie zu sprechen, ohne dass sie davon erfuhr.

Sie sah Gilberte an, die die ganze Zeit über geschwiegen hatte. Sie hoffte auf irgendein Zeichen oder ein zustimmendes Wort, aber Gilberte zuckte nicht mit der Wimper. Sie richtete den Blick wieder auf den Inspektor, der geduldig wartete, und las in seinen grauen Augen eine Art Entschlossenheit. Kein Argument der Welt würde seine Meinung ändern. Sie zuckte mit den Achseln, wandte sich ab und ging zur Tür, um das kleine Mädchen zu rufen. Ihr Blick fiel zufällig auf die schottische Kiefer, deren untere drei Äste Olivier am Vortag abgesägt hatte, nachdem er die Genehmigung der Polizei erhalten hatte, und es wurde ihr schwer ums Herz, als sie daran dachte, wie bitter er es wohl bereute, es nicht früher getan zu haben.

Als Amélie in die Küche kam, sah sie sich drei fragenden Augenpaaren gegenüber. Sie war sehr sensibel für Stimmungen und erriet instinktiv, dass sie über äußerst unangenehme Dinge befragt werden sollte.

Sie griff nach einer ihrer Locken und zog nervös daran, während sie aus den Augenwinkeln, wie ein kleines wildes Tier, den fremden Mann beobachtete.

»Komm, mein Mäuschen«, sagte Elizabeth und legte einen Arm um die zerbrechlichen Schultern ihrer Tochter. »Ich möchte dir einen sehr netten Herrn vorstellen . . .« Sie führte sie zum Inspektor. »Er möchte gerne mit dir reden.«

Gabriel Santini nahm Amélies Hand, zog sie sanft an sich, hob sie hoch und setzte sie bequem auf seine Knie.

»Wie alt bist du, mein hübsches Mädchen?«, fragte er sie lächelnd.

»Ich bin fünf Jahre alt«, entgegnete Amélie. »Und Sie?«

Der Inspektor brach in schallendes Lachen aus, in das Gilberte einstimmte.

Elizabeth brachte kaum ein Lächeln zustande. Sie war zu angespannt, um die Komik der Situation zu genießen.

Amélie selbst lachte überhaupt nicht. Mit ernster, nachdenklicher Miene betrachtete sie die drei Erwachsenen, ohne zu begreifen, was hier vorging. Sie spürte jedoch, dass die Stimmung sich verändert hatte.

Das Gelächter verstummte und der Inspektor fuhr fort:

»Hör zu, Amélie, ich werde dir ein großes Geheimnis anvertrauen. Nur deine Mutter und ihre Freundin sind eingeweiht. Aber zuerst musst du mir versprechen, dass du es niemand sagen wirst. Einverstanden?«

Amélie nickte, verdutzt und neugierig.

»Gut«, fuhr er fort, »ich bin . . . hm . . .« Er zögerte, die Worte »Polizist« oder »Inspektor« auszusprechen, die ihm für ein kleines fünfjähriges Mädchen zu beängstigend erschienen. »Sagen wir, ich bin eine Art Spion. Verstehst du . . . du weißt doch, was ein Spion ist, nicht wahr?«

Der Begriff, den der Mann verwendete, rief in Amélie ein sehr genaues Bild wach: das eines James-Bond-Films, den sie im Fernsehen gesehen hatte.

»Das ist ein Mann, der die ganze Zeit rennt«, entgegnete sie ernsthaft. »Er will die ganze Zeit die Drecksgangster fangen und sie verprügeln, und . . .« Sie knabberte an ihrem Daumen herum, weil ihr gerade nichts einfiel. »Und außerdem spielt er mit echten Barbie-Puppen«, beendete sie den Satz mit leicht verächtlicher Miene, weil sie dabei die leblosen, blonden Puppen vor Augen hatte, die im Garten auf sie warteten.

Gabriel sah zur Decke hinauf und unterdrückte nur mühsam das Lachen, das seine Kehle kitzelte. Er fiel ihm schwer, sich mit der Person zu identifizieren, die das Kind gerade beschrieben hatte.

»Das ist ein ganz besonderer Spion«, berichtigte er, »und ich . . . nun, ich gebe zu, dass ich ein ganz gewöhnlicher Spion bin. Die einzige Arbeit, die ich zu tun habe, ist herauszufinden, wenn ein kleines Mädchen oder ein kleiner Junge einen Unfall gehabt hat, wie dieser Unfall passiert ist, und warum . . . Verstehst du?«

Plötzlich beunruhigt, zappelte Amélie auf den Knien des Inspektors herum und starrte auf einen unbestimmten Punkt in seinem riesigen grauen Schnurrbart.

Als er die Nervosität des Kindes spürte, fügte Gabriel mit sanfter Stimme hinzu:

»Ich brauche deine Hilfe, Amélie. Du willst mir doch helfen, oder?«

Amélie senkte den Blick.

»Erinnerst du dich«, fuhr er fort, »wie du neulich mit Diane im Garten gespielt hast . . . und wie sie vom Baum gefallen ist? Amélie, ich bin sicher, dass du dich gut daran erinnerst . . . Ich möchte, dass du mir sagst, wie es passiert ist.«

»Was?«, fragte Amélie, die die Frage nicht verstand.

»Nun, du hast deiner Mutter erzählt, dass Diane auf den Baum geklettert ist, um eine Katze zu fangen. Stimmt das?«

»Ja.«

»Sehr gut. Saß sie oder stand sie auf dem Ast?«

»Sie saß.«

»Und du«, fuhr er fort, »hast du mit ihr zusammen auf dem Ast gesessen?«

»Nein«, erwiderte Amélie und zupfte nervös an ihren Fingern. »Ich ... ich stand unten.«

Sie warf Elizabeth einen Blick zu und fügte hinzu: »Mama will nicht, dass ich auf Bäume klettere.«

Der Inspektor hatte ein leichtes Zögern in der Stimme des kleinen Mädchens bemerkt. Er betrachtete aufmerksam das kleine, verschlossene Gesicht, die wunderschönen Augen mit den langen, geschwungenen Wimpern. Ein leichter, violetter Schatten lag auf den Lidern und ließ die Augen noch größer und grüner erscheinen. Eine Ader trat auf dem langen, anmutigen Hals hervor und betonte die Zerbrechlichkeit des Kindes.

Mein Gott, wie schön sie ist, diese Kleine! dachte er, plötzlich gerührt durch Amélies fünf Jahre. Er zögerte, die Unterhaltung fortzusetzen und die schrecklichen Bilder heraufzubeschwören, die im Gedächtnis dieses kleinen Mädchens lauerten.

»Inspektor«, warf Elizabeth mit klagender Stimme ein, »glauben Sie nicht, dass es jetzt reicht?«

Gabriel befingerte seinen Schnurrbart und sah vom Kind zur Mutter, wobei ihm die verblüffende Ähnlichkeit ihrer Gesichtszüge auffiel.

»Eine letzte Frage, und dann ist es genug«, erwiderte er nach einer Weile.

Er wühlte in seiner Anzugtasche und nahm den Umschlag mit den Fotos heraus, die die Polizisten am Tag des Unfalls von der schottischen Kiefer gemacht hatten. Er suchte eines davon aus, wobei er sich vergewisserte, dass man darauf sehr gut den Baum und die Zedernhecke, nicht jedoch den Körper des Opfers sehen konnte, legte es Amélie vor und fragte sie, auf welchen Ast Diane geklettert sei. In Wirklichkeit wusste er es bereits – die anderen Äste, die über die Hecke ragten, waren für ein Kind dieses Alters und dieser Größe unerreichbar –, wollte es aber noch einmal bestätigt haben.

»Und die Katze?«, fragte er mit seiner wohlklingenden Stimme. »War sie auf demselben Ast?«

Amélie zappelte erneut herum und nickte schweigend mit dem Kopf.

»Inspektor ...!«, unterbrach ihn Elizabeth in einem Ton, der deutlich erkennen ließ, dass sie keine weiteren Fragen mehr dulden würde.

Er sah sie an, biss sich auf die Lippen und meinte dann:
»Gut, einverstanden ... Ich denke, das genügt.«
Er packte Amélie unter den Achseln, hob sie mühelos hoch und stellte sie neben sich.
»Danke, meine Kleine«, sagte er und tätschelte ihre Wange. »Du hast mir sehr geholfen.«
Das kleine Mädchen sah ihn aus großen Augen an. In dem Blick, den sie auf ihn heftete, lag eine unglaubliche Intensität, eine Art fragendes Funkeln, das er sich nicht erklären konnte. Er nahm flüchtig wahr, wie ein Schaudern Amélies Körper durchlief – eine Art winziger elektrischer Entladung –, bevor sie den Blick senkte und mit merkwürdig ernster Stimme fragte:
»Werden Sie wiederkommen?«
Gabriel Santini hatte plötzlich das unangenehme Gefühl, dass sich hinter der scheinbar harmlosen Frage eine beunruhigende Drohung verbarg.
Ich werde völlig senil, sagte er sich und sah prüfend auf die unschuldigen Züge des zarten Kindergesichts, das noch nichts von seinem Babyspeck verloren hatte.
»Nein«, entgegnete er. »Ich glaube nicht, dass ich wiederkomme.«
In ihren Augen spiegelte sich eine Erleichterung wider, die ihn überraschte und klar erkennen ließ, dass die Kleine etwas verbarg. Aber was? Was musste sie verbergen? Er ahnte, dass das Geheimnis – wenn es überhaupt ein Geheimnis gab – tief hinter der energischen kleinen Stirn vergraben war und sie sich eher Arme und Beine abschneiden ließe, als irgendetwas zu verraten. Sie strahlte eine Entschlossenheit und Willensstärke aus, die bei einem Kind ihres Alters ungewöhnlich waren.
Der Gedanke schoss ihm durch den Kopf, dass dieses »Geheimnis« vielleicht mit dem Tod der kleinen Diane zusammenhing ... Etwas an diesem Unfall kam ihm merkwürdig vor: Erstens war das Opfer, nach der Position des Körpers auf dem Gartentor und dem Abstand zwischen diesem und dem Ast, auf dem es gesessen hatte, zu schließen, rückwärts vom Baum gefallen; zweitens saß es auf der äußeren Hälfte des Astes, woraus sich die logische Schlussfolgerung ziehen ließ, dass sich die Katze ganz am Ende des Astes befand. Wenn ein Mensch, ganz gleich ob Erwachsener

oder Kind, auf einen Baum klettert und sich auf einem Ast sitzend oder stehend vorwärts bewegt, vor allem, wenn er die Absicht hat, etwas zu fangen, das sich am anderen Ende befindet, tut er dies normalerweise mit dem Rücken zum Stamm gerichtet und kehrt auf die gleiche Weise an den Ausgangspunkt zurück ... Warum saß dann Carole Cormier mit dem Gesicht zum Stamm gerichtet und nicht umgekehrt?

Er wusste nicht, was er davon halten sollte, warf einen letzten verstörten und nachdenklichen Blick auf Amélie, die ihn nicht aus den Augen ließ, und stand auf, um sich zu verabschieden.

Elizabeth begleitete ihn zur Tür. Bevor er das Haus verließ, sagte er ihr:

»Ihre Tochter ist ein ganz besonderes Kind, Madame De Blieck. Sensibel, lebhaft und sehr intelligent ... Wachen Sie gut über sie.« In Wirklichkeit wollte er sagen: Überwachen Sie sie gut. Er lächelte ihr zu und reichte ihr die Hand. »Und noch einmal vielen Dank«, fügte er hinzu, »dass Sie so freundlich waren, mich zu empfangen.«

Bevor er in den alten grauen Ford stieg, der vor dem Haus stand, drehte er sich um und lächelte ihr noch einmal zu, wobei er sich leicht verbeugte.

Elizabeth schloss die Tür und lehnte sich einen Augenblick dagegen. Sie kämpfte gegen eine schreckliche Migräne an und verstand die Warnung des Inspektors nicht – denn es war eine Warnung und kein simpler Ratschlag, das wusste sie genau. Sie schloss die Augen und presste die Finger gegen den Nacken, von dem ein stechender Schmerz ausging.

Mühsam die Augen öffnend, sah sie, wie Amélie die Treppe hinaufging. Das Kind blieb auf halber Höhe stehen, drehte sich zu ihr um und antwortete auf ihre unausgesprochene Frage:

»Ich spiele in meinem Zimmer. Mach dir keine Sorgen.«

Warum sollte ich mir Sorgen machen?, fragte Elizabeth sich und folgte dem kleinen, dunkelhaarigen Köpfchen mit den Augen.

Sie erhielt keine Antwort ... Sie spürte nur ein leichtes Stechen in ihrem Inneren, gefolgt von einem bitteren Geschmack in ihrem Mund. Obwohl sie es noch nicht wusste, hatte die Angst sich heimtückisch in ihr niedergelassen und breitete sich wie ein Virus immer mehr in ihr aus, bis sie endgültig und vollständig von ihr Besitz ergriff.

9

Sie hatte die Lampe angeschaltet, die über dem Küchentisch hing. Das Licht, das auf ihr abgespanntes Gesicht fiel, betonte die dunklen Schatten unter ihren Augen – das Resultat einer langen, schlaflosen Nacht – und die leichten Kratzspuren, die Caroles Fingernägel auf ihrer linken Schläfe hinterlassen hatten.

Sie nahm einen Bissen von ihrem weichen Ei und sah dabei zur Terrassentür hinüber. Nachts hatte es ein heftiges Gewitter gegeben und es fiel immer noch Regen, in großen Tropfen, wie ein undurchsichtiger Schleier aus grauen Perlen. Sie stieß einen Seufzer aus – sie verabscheute Regentage – und wandte den Blick ab. Dabei fiel ihr ein kleiner Badeanzug auf, der völlig deplatziert wirkte. Die optimistische Amélie hatte ihn auf dem Boden neben der Tür liegen gelassen, bevor sie zum Spielen auf ihr Zimmer ging.

Mit einer heftigen, nervösen Bewegung faltete Olivier seine Zeitung zusammen und legte sie auf den Stuhl neben sich. Er konnte sich nicht auf seine Lektüre konzentrieren. Seit er zum Frühstück heruntergekommen war, hatte Elizabeth kaum den Mund geöffnet. Gewöhnlich überflog er die Neuigkeiten des Tages und plauderte dabei mit ihr . . . Eine Art tägliches Ritual, an das er sich so sehr gewöhnt hatte, dass er nicht mehr darauf verzichten konnte, und dessen Abwesenheit ihn nun störte. In Wahrheit gehörte er zu jenen seltenen Ausnahmewesen, die gleich nach dem Aufstehen ihr Leistungshoch erreichen und die diese anstrengende Morgengymnastik für das Gehirn erst richtig in Schwung bringt . . . Sie mache ihn, wie er zu sagen pflegte, fit für den Tag.

Er blickte forschend in das vertraute Gesicht, das er außergewöhnlich blass fand, und machte sich Sorgen wegen der Schatten unter den Augen. Als er daran dachte, dass er seit dem »Unfall« sehr wenig Zeit für seine Frau gehabt hatte und die letzten vier Tage die Hölle für sie gewesen sein mussten, plagten ihn Gewissensbisse. Er beugte sich zu ihr, legte seine Hand auf die ihre und fragte sie:

»Geht's dir nicht gut? . . . du scheinst nicht ganz auf dem Posten zu sein.«

Elizabeth sah ihn an und verzog das Gesicht zu einem Lächeln.

Sie befreite ihre Hand aus der seinen, führte die Tasse an ihre Lippen und konterte:

»Ich bin auch nicht auf dem Posten. Niemand, der halbwegs normal ist, wäre das, nach dem, was hier passiert ist.«

Diese Antwort, die er nicht erwartet hatte, brachte Olivier aus der Fassung. Er nickte und lächelte verlegen.

Mit aufgestützten Ellbogen, das Kinn auf die verschränkten Hände gelehnt, biss sich Elizabeth auf die Lippen und sah ihn an. Sie zögerte, das Gespräch fortzusetzen. Einerseits verspürte sie zwar ein starkes Bedürfnis, ihm von ihrem Besuch in der Leichenhalle, und ein noch stärkeres Bedürfnis, ihm vom Besuch Inspektor Santinis zu erzählen, andererseits spürte sie, dass dies nicht der richtige Augenblick war, da er gleich ins Büro gehen musste. Seit dem Vortag wartete sie auf einen günstigen Moment, um ihre Bürde loszuwerden. Und dieses Warten zehrte an ihren Nerven.

»Gehst du hin?«, erkundigte sich Olivier nach einem Moment des Schweigens.

Er war ihrem sorgenvollen Blick begegnet. Die Vermutung lag nahe, dass sie an die Beerdigung dachte, die an diesem Vormittag stattfinden sollte.

»Wohin denn?«, antwortete sie, durch die Frage verwirrt.

Plötzlich erriet sie, worauf er anspielte, und fuhr fort:

»Zur Beerdigung? ... Nein, ich glaube nicht. Ich habe nicht den Eindruck, dass meine Anwesenheit dort sehr geschätzt sein würde«, sagte sie mit heiserer, gebrochener, durch die Erschöpfung veränderter Stimme.

Sie führte eine Hand an ihre Augen und kniff ihren zarten Nasenrücken mit Daumen und Zeigefinger. Eine Träne glitt unter ihrem Daumen hindurch und rollte über ihre Wange bis zum Mundwinkel.

Olivier, der nicht wusste, was er tun sollte, nahm ihre Hand und zwang sie, sich auf seine Knie zu setzen. Sie lehnte sich gegen seine Schulter und weinte weiter, sanft, geräuschlos, in seinen Armen geborgen. Er hielt sie lange an sich gepresst, wiegte sie hin und her, streichelte ihre Haare und flüsterte ihr zärtliche Worte ins Ohr, um sie zu beruhigen.

»Weißt du, was wir machen?«, erklärte er, einer plötzlichen Eingebung folgend. »Wir gönnen uns ein Wochenende in den Laurentides.«

Die Idee begeisterte ihn, denn gewiss würde eine Luftveränderung die schlechte Stimmung seiner Frau vertreiben. Insgeheim musste er sich eingestehen, dass etwas Entspannung ihm selbst auch nicht schaden würde. Seit einem Monat arbeitete er wie ein Tier, ohne jemals auszuspannen, ohne ein einziges freies Wochenende, und plötzlich sehnte er sich danach, einfach wegzufahren, vollkommen abzuschalten, und vor allem Elizabeth wieder näher zu kommen. Es schien ihm, als sei seit ihrem letzten trauten Beisammensein und ihrem letzten fröhlichen Lachen eine Ewigkeit vergangen.

»Wann?«, fragte sie, richtete sich auf und trocknete sich die Augen.

In ihrem Blick lag eine solche Mischung aus Skepsis und Verblüffung, dass Olivier schallend lachte, während er ihr antwortete:

»Sofort! Das heißt fast ... Gib mir nur ein oder zwei Stunden, um ins Büro zu gehen, noch ein wenig Papierkram zu erledigen und Bescheid zu geben, dass man mich vor Montagmorgen nicht zurückerwarten soll.«

»Meinst du es ernst?«

»Ich meine es *sehr* ernst.«

Elizabeth, die ihre Erschöpfung und ihren Kummer schon vergaß, stieß einen Freudenschrei aus.

Sie fiel ihm spontan um den Hals und bedeckte sein Gesicht mit lebhaften Küssen.

»Gut, los dann ... Wenn wir irgendwann wegkommen wollen«, sagte sie und stieß ihn von sich weg, »müssen wir uns in Bewegung setzen. Also schnür deine Schuhe, wie man so schön sagt, und spring in deinen Wagen. Je eher du gehst, desto eher bist du zurück.«

»Das ist wirklich von einer unübertrefflichen Logik!« lobte er sie und stand auf.

Sie verließen die Stadt schließlich gegen elf Uhr. Auf der 15 Nord war wenig Verkehr. Wahrscheinlich wegen des schlechten Wetters und weil es für Wochenendausflüge an diesem ersten Freitag im August noch ziemlich früh war. Es fiel immer noch Regen, der heftig gegen die Windschutzscheibe prasselte. Beide Hände fest ans Steuer geklammert, den Kopf leicht nach vorne gebeugt, fuhr Olivier langsam und vorsichtig und beobachtete ständig den Verkehr mit lebhaften, unruhigen Augen. Schon bei normalem Wetter fuhr er nicht gerne, und erst recht nicht, wenn es regnete und die Straße glatt und gefährlich wurde. Es machte ihn nervös und ungeduldig, ja sogar jähzornig.

Plötzlich schimpfte er lautstark auf einen Autofahrer, der ohne Vorwarnung aus der rechten Fahrspur ausscherte, und schreckte Elizabeth auf, die endlich wieder zur Ruhe gekommen war.

Sie vermied absichtlich jeden Kommentar, da sie aus Erfahrung wusste, dass es besser war, sich nicht einzumischen. Oliviers Wutanfälle dauerten im Prinzip nur wenige Minuten, aber diese kostete er voll aus, ließ einen Schwall übler Schimpfworte los, die er natürlich sofort danach vergaß und die sich im Besonderen an das Objekt seiner Wut richteten und im Allgemeinen an alle, die ihm ihre Meinung sagten, ob er sie nun darum gebeten hatte oder nicht.

Oliviers Wut verrauchte ganz plötzlich, wie seine Frau es vorhergesehen hatte. Als er ein Schild mit der Aufschrift »Porte du Nord – Ausfahrt 52 – 3 km« bemerkte, schlug er ganz gelassen vor, eine kleine Rast einzulegen. Er blinkte, fuhr auf die rechte Fahrspur und verlangsamte die Geschwindigkeit, bevor er mit weniger als 35 Stundenkilometern auf die Autobahnausfahrt einbog.

Er parkte direkt vor dem Eingang des Restaurants; Auf dem riesigen Parkplatz, der mindestens doppelt so groß wie ein Fußballfeld war, standen nicht mehr als etwa zwanzig Fahrzeuge. Nachdem er die Handbremse angezogen hatte, stellte er den Motor ab und vergewisserte sich, dass er die Scheinwerfer ausgeschaltet hatte, bevor er ausstieg. Galant öffnete er die Beifahrertür und half Elizabeth beim Aussteigen.

Amélie lief schon zum Restaurant. Sie schlüpfte nach einem jungen Paar hinein, das gerade die schwere Tür öffnete, und blieb gleich vor den Süßigkeitenautomaten am Eingang stehen. Nervös schob sie die nasse Haarsträhne zurück, die ihr über die Augen fiel, und prüfte mit Kennerblick die verschiedenen Sorten Kaugummi hinter einer Scheibe, die mit unzähligen, meist winzigen Fingerabdrücken übersät war. Sehr schnell entdeckte sie ihre Lieblingssorte, stürzte sich auf ihre Mutter, die gerade hereinkam, klammerte sich an ihren Arm und fragte geziert:

»Mama, gibst du mir ein bisschen Geld?«

»Ach nein, Amélie!«, protestierte Elizabeth und schielte aus dem Augenwinkel auf die Automaten. »Hatten wir nicht beschlossen, dass du nur einmal in der Woche Süßigkeiten bekommst? Dein Tag war gestern, nicht wahr? Also? Glaubst du nicht, dass du ein bisschen übertreibst? . . . Möchtest du alle deine Zähne verlieren, oder was?«

Sie versuchte ihre Ablehnung zu rechtfertigen, aber tief in ihrem Inneren gestand sie sich ein, dass sie sich weniger um die Zähne ihrer Tochter sorgte als vielmehr um die Aschenbecher auf dem Rücksitz, die sie nicht mit einer gummiartigen, klebrigen Masse voll gestopft vorfinden wollte. Als sie das kleine, enttäuschte Gesicht sah, plagten sie plötzlich Gewissensbisse, und sie änderte ihre Meinung. Bevor sie jedoch etwas sagen konnte, fühlte sie, wie der Druck auf ihrem Arm nachließ. Sie sah das kleine Mädchen zur Cafeteria laufen.

Sie suchten sich einen Tisch aus, der etwas abseits stand, in der Nähe des Fensters, und schlangen eilig ihr Sandwich hinunter; Olivier wollte sich nicht lange aufhalten, da sie noch einen weiten Weg vor sich hatten.

Während sie ihren Kaffee tranken, verschwand Amélie einige Minuten, unter dem Vorwand, auf die Toilette zu gehen. Als sie wiederkam, steckte etwas Rundes in ihrer Wange, das Elizabeth bekannt vorkam.

»Mach den Mund auf«, sagte sie zu dem Kind, wobei sie sein Kinn energisch mit Daumen und Zeigefinger festhielt.

Amélie folgte widerwillig. Es gelang ihr nicht, die riesige Kugel aus blauem Kaugummi zu verstecken, die verrutscht war und jetzt mitten auf ihrer Zunge lag.

»Wie viele hast du da drinnen?«, fragte Elizabeth, etwas aus der Fassung gebracht.

Amélie antwortete nicht. Sie zeigte nur auf die leere Packung, die sie in der Hand hielt.

»Wer hat dir das gegeben?«, fuhr Elizabeth fort, gespannt darauf, wie sich ihre Tochter den heiß begehrten Kaugummi verschafft hatte.

»Ich hab eine Frau um ein bisschen Geld gebeten, und sie hat es mir gegeben«, erwiderte Amélie achselzuckend.

»Das ist doch die Höhe!«

Elizabeth schrie vor Wut, ohne es zu merken. Olivier legte ihr diskret die Hand auf den Arm, um ihr zu verstehen zu geben, dass sie etwas leiser sprechen sollte. Sie beugte sich zu ihm und fuhr im Flüsterton fort:

»Nein so etwas, ist dir klar, dass deine Tochter sich wie eine ... Bettlerin benommen hat?«

Sie sagte immer »deine Tochter«, wenn sie mit Olivier über Amélies Dummheiten sprach.

»Das beweist nur, dass sie es ganz alleine schafft, das zu bekommen, was sie haben will«, versetzte er lächelnd. »Gut! Machen wir uns auf den Weg. Wir haben lange genug getrödelt.«

Er stand auf und packte Amélie, die verlegen auf ihrem Stuhl hin und her rutschte. Er hob sie hoch, sah ihr ins Gesicht und schüttelte sie sanft.

»Kleine Gaunerin!«, sagte er und tat so, als sei er ihr böse. »Wenn ich dich noch einmal erwische ...«

Nicht im Geringsten beeindruckt, legte Amélie ihre Hände auf Oliviers Wangen, zog ihn an sich, drückte einen schallenden, nassen Kuss auf seine Nasenspitze und murmelte dabei mit einer unwiderstehlichen Stimme:

»Ich liebe dich, Papa.«

Sie wusste genau, welche Macht sie über ihren Vater hatte, und erriet instinktiv, wie – und wann – sie von dieser Macht Gebrauch machen konnte. Sie wusste, wie man jemanden bezaubert, noch bevor sie das Wort und seine Bedeutung kannte.

»Ich liebe dich auch, mein Herzchen«, entgegnete Olivier entzückt und gerührt und erwiderte ihren Kuss.

Als sie weiterfuhren, hatte es aufgehört zu regnen. Der Himmel war noch verhangen und neblig, aber je weiter sie nach Norden kamen, umso mehr klarte es auf. Bei der Ausfahrt Sainte-Agathe waren die Wolken schon fast verschwunden und dichter Dampf stieg aus den Bergen.

In Saint-Jovite, wo sie Halt machten, um Vorräte für das Wochenende zu besorgen, war der Himmel völlig wolkenlos. Sie kauften Wein und Lebensmittel. Als sie wieder losfuhren, nahmen sie die 323 Süd Richtung Brébeuf. Mehr als 33 Kilometer trennten sie noch von ihrem Ziel, dem Ort Vendée.

25 Minuten später bogen sie auf einen Feldweg ein, der etwa 150 Meter weit steil abwärts zum Maskinongé-Fluss führte.

Das Chalet wirkte winzig und wie erdrückt durch die riesigen Nadelbäume – fast ausschließlich Zedern und Tannen –, die es umgaben. Eine mit Andreaskreuzen geschmückte Veranda zog sich an der dem Fluss zugewandten Fassade und den Seitenwänden des einstöckigen massiven Blockhauses entlang, das von einem tristen, grauen Blechdach bedeckt war. Elizabeths Vater hatte es vor dreißig Jahren erbaut.

Olivier stellte den Wagen auf dem gekiesten Parkplatz ab, von dem aus eine aus sieben Stufen bestehende Zementtreppe zu einem kleinen Pfad hinunterführte. Er holte das Gepäck und die Vorräte aus dem Kofferraum und trug sie zur Veranda.

Amélie, die in der einen Hand ihr Puppenhaus hielt – das Haus von Nellie – und in der anderen eine blonde Barbie-Puppe, deren lange Haare über das Gras schleiften, folgte ihrer Mutter.

Elizabeth öffnete die Tür, und noch bevor sie über die Schwelle trat, überlief sie ein Schauder. Zum ersten Mal seit dem Tod ihres Vaters kehrte sie nach Vendée zurück. Sie fühlte sich seltsam gespalten, als ob sie einerseits ihr eigenes Haus betreten und andererseits die Privatsphäre eines anderen Menschen verletzen würde ... die des Vaters, der zugleich anwesend und schmerzhaft abwesend war.

In dem Zimmer war es so feucht und dunkel, dass man den Eindruck hatte, es wäre frühmorgens und nicht schon früher Nachmittag. Als sie sich vorbeugte, um die Lampe anzuzünden, die über dem Tisch hing, warf Elizabeth einen Blick aus dem Fenster und entdeckte den Grund dafür, dass die Küche in einem so trüben Dämmerlicht lag. Direkt gegenüber stand eine riesige Zeder, die keine Sonnenstrahlen durchließ. Beim Gedanken an den harten Kampf, den sie mit Olivier würde führen müssen, damit er einige Äste des Nadelbaums absägte, musste sie unwillkürlich lächeln. Denn sie würde ihn gewiss nicht überreden können, den ganzen Baum zu fällen ... Genauso gut könnte sie ihn überreden, sich einen Arm abzuschneiden.

Erneut überlief sie ein Schauder. Sie ging zu dem Holzherd – ihr Vater wollte nie einen Elektroherd haben – und machte ein Feuer, um die Feuchtigkeit zu vertreiben. Sie stopfte ihn mit Zeitungspapier und kleinen Holzscheiten voll, die sie aus einer gemauerten Holzablage zog. Dann öffnete sie alle Zugklappen, rieb ein Streichholz an, entzündete das Papier an drei verschiedenen Stellen und warf das brennende Streichholz hinein. Nachdem sie sich vergewissert hatte, dass das Feuer gut brannte, ging sie rasch durch die anderen Zimmer.

Sie stieß die Tür zum Badezimmer auf, das sich neben der Küche befand, und musste sich zwischen der riesigen gusseisernen Badewanne, dem Waschbecken und der Toilette hindurchzwängen, um an das winzige Schiebefenster zu gelangen, das sich an der rückwärtigen Wand befand. Nachdem sie es geöffnet hatte, ging sie ins Wohnzimmer und streifte dabei mit der Hand über die Holzmöbel, die ihr Vater selbst mit großem Geschick gezimmert hatte. Auch im Wohnzimmer öffnete sie die Fenster und blieb dann einen Moment vor dem Kamin aus Feldsteinen stehen, der eine ganze Ecke ausfüllte. Ein Gegenstand auf dem Kaminsims hatte ihre Aufmerksamkeit erregt. Es war ein ovaler Bilderrahmen aus rotem Porzellan, mit einem Foto darin ... Zwei Frauen und ein kleines Mädchen: Ihre Mutter, ihre Großmutter mütterlicherseits und sie selbst. Sie nahm den Rahmen in die Hand und drehte ihn um. Auf der Rückseite stand ein Datum: 6. Juli 1961. Es war das letzte Foto ihrer Großmutter, das genau sieben Tage vor ihrem Tod entstanden war. Sie holte tief Luft, um sich von dem Kloß in ihrem Hals zu befreien, stellte dann den Rahmen wieder an seinen Platz und ging ins Schlafzimmer.

Darin befand sich ein riesiges Bett aus Rundholz. Eine Kommode, ein kleiner Nachttisch und ein Holzofen vervollständigten das Mobiliar.

Elizabeth ging zum Fenster, öffnete es und berührte mit den Fingerspitzen die Kommode, die sich davor befand. Dort, wie überall sonst auch, lag kein einziges Staubkörnchen. Madame Garnier hatte das Chalet gut instand gehalten, innen wie außen – der Rasen schien erst kürzlich gemäht worden zu sein. Für die äußerst bescheidene Summe von fünfhundert Dollar im Jahr kam die alte Frau zweimal im Monat vorbei, um die Möbel zu polieren, die

Fußböden zu wischen und mit Wachs einzulassen, die Fenster und das Bad zu putzen. Im Winter schaltete sie das Wasser ab, drehte im Frühling die Heizung herunter und kümmerte sich zusammen mit ihrem Mann um all die kleinen technischen Probleme. Elizabeths Vater hatte sie eingestellt, und seit bald zehn Jahren erfüllte Madame Garnier ihre Aufgabe vorbildlich.

Während sie zum Bett ging und sich einen Moment darauf niederließ, nahm sie sich vor, dass sie sie morgen, bei schönem Wetter, besuchen würde. Ihr Blick schweifte über den Fluss und den sich im Hintergrund erhebenden Berg. Von dieser Landschaft ging eine solche Ruhe, eine solche Heiterkeit aus, dass sie sogleich innere Harmonie und Frieden spürte. Sie schloss halb die Augen und ließ sich sanft von den Wellen dahintragen, eingelullt von dem süßen Gefühl, sich an Bord eines Schiffes zu befinden.

»Was machst du da, Mama?«, murmelte Amélie ihr plötzlich ins Ohr.

Elizabeth zuckte zusammen. Sie hatte das kleine Mädchen nicht hereinkommen gehört.

»Nichts ... ich habe nachgedacht«, flüsterte sie dem Kind zu, das sie neugierig beobachtete.

»Warum sprichst du so leise?«, fragte Amélie mit kaum hörbarer Stimme.

»Damit ich dich besser ärgern kann, mein Kind«, antwortete Elizabeth plötzlich ganz laut.

Sie fasste Amélie spontan um die Taille und warf sie aufs Bett. Dann vergrub sie ihr Gesicht im Hals ihrer Tochter, knabberte an ihr herum und fügte hinzu:

»Und damit ich dich besser fressen kann!«

Amélie schrie auf und wehrte sich. Elizabeth ließ sie los, aus Furcht, einen Schlag in den Unterleib zu bekommen. Das kleine Mädchen sprang auf. Tränen liefen über ihr kleines Gesicht.

»Du bist die gemeinste Mama auf der ganzen Welt!«, stieß sie zwischen zwei Schluchzern hervor.

Elizabeth richtete sich verblüfft auf.

»Amélie, das war doch nur ein Spiel, hörst du ... Ich hab dich wirklich nicht so fest gebissen. Was ist mit dir los?«

»Du wolltest mich fressen! ... Das werde ich Papa sagen!«, schrie sie und wandte sich mit entschlossener Miene zur Tür.

Elizabeth sprang mit einem Satz aus dem Bett und hielt sie zurück.

»Warte einen Moment«, sagte sie und packte sie am Arm. »Du willst mir doch nicht sagen, dass du ernsthaft geglaubt hast ... ich würde dich fressen?«

Amélie antwortete nicht. Sie befreite nur mit einem Ruck ihren Arm aus dem Griff ihrer Mutter und sah zu ihr auf.

Der Blick ihrer Tochter sprach Bände. Elizabeth war zugleich schockiert und entsetzt.

»Aber mein Liebling«, sagte sie und kniete vor ihr nieder, »wie kannst du so etwas glauben? Du weißt sehr gut, dass Mamas nie ihre Kinder fressen. Ich habe das doch nur zum Spaß gesagt!«

»Ich finde das nicht lustig«, versetzte Amélie mit verärgerter Miene.

»Ja gut, einverstanden ... Einverstanden«, nahm Elizabeth das Gespräch wieder auf. »Ich verspreche dir, dass ich es nie mehr sagen werde ... nicht einmal zum Spaß.« Sie streckte ihr die Arme entgegen. »Schließen wir jetzt Frieden?«

Amélie verschmähte ostentativ die Arme ihrer Mutter, senkte den Blick und betrachtete ihre Fußspitzen.

Elizabeths Herz verkrampfte sich vor Schmerz. Die Tränen mühsam zurückhaltend, stand sie auf und ging zur Tür, wobei sie dem kleinen Mädchen, das in der Mitte des Zimmers stehen blieb, zurief:

»Wenn du Frieden schließen willst, brauchst du nur zu mir zu kommen. Ich warte ...«

Als sie die Küche betrat, sah ihr Olivier an, dass etwas nicht in Ordnung war, und fragte:

»Was hast du?«

»Nichts ... Ich erkläre es dir später«, stieß sie hervor und wandte den Blick ab.

Olivier fragte nicht weiter. Sie räumten die Vorräte fertig ein, danach schickte Elizabeth ihn nach draußen und versprach nachzukommen, sobald sie Kaffee gekocht hatte.

Das Feuer prasselte gemütlich im Ofen, und eine sanfte, angenehme Wärme hatte die Feuchtigkeit vertrieben, die im Zimmer herrschte.

Elizabeth schloss die Zugklappen etwas, damit das Feuer nicht zu heftig loderte. Sie stellte die Kaffeekanne auf die Warmhalteplatte und setzte sich dann, entgegen ihrem Versprechen, an den Küchentisch, um nachzudenken.

Vergeblich versuchte sie die düsteren Gedanken zu verdrängen, die sie bedrückten. Amélies Reaktion hatte sie tief verletzt. Dass sie sich in Gefahr glaubte und durch ihre eigene Mutter bedroht fühlte, war nicht nur niederschmetternd, sondern auch unbegreiflich. Sie wurde von Schuldgefühlen gequält und warf sich vor, dass es ihr nicht gelungen war, in ihrer Tochter Vertrauen zu erwecken, und sie ihr nicht beigebracht hatte, dass die Wörter manchmal eine andere Bedeutung haben als die ursprüngliche. Sie hatte es offensichtlich weder verstanden, ihren Sinn für Humor zu entwickeln, noch sie zu lehren, dass man im Leben die Dinge nicht immer für bare Münze nehmen sollte ... Irgendwo in Amélies Leben hatte sie anscheinend eine Masche fallen lassen.

Plötzlich hielt ihr jemand ein Blatt Papier unter die Nase. Bevor Elizabeth sie fangen konnte, war Amélie durch die Küchentür geflüchtet. Das Blatt war zusammengefaltet. Auf der Außenseite stand in großen, geraden Buchstaben: FÜR MAMA. Verdutzt faltete Elizabeth es auseinander. Ein riesiges Herz mit großen grünen Augen und einem überdimensionalen Mund lächelte sie an. Ein Herz mit vielen kleinen Blumen drum herum.

Sie betrachtete die Zeichnung als eine Art Waffenstillstand, ein Friedensangebot – der Frieden war erst dann gesichert, wenn ihre Tochter bereit war, sie zu küssen –, schloss die Augen und lächelte, während sie einen Seufzer der Erleichterung ausstieß.

10

Olivier hatte sich am Picknick-Tisch niedergelassen, am Ufer des Flusses, und rauchte ruhig seine Pfeife, während er gedankenverloren den Tausenden kleiner Wellen zusah, die die Wasseroberfläche kräuselten. Elizabeth stellte das Tablett mit den Kaffeetassen auf den Tisch. Für Amélie hatte sie nichts mitgebracht. Fünf Minuten vorher war das kleine Mädchen zu ihr in die Küche gekommen, um ihr einen Kuss zu geben – endlich! – und sie um ein Glas

Apfelsaft zu bitten, das sie in einem Zug hinunterstürzte, bevor sie wieder nach draußen zum Spielen ging.

»Der Kaffee ist fertig«, sagte sie, ihn jäh aus seinen Gedanken reißend.

Er reichte ihr ihre Kaffeetasse. Sie trank sie halb aus und stellte sie dann wieder auf den Tisch. Dann drehte sie ihm den Rücken zu und lehnte sich bequem an ihn. Er legte langsam seine Pfeife auf den Tisch, trank seinen Kaffee aus und schloss Elizabeth zufrieden seufzend in die Arme. Lange Zeit blieben sie so sitzen, ohne sich zu bewegen, ohne ein Wort zu sagen. Mit halb geschlossenen Augen genossen sie in vollen Zügen die Sonnenstrahlen auf ihrem Gesicht und die leichte Brise aus südlicher Richtung, die durch die Bäume strich und die vielfältigen Gerüche zu ihnen trug, die die Luft erfüllten. Das Zwitschern der Vögel mischte sich mit dem Murmeln des Flusses, das nur ab und zu durch das Zirpen einer Grille oder das Quaken eines Ochsenfrosches unterbrochen wurde – den Olivier, als er ihn das erste Mal seinen Schrei ausstoßen hörte, mit einer Kuh verwechselt hatte!

Von dieser Musik inspiriert, summte Amélie leise vor sich hin; bis sie dann ein selbst erfundenes Lied anstimmte und etwas lauter sang.

Elizabeth, die unwillkürlich den Hirngespinsten ihrer Tochter lauschte, hörte sie überrascht aus voller Kehle grölen: »Ich bin eine Frau ... ich habe Ei-ei-zellen ... und Spermien ... wie mein Papa ... und meine Ma-a-ma ...«

Olivier zog belustigt an seiner Pfeife und murmelte:

»Zum Glück sind wir hier mitten im Wald ... Niemand wird je erfahren, dass ich der Vater eines grünäugigen kleinen Ungeheuers bin.«

Aus irgendeinem unerklärlichen Grund fühlte Elizabeth sich plötzlich traurig und unwohl, als hätte Olivier sie absichtlich beleidigen oder verletzen wollen. Sie schalt sich eine Idiotin und Paranoikerin, aber es war bereits zu spät. Der Zauber war gebrochen. Sie konnte nicht länger stillsitzen, stand auf, nahm das Tablett und die Tassen und sagte:

»Ich bereite das Abendessen vor. Passt du auf Amélie auf?«

»Ich lasse sie nicht aus den Augen«, antwortete Olivier, dem der Stimmungswandel seiner Frau völlig entgangen war.

Sie machte einen Tomatensalat, als Beilage zu dem kalten Hühnchen, und deckte rasch den Tisch.

Sie aßen mit großem Appetit. Danach erbot sich Olivier, das Geschirr zu spülen, während Elizabeth und Amélie im Wohnzimmer Karten spielten. Sie beendeten das Spiel gegen 19 Uhr 30. Elizabeth hatte in den letzten Minuten schamlos getrickst, damit das kleine Mädchen das Spiel gewann, das müde und schlecht gelaunt und vor allem eine schlechte Verliererin war, sich aufzuregen begann und aus dem Spiel einen Kampf machte.

Elizabeth blickte auf die Uhr, erklärte, dass es für kleine Mädchen höchste Zeit sei, ins Bett zu gehen, rollte auf dem Sofa einen Schlafsack aus und legte ihre Tochter hinein, nachdem sie sich vergewissert hatte, dass diese sich die Zähne geputzt und ihrem Vater, der sich mit einem Stapel Zeitschriften ins Schlafzimmer zurückgezogen hatte, gute Nacht gesagt hatte. Sie schaltete im Wohnzimmer alle Lampen aus – das Licht aus der Küche und dem Schlafzimmer, dessen Tür offen stand, war hell genug –, zog dann den Sessel näher zum Sofa und fragte:

»Hast du dir eine Gutenachtgeschichte ausgesucht?«

»Rotkäppchen«, antwortete Amélie begeistert.

»Sehr gut!«, jubelte Elizabeth im Stillen, da auch sie dieses Märchen besonders gern hatte und es genoss, jeden Abend, seit über einem Monat – seit Amélie sie unerwartet und zu ihrer großen Erleichterung von ihrer Erzählerinnenrolle befreit hatte – einer neuen Version zu lauschen, deren Fortsetzung oder gar Ende zu erraten ihr nie gelang ... Amélies Geschichten, die oft verblüffend, manchmal sogar verwirrend, jedoch immer rührend waren, hatten für Elizabeth jedes Mal von neuem den Zauber und den Geschmack eines sauren Bonbons, das man zum ersten Mal probiert.

Sie zog die Beine hoch und machte es sich in ihrem Sessel bequem, voller Vorfreude auf die schätzungsweise zweiunddreißigste Version des Märchens.

Amélie schloss die Augen, um sich besser konzentrieren zu können, und begann dann mit ihrer hellen Kinderstimme zu deklamieren:

»Es war einmal das Rotkäppchen, das in den Zauberwald ging ... Sie wollte ihre ... ihre Großmutter besuchen ...«

Da sie sich nicht sicher war, ob sie das richtige Wort verwendet hatte, öffnete sie die Augen und sah ihre Mutter fragend an, die es ihr mit einem Lächeln und einem Kopfnicken bestätigte. Beruhigt legte sie einen Finger auf ihre Lippen und fuhr fort:

»... ihre Großmutter, die sehr weit weg wohnte, am anderen Ende des Waldes ... Daher strengte sie das Gehen sehr an, und sie fürchtete sich sehr vor dem großen, bösen Wolf, der im Dunkeln auf sie lauerte ... Sie lief sogar ein bisschen, weil sie nicht wollte, dass der böse Dreckswolf sie erwischte ... Und der Wolf lief auch, mit seinen langen Beinen. Manchmal fiel er hin, wenn er mit den Füßen in einen Ameisenhaufen trat ... Er versuchte sie zu fangen, um sie zu bestrafen, aber er schaffte es nicht, weil die Ameisen schneller liefen als er ... und er Rotkäppchen erwischen musste, also ...«

»Die Ameisen liefen schneller als der Wolf?«, warf Elizabeth ein, die sich amüsiert und verdutzt fragte, was wohl der Grund dafür war.

Amélie musterte sie abschätzig, als hätte sie es mit einem Dummkopf zu tun, der nicht verstehen konnte, was doch selbstverständlich war, und rief aus:

»Natürlich! ... Die Ameisen trugen doch *running shoes* an den Füßen!«

Elizabeth, die wusste, wie sensibel ihre Tochter war, biss sich auf die Lippen und unterdrückte gerade noch ein schallendes Lachen, das schließlich nicht aus ihrer, sondern aus Oliviers Kehle erklang.

»Es ist doch allgemein bekannt, dass man schneller läuft als die anderen, wenn man *running shoes* trägt!«, rief er aus dem Schlafzimmer und prustete wie ein Wal.

Amélie knurrte mit verschlossenem Gesicht:

»Er lacht mich aus.«

»Aber nein, mein Schatz«, beruhigte Elizabeth sie. »Er lacht, weil er es lustig findet, sich Ameisen mit Schuhen vorzustellen ... Los, erzähl weiter.«

Amélie machte da weiter, wo sie aufgehört hatte, aber mit dem Herzen war sie nicht mehr bei der Sache. In weniger als zwei Minuten gelangte sie zum Ende ihrer Geschichte – das nicht gerade eines der brillantesten ihres Repertoires war – und schloss mit müder Stimme:

»... Und die Großmutter, die mit dem König und dem Kleinen Prinzen zu ihrem Onkel gefahren war, hatte ihr Haus abgeschlossen ... also ist Rotkäppchen sehr verärgert wieder umgekehrt und hat gesagt: ›Wenn das so ist, kommen wir am Freitag wieder!‹«

»Bravo, mein Schätzchen!«, rief Elizabeth. Das war eine schöne Geschichte. »Du erzählst sehr gut, weißt du.«

Sie stand auf, rückte den Sessel wieder an seinen Platz, deckte Amélie gut zu und gab ihr einen Gutenachtkuss. Dann ging sie in die Küche und sah nach, ob die Tür gut verriegelt war, prüfte die Zugklappen des Herds, in dem nur noch ein bisschen Glut war, löschte das Licht und kehrte ins Wohnzimmer zurück.

Amélie lag auf der Seite, eine Hand unter ihrer Wange und die andere auf dem Dach ihres kleinen Puppenhauses.

Elizabeth beugte sich über ihre Tochter und legte ihren Arm wieder unter die Decke, bevor sie ins Schlafzimmer ging. Müde und ein bisschen benommen, unterdrückte sie ein Gähnen und wunderte sich, dass sie sich bereits am frühen Abend so schläfrig fühlte.

Das muss die frische Luft sein, sagte sie sich, sie macht müde ...

Nachdem sie einen letzten Blick auf das Kind geworfen hatte, von dem sie glaubte, dass es fest schlief, schloss sie leise die Tür hinter sich.

Amélie öffnete die Augen.

Sie streckte den Arm aus und legte ihre Hand auf Nellies Haus, voller Sehnsucht danach, ihre Spinne zu befreien, sie in die Hand zu nehmen, mit ihr zu spielen. Sie wusste, dass sie noch ein wenig warten musste, bis das Licht, das durch die Tür des Schlafzimmers fiel, erloschen war, bis ihr Vater und ihre Mutter schliefen.

Nellie wanderte unter Amélies sorgenvollen Blicken auf dem alten Holzboden umher. Die Vorstellung, dass ihre Mutter aufwachen und sie überraschen könnte, ließ sie erzittern.

Als sie glaubte, dass ihre Eltern eingeschlafen waren, hatte sie die Spinne aus ihrem Versteck geholt und auf ihr Kopfkissen gesetzt. Aber Nellie war nicht sehr lange dort geblieben. Zuerst war sie auf dem Schlafsack herumgewandert und dann rasch auf den Fußboden gesprungen, um ihre neue Umgebung näher zu erkunden.

Als Amélie sie in Richtung Küche gehen sah, sprang sie schnell vom Sofa herunter und eilte ihr nach. Sie wollte nicht, dass Nellie das Wohnzimmer verließ, weil sie Angst hatte, sie aus den Augen zu verlieren.

Sie kniete sich neben dem Tier nieder und hielt ihm die Hand hin, während sie ihm zuflüsterte:

»Komm, Nellie ... Los ... Komm ...«

Nellie ging auf die ausgestreckte Hand zu und hatte sie beinahe erreicht, als sie plötzlich erstarrte. Ihr Nervensystem hatte auf dem Fußboden spezielle Vibrationen wahrgenommen.

Amélie lauschte gespannt. Auch sie hatte ein Geräusch gehört und fragte sich, woher es wohl kam.

Sie bewegten sich beide nicht. Das Geräusch war einige Minuten lang nicht zu hören und begann dann erneut. Es kam aus dem hinteren Teil der Küche.

Amélie kroch zum Tisch und spähte in das dunkle Zimmer, in der Hoffnung, etwas sehen zu können. Das Geräusch verstummte, begann erneut und verstummte wieder. Es klang wie eine Art Scharren auf dem Holzboden.

Bevor das kleine Mädchen sie daran hindern konnte, stürzte Nellie auf die Küchenschränke zu. Sie kletterte rasch über die Türen und Schubladen hinweg auf die Anrichte, wo sie einen Moment stehen blieb, auf den Hinterbeinen aufgerichtet, die Chelizeren nervös gegeneinander reibend.

Das Scharren erklang von neuem. Nellie ging um das Spülbecken herum zum anderen Ende der Anrichte, wo der Speiseschrank eingelassen war. Die Quelle der Vibrationen war jetzt sehr nahe. Genau unter ihr.

Amélie war nahe genug herangekommen, um deutlich zwei kleine, schwarze, glänzende Augen unterscheiden zu können, die sie starr anblickten.

Vor Angst gelähmt, in sich zusammengekauert, beobachtete eine Waldmaus das kleine Mädchen und richtete seine ganze Aufmerksamkeit auf es, da sie die wirkliche Gefahr nicht ahnte, die sie bedrohte: An dem Sicherheitsfaden, den sie während ihres Abstiegs gesponnen hatte, baumelte die Spinne, etwa zwanzig Zentimeter von ihrem Kopf entfernt.

Als sie sich ihrer Beute nahe genug glaubte, ließ sich Nellie auf die Waldmaus fallen und stieß ihre Giftklauen in den Hals des Nagetiers.

Amélie unterdrückte einen Schrei.

Die Waldmaus quietschte und sprang in die Luft, wie ein widerspenstiges Pferd, das seinen Reiter abwerfen will. Nellie ließ jedoch nicht locker und klammerte sich mit aller Kraft an ihre Beute.

Die Waldmaus stürzte auf Amélie zu, die mit einem Satz aufsprang, als sie sie auf sich zukommen sah, und erschrocken und fasziniert zugleich beobachtete, wie sie zwischen ihren Beinen hindurchraste. Sie drehte sich um und folgte ihr mit den Augen. Die Maus stieß gegen eine Wand, kehrte um und blieb dann abrupt mitten im Zimmer stehen. Ihre Pfoten schienen sich zu versteifen und länger zu werden. Sie fiel auf die Seite. Ihre kleinen schwarzen Augen verdrehten sich und rollten in ihren Höhlen. Eine letzte Zuckung, ein letztes Schaudern durchlief das gelbgraue Fell und den weißen, runden Bauch. Sie war tot, bevor sie noch wusste, wie ihr geschah. Das Ganze hatte keine drei Minuten gedauert.

Bevor die Waldmaus umfiel, war Nellie von ihr heruntergesprungen. Vor Amélies verstörten Blicken begann sie ihre Beute einzuwickeln. Sie versuchte das Nagetier an einem Faden in ihr Versteck zu ziehen. Der Faden riss unter dem Gewicht. Daraufhin beschloss sie, die Beute an Ort und Stelle zu verschlingen.

Mit Hilfe der Chelizeren und des scharfen Rands ihrer Kieferklauen begann sie den Kopf der Waldmaus abzutrennen, während sie ihn gleichzeitig mit Verdauungssäften überschwemmte. Es blieb ihr jedoch keine Zeit mehr, das verflüssigte Gewebe aufzusaugen. Amélie packte sie rasch um die Körpermitte herum, hob sie hoch und schalt sie leise:

»Nellie . . . Das reicht! Lass sie los!«

Sie legte sie in ihre hohle Hand.

»Wir werden uns noch erwischen lassen«, fuhr sie mit sanfter Stimme fort und strich ihr mit einem Finger leicht über den Rücken. »Wir müssen jetzt schlafen gehen.«

Nachdem sie die Spinne in ihr Haus eingesperrt hatte, kehrte Amélie in die Küche zurück. Mit den Zehenspitzen stieß sie das Nagetier an, um sich zu vergewissern, dass es sich nicht mehr bewegte . . . dass es wirklich tot war. Dieser Tod ließ sie kalt. Er war eine simple Feststellung.

Sie packte die Maus am Schwanz und warf sie in den Abfalleimer. Dann ging sie ins Wohnzimmer zurück, wünschte Nellie eine gute Nacht und kuschelte sich in ihr Bett.

Kaum hatte sie den Kopf auf das Kopfkissen gelegt, fielen ihr auch schon die Augen zu und sie versank in einen tiefen Schlaf.

Elizabeth öffnete die Augen. Noch etwas schläfrig und benommen, brauchte sie einige Sekunden, bis sie wusste, wo sie sich befand. Sie rollte sich auf den Rücken und sah zum Fenster hinaus. Die hereinbrechende Morgendämmerung überzog den Himmel mit einer verschwommenen Färbung, zwischen Schwarz und Blau schwankend, die ihm das Aussehen eines riesigen Blattes aus Metall verlieh.

Sie schloss die Augen wieder und rekelte sich genüsslich. Dann stieß sie einen tiefen Seufzer aus und drehte sich zu Olivier. Er schlief auf der Seite, eine Hand unter der Wange, und wirkte im Schlaf wie ein artiges Kind.

Sie lächelte gerührt, näherte ihre Lippen seiner Stirn und drückte einen Kuss darauf.

Er hob die Hand, wie um eine Fliege zu verjagen, und veränderte seine Position. Elizabeth wollte ihn nicht aufwecken, ließ ihn schlafen und stand auf. Die ersten Sonnenstrahlen hüllten das Zimmer bereits in ein sanftes, rosa und goldenes Licht.

Trotz ihres Schlafanzugs aus wattierter Baumwolle fröstelte sie, als sie das warme Bett verließ. Im Schutz der Nacht war die Feuchtigkeit erneut in das Haus eingedrungen. Sie schlüpfte in ihren Morgenmantel und ging aus dem Zimmer, wobei sie die Tür halb geöffnet ließ.

Sie machte im Wohnzimmer im Kamin ein Feuer, wobei sie darauf achtete, Amélie nicht zu wecken, und heizte auch den Herd in der Küche ein. Sie prüfte, wie heiß die Kochplatten waren, bevor sie die Kaffeekanne darauf stellte. Dann erledigte sie rasch ihre Morgentoilette und trat auf die Veranda hinaus, um frische Luft zu schnappen, während sie darauf wartete, dass der Kaffee kochte.

Dichter Nebel stieg langsam über dem Fluss auf. Elizabeth blickte nach oben. Auf einem blauen, wolkenlosen Himmel schien die Sonne.

Ein südwestlicher Wind, sanft und warm, streichelte ihr Gesicht und führte den frischen Duft taubedeckten Grases mit sich, den sie mit Genuss einatmete. Eine Mücke stach sie in den Arm und riss sie jäh aus ihrer Euphorie. Instinktiv hob sie die Hand und zermalmte mit einem plötzlichen, kräftigen Schlag das unglückliche Insekt, bevor es noch Zeit gefunden hatte, sich den Bauch voll zu schlagen.

Sie ging in die Küche zurück, nahm eine Zitrone aus dem Kühlschrank, schnitt eine Scheibe davon ab und rieb die kleine Beule damit ein, die sich an der Stelle gebildet hatte, an der das Insekt sie gestochen hatte. Der Juckreiz ließ sofort nach. Die Schwellung würde in weniger als einer Stunde abgeklungen sein. Sie wusste weder warum noch wie, aber sie wusste es. Das hatte sie von ihrem Vater, der auf Naturheilkunde schwor und ihr beigebracht hatte, wie man kleine Gesundheitsprobleme mit Zitrone, Lehm, Essig oder manchmal einfach nur mit süßem Mandelöl löste.

Sie ging zum Mülleimer, bückte sich, um den Deckel zu heben, und warf ihre Zitronenscheibe hinein. Sie richtete sich wieder auf und merkte gar nicht, dass sie den Gürtel ihres Morgenmantels eingeklemmt hatte. Beim ersten Schritt, den sie machte, kippte der Plastikeimer um und die Reste des Abendessens ergossen sich zu ihren Füßen.

»Verdammt noch mal!«, schrie sie und stieß mit einer heftigen Bewegung das ekelhafte Ding weg, das auf ihrem Pantoffel gelandet war.

Wütend griff sie nach dem Besen und kehrte den Abfall auf eine Schaufel. Dazu musste sie in die Hocke gehen und in diesem Moment sah sie das *Ding*. Zuerst nahm sie den Schwanz wahr, dann den weißen, fasrigen Kokon, der den kleinen Körper umhüllte. Beim Anblick des Kopfes, dessen Knochen praktisch freigelegt waren, drehte sich ihr der Magen um.

Zwischen den Zähnen stieß sie hervor:

»Wie abscheulich!«

Mit zusammengekniffenen Nasenflügeln und vor Ekel zitternden Mundwinkeln kehrte sie mit dem Besen die Überreste dessen, was eine Wald- oder Hausmaus gewesen sein musste, auf die Schaufel. Immer noch in der Hocke warf sie alles in den Abfalleimer und wandte dabei den Kopf ab. Erneut wurde ihr übel. Sie sprang auf, stürzte zum Spülbecken, beugte sich darüber und verschaffte ihrem Magen Erleichterung.

Dann wusch sie ihr Gesicht mit kaltem Wasser und versuchte sich damit zu beruhigen, ohne großen Erfolg allerdings, dass es jeder Frau, ob schwanger oder nicht, beim Anblick dieses abscheulichen Dings übel geworden wäre ... Dass es sicher eine völlig logische und banale Erklärung für den Tod dieses Tieres gab.

Als Olivier aufstand, gab er seine eigene Erklärung ab ... Unlogisch, ungewöhnlich, völlig verschwommen und sehr phantastisch.

»Sie war auf Nahrungssuche«, erklärte er. »Es ist doch ganz normal, dass sie im Abfalleimer danach suchte.«

»Aber Olivier ... Sie konnte den Deckel doch nicht alleine öffnen!«

»Wir haben sicher vergessen, ihn zu schließen, das ist alles.«

Elizabeth ließ einige Minuten verstreichen und versuchte es dann noch einmal. Sie bestand darauf zu erfahren, wie er sich die klebrige Masse erklärte, die den Körper des kleinen Nagetiers umhüllte. Olivier ließ seinen Kaffee stehen, kam lächelnd auf sie zu und nahm sie in die Arme.

Sein verschmitzter Gesichtsausdruck deutete an, dass er gleich großen Unsinn von sich geben würde.

»Nehmen wir einmal an«, sagte er mit schleppender Stimme, »dass diese Waldmaus angesichts der Reste deines köstlichen Essens völlig die Beherrschung verloren hat, einverstanden? ... Und nehmen wir weiter an, dass sie daraufhin wie verrückt gesabbert hat ... Kannst du mir folgen?«

»Ja ... Und dann?«

»Also ich denke, dass dieses übererregte, kleine Tier aus Versehen in seinen eigenen klebrigen Speichel gefallen und darin stecken geblieben ist. Das ist es! Es ist in seinem Speichel gestorben. So einfach ist das ... Wer andern eine Grube gräbt, fällt selbst hinein, nicht wahr?«

»Du sagst einfach irgendwas«, versetzte Elizabeth. »Und sein Kopf? ... Hast du seinen Kopf gesehen?«

Olivier zuckte mit den Achseln.

»Den haben sicher die Ameisen gefressen.«

Elizabeth sah ihn mit einem so ungläubigen Funkeln in den Augen an, dass er sofort beschämt und etwas verstört hinzufügte: »Was soll ich dir sonst noch sagen? Ich weiß es nicht ... Ich bin kein Spezialist für Waldmäuse! Ganz offen gesagt, ich weiß nicht, was dich daran beunruhigt. Du machst aus einer Mücke einen Elefanten. Ich finde, wir sollten jetzt aufhören, darüber zu reden ... Es gibt interessantere Dinge, als über Leben und Tod der Waldmäuse zu philosophieren.«

Er küsste sie auf die Stirn, wie um die Diskussion zu schließen, ging dann zur Küchentür und fügte hinzu: »Tu mir den Gefallen und vergiss das Ganze, ja? Komm lieber nach draußen und genieße die frische Luft und die Sonne ... Das wird dich auf andere Gedanken bringen.«

Elizabeth stieß einen Seufzer aus und folgte ihm auf dem Fuße. Sie war ganz und gar nicht überzeugt von seinen Erklärungen ... noch nicht einmal beruhigt, und außerstande, von der Angst zu sprechen, die ihr die Kehle zuschnürte.

Das Virus der Angst hatte auf heimtückische und hinterhältige Art eine neue Phase seines Wachstums erreicht.

11

Der Samstagvormittag verlief völlig ruhig, ohne weitere makabre Entdeckungen für Elizabeth. Olivier hatte sich mit seiner Angelausrüstung am Flussufer niedergelassen. Eine heftige Erschütterung, die sich durch die Angelrute hindurch bis zu seinem Handgelenk fortsetzte, ließ ihn plötzlich auffahren. Er holte rasch die Leine ein, überzeugt davon, dass etwas angebissen hatte. Sein Gesicht verdüsterte sich. Enttäuscht betrachtete er den Angelhaken, an dem nur noch ein großes Stück Wurm hing, das halb abgebissen war ... und kein Fisch. Mühsam einen Fluch unterdrückend, griff er ungestüm nach dem Angelhaken, um das verbliebene Stück Wurm zurechtzurücken. Seine Finger streiften den winzigen Haken aus Metall, dessen scharfe Spitze genau über dem zweiten Glied des linken Zeigefingers seine Haut durchdrang.

»Verdammte, beschissene, verfluchte Erfindung!«, knurrte er

mit zusammengebissenen Zähnen, unter dem Schock der Überraschung und des Schmerzes.

Er zog den Angelhaken vorsichtig aus seinem Finger und rieb ihn an der Naht seiner Jeans, um das Blut und den Dreck abzuwischen. Dann versuchte er nochmals das Stück Wurm wieder einzufädeln. Das Tier wand sich hin und her, und es gelang ihm nicht, den glitschigen Körper fest zu halten und so aufzuspießen, wie er es wollte. Verärgert und mit seiner Geduld am Ende, packte er etwas zu fest zu. Ein widerlicher Brei ergoss sich zwischen seinen Fingern.

Mit stoischem Gleichmut legte er langsam seine Angelrute auf den Sand und tauchte beide Hände in das kalte Wasser des Flusses.

Amélie war der ganzen Szene gefolgt, ohne ein Wort zu sagen. Sie hatte ihn ein paar undeutliche Worte murmeln gehört, aber nicht wirklich darauf geachtet, da seine ärgerliche Miene sie mehr beschäftigte als sein Selbstgespräch. Sie griff nach dem Karton, in dem es von Ködern nur so wimmelte, und steckte ihre Finger in die schwarze, fette Erde.

»Warte, Papa, ich gebe dir einen dickeren«, sagte sie und lächelte ihm aufmunternd zu.

Sie war zur Wurmwärterin ernannt worden und erfüllte ihre Aufgabe mit großer Gewissenhaftigkeit.

»Hast du das gesehen!«, rief sie entzückt aus und wedelte mit einem Regenwurm vor ihm herum, der genauso dick war wie ihr Finger.

Olivier streckte schon die Hand aus, um den Regenwurm zu packen, als das kleine Mädchen, einer plötzlichen Eingebung folgend, sich rasch über das Wasser beugte und das Tier darin eintauchte.

»Amélie! ... Nein! Was machst du denn da?«, fragte er halb verärgert, halb belustigt.

»Ich wasche ihn!«

Sie bewegte energisch ihren Arm hin und her, wodurch Hunderte von kleinen Blasen entstanden, die an die Wasseroberfläche stiegen und sich dort auflösten.

»Gib ihn mir«, sagte er und hockte sich neben sie.

Er nahm ihr den Wurm aus der Hand und rollte ihn durch den Sand, vor den erschrockenen Blicken des Kindes.

»Jetzt ist er wieder ganz schmutzig!«, rief sie aus.

»Nun, das soll er ja auch sein. Sonst kann man ihn nicht festhalten.« Mit einem Taschenmesser schnitt er das Tier in zwei Teile, warf eine Hälfte wieder in den Karton und steckte die andere auf den Angelhaken. »Verstehst du?«

»Igitt! ... Wenn ich ein Fisch wäre, würde ich niemals so etwas Ekliges fressen!«

»Ich auch nicht. Aber wir sind nun mal keine Fische. Du wirst sehen ... Sie lieben das.«

Er warf seine Leine so weit er konnte.

Amélie rümpfte angewidert die Nase und fügte hinzu:

»Vielleicht frisst ihn ja sogar ein Fisch, aber danach ... kotzt er bestimmt alles wieder aus, das ist sicher.«

»Also hör zu ... Das reicht jetzt, ja? Gib jetzt Ruhe und lass mich so fischen, wie ich will, einverstanden?«

Amélie, der es scheinbar nichts ausmachte, dass ihr Vater sie anfuhr – sie verzieh ihm alles und bewunderte ihn glühend –, wartete einige Minuten und fuhr dann fort:

»Sag Papa ...«

»Hmmmm ...«

»Bekommen Würmer Babys?«

»Was für eine Frage! ... Natürlich bekommen sie Babys!«

»Weisst du, wie sie das machen?«

»Nun ... Eigentlich nicht, mein Liebling. Ich gestehe, dass ich über Würmer nicht sehr viel weiß, nicht mehr als über Waldmäuse übrigens.«

Er wandte sich ihr zu und lächelte sie an, wobei er insgeheim hoffte, dass sie sich mit dieser Antwort zufrieden geben würde. Er warf einen Blick über seine Schulter, um sich zu vergewissern, dass seine Frau ihm notfalls beistehen könnte. Als er sie schlafen sah, wurde ihm klar, dass er auf keinerlei Unterstützung hoffen durfte ... Er würde sich selbst aus der Klemme helfen müssen, falls es Amélie in den Sinn käme, ihre anatomischen Erkundungen zu vertiefen.

Doch Olivier täuschte sich, Elizabeth schlief keineswegs. Gemütlich in ihrer Hängematte liegend, die Augen halb geschlossen, beobachtete sie die beiden schon seit geraumer Weile und war ihrer Unterhaltung gefolgt. Als sie sah, wie er sich zu ihr umdrehte, zwang sie sich dazu, ganz still zu liegen. Allein die Vorstellung, wie es wohl weiterging, belustigte sie. Sie wusste, dass Amélie nicht so leicht aufgeben würde.

Olivier holte die Leine ein, prüfte, ob der Wurm noch daran hing, und warf sie dann erneut aus. Amélie war ein wenig von ihm abgerückt, spielte im Sand mit einem Stecken und schien sich überhaupt nicht mehr dafür zu interessieren, wie es die Würmer wohl anstellten, um Kinder zu bekommen. Beruhigt, ja erleichtert darüber, dass seine Tochter so unerwartet nachgab, setzte Olivier sich rittlings auf den Baumstumpf, der ihm als Bank diente, klemmte sich den Stil der Angelrute unter den Arm und zündete sich eine Pfeife an. Die Sonne erwärmte sein Gesicht und seine Arme. Er schloss die Augen und seufzte zufrieden.

Ein kleiner, heißer Körper schmiegte sich plötzlich an seinen Schenkel.

»Wie hast du es gemacht, mit Mama?«

»Was gemacht, mein Liebling?«

»Nun . . . das Baby!«

Olivier spürte, wie sich seine Zehen zusammenkrümmten. Er öffnete halb die Augen und betrachtete das kleine Gesicht, das sich gierig zu ihm beugte. Die riesengroßen, grünen Augen sahen ihn forschend an und drangen in ihn ein. Er wusste sofort, dass er nicht ohne eine Erklärung davonkommen würde . . . eine vernünftige dieses Mal.

Er tat einen langen Zug aus seiner Pfeife, um Zeit zum Nachdenken zu gewinnen. Den Blick auf den Horizont gerichtet, als wollte er den Himmel anflehen, ihn zu inspirieren, erwiderte er schließlich:

»Du wirst sehen, mein Mäuschen . . . es ist ganz einfach. Wenn man zum Beispiel eine Blume wachsen sehen will, gräbt man ein kleines Loch in die Erde, legt ein Samenkorn hinein, schüttet wieder Erde darauf, gießt ein bisschen Wasser darauf und dann . . ., nun dann wartet man, dass sie wächst. Und wenn man Glück hat, bekommt man eine schöne Baby-Blume. So ist das!«

Er lächelte, nicht ganz unzufrieden mit sich, und tat erneut einen langen Zug aus seiner Pfeife, bevor er Amélie ansah. Sein Lächeln erlosch sogleich angesichts des Entsetzens, das sich in den Gesichtszügen des kleinen Mädchens widerspiegelte. Sie hatte den Mund zu einem stummen Schrei geöffnet und stand wie erstarrt, wie versteinert da. In ihren weit aufgerissenen Augen lag so viel Angst, ja so viel Grauen, dass es ihm kalt über den Rücken lief. Er drehte sich jäh um und folgte ihrem seltsam starren Blick, überzeugt davon, den Grund ihres Entsetzens zu entdecken. Nichts! Kein wildes Tier, kein Ungeheuer, nichts, was einem irgendwie Angst einjagen konnte. Er sah überhaupt nichts, und das beunruhigte ihn nur noch mehr.

Er dachte nicht im Entferntesten daran, sich zu fragen, ob seine Ausführungen in der einen oder anderen Weise mit Amélies Erschrecken zu tun hatten, legte seine Hand auf die braunen Locken und erkundigte sich sanft:

»Was hast du, Amélie?«

»Hat Mama sehr geblutet, als du das Loch in ihren Bauch gemacht hast?«

»Mein Gott . . . nein . . . Hör zu . . .«

Olivier war fassungslos. Er ließ die Angelrute fallen und nahm seine Tochter in die Arme.

Unbeirrt nahm Amélie den Faden wieder auf:

»Womit hast du das Loch gemacht? . . . Mit einem Messer?«

»Aber nein . . . Amélie . . . Wo denkst du nur hin? Das ist überhaupt nicht so. Hör mal, man macht kein Loch in den Bauch der Mamas . . .«

»Wie macht man es dann?«, beharrte Amélie mit verärgerter, ungeduldiger Stimme.

Sie erwartete eine Antwort. Sofort. Ihr Entsetzen war so schnell verflogen, wie es gekommen war, und hatte ihrer unersättlichen Neugier Platz gemacht . . . ihrem kühlen, logischen Verstand, der so solide war wie ein Fundament aus Stahlbeton.

Elizabeth hatte sich davor gehütet sich einzumischen, in der festen Überzeugung, dass Olivier sich alleine aus der Klemme helfen konnte. In dem Schweigen, das folgte, betrachtete sie die beiden aufmerksam. Ihre blonden und braunen Locken ineinander verwickelt, die Körper verschlungen, maßen sie einander mit Blicken, wie zwei Krieger in einem ungewöhnlichen, ja einzigartigen Kampf . . . Oliviers Liebe und Zärtlichkeit traf auf Amélies Hartnäckigkeit und Unnachgiebigkeit. Der Kampf schien für Olivier von vornherein verloren, aussichtslos. Er war ihr nicht gewachsen.

Genauso gut konnte man einen Kanarienvogel gegen einen Sturmpanzer antreten lassen! ... Sie musste einen Waffenstillstand herbeiführen. Sofort! Sie richtete sich auf und glitt aus der Hängematte.

Amélie sah sie auf sich zukommen. Sie erriet instinktiv, dass sie nun keine Antwort mehr auf ihre Frage erhalten würde. Nicht sofort jedenfalls. Das erregte ihren Missmut. Und ihren Groll.

Das Geschirr und die Reste eines reichhaltigen Mittagessens standen noch auf dem Tisch. Verträumt auf den Fluss blickend, aß Elizabeth ihren Nachtisch. Sie war sehr früh aufgestanden, wieder einmal fast zu Tagesanbruch, und fühlte sich schläfrig.

Sie wandte den Blick vom Fenster ab und straffte ihre Schultern, als wollte sie die Benommenheit abschütteln, die sie allmählich überkam. Reagieren. Sich bewegen. Etwas tun ... Sie stand auf, räumte den Tisch ab und spülte das Geschirr, unter Mithilfe von Olivier, der sich ungeschickt anstellte und todmüde wirkte.

»Du bist reif für ein kleines Nickerchen«, bemerkte Elizabeth und nahm ihm rasch einen Teller aus der Hand, der zu Boden zu fallen drohte. »Ich mache das hier fertig und ...«

»Und dann kommst du sofort und machst ein Nickerchen mit mir«, beendete Olivier den Satz und umarmte sie.

»Nein, mein Schatz. Ich möchte gerne, aber ich kann nicht.«

»Und warum nicht? ...«

»Ich muss Madame Garnier besuchen.«

Olivier lächelte und fuhr mit honigsüßer Stimme fort: »Na und? Nichts hindert dich daran, später zu ihr zu gehen. Wir werden nicht den ganzen Nachmittag schlafen.«

»Wenn es danach geht, werden wir überhaupt nicht schlafen«, versetzte sie lachend. »Ich kenne deine Nickerchen schon ... Und versuch ja nicht, mir einzureden, dass ich danach noch genug Energie habe, um zwei Kilometer zu Fuß zu gehen.«

»Ehrlich gesagt, ich denke, dass du nicht einmal mehr genug Energie haben wirst, um den kleinen Finger zu heben«, erwiderte er und drückte sie an sich.

»Olivier ... Sie wird erfahren, dass wir hergekommen sind und nicht verstehen, dass ich sie nicht besucht habe. Komm schon, sei nett. Lass mich los.«

Sie hatte mit sanfter, fast weinerlicher Stimme gesprochen, aber der Blick, den sie auf ihn richtete, ließ keinen Zweifel zu ... Es würde ihm nicht gelingen, sie umzustimmen. Er setzte eine resignierte Miene auf, küsste sie auf die Stirn, lockerte den Druck auf ihre Arme und ließ sie los, wobei er seufzte:

»Gut, einverstanden. Ich lass dich gehen.«

Er küsste sie zärtlich auf die Wange und ging in Richtung Schlafzimmer. Elizabeth, die ihm mit den Augen folgte, sah, wie er sich plötzlich mitten im Wohnzimmer umdrehte.

»Nimmst du Amélie mit?«, erkundigte er sich.

»Ja, mein Liebling.«

»Seid beide vorsichtig. Im Wald gibt es böse Dreckswölfe.«

»Im Moment gibt es nur einen, der mir Sorgen macht, aber ich habe gehört, dass er ein Nickerchen machen will«, versetzte sie lächelnd.

Darauf fiel ihm nichts mehr ein – das passierte ihm ab und zu, vor allem mit Elizabeth –, daher erwiderte er ihr Lächeln, warf ihr eine Kusshand zu und verschwand im Schlafzimmer.

12

Um zum Haus von Madame Garnier zu gelangen, mussten sie ungefähr einen Kilometer auf der Gemeindestraße in Richtung Dorf marschieren.

Elizabeth, die trotz der Leichtigkeit ihres blau-weiß-gestreiften Baumwollkleides, dessen unterer Teil ihr bei jedem Schritt, den sie tat, an den Kniekehlen klebte, stark schwitzte, war einen Moment stehen geblieben, um den Schweiß abzuwischen, der von ihrer Stirn aus ihren Hals hinunterlief. Sie hatte sich gerade erst auf den Weg gemacht und fühlte sich schon erschöpft. Mühsam hatte sie sich die 150 Meter des Pfades hinaufgeschleppt, der steil bis zur Straße anstieg, und dabei Amélie hinter sich hergezogen, die nicht sehr viel guten Willen bewies. Mindestens zehnmal hatte sie sich schon gefragt, ob sie nicht lieber zum Chalet zurückkehren sollte, um das T-Shirt und die Shorts anzuziehen, die sie den ganzen Vormittag über getragen hatte, und bei der gleichen Gelegenheit natürlich ihre quengelige Tochter der Obhut des Vaters anzuvertrauen. Sie sah dem kleinen Mädchen an der Nasenspitze an, dass der Spaziergang nicht die reinste Erholung werden würde. Amélie hatte eine finstere Miene aufgesetzt, die ihrer Umgebung im Allgemeinen signalisierte, wie etwa eine rote Fahne an einem Strand, dass sie nicht »sicher« war und man Abstand halten musste, um der Gefahr zu entgehen: ein Wellenrückfluss, eine Unterwasserströmung oder, schlimmer noch, eine Sturmflut.

Sie stopfte das nasse Taschentuch, mit dem sie sich Gesicht und Hals abgewischt hatte, in die große Baumwolltasche, die sie umgehängt hatte, und setzte ihren Fußmarsch fort. Sie ging auf der linken Straßenseite und hatte ein wachsames Auge darauf, dass Amélie zu ihrer Linken blieb. Die Kleine hatte sich kategorisch geweigert, ihr die Hand zu geben, unter allen möglichen, aus der Luft gegriffenen Vorwänden: Ihre Finger waren zu heiß, sie war kein Baby, das man an der Hand halten musste, ihre Mutter drückte sie so fest, dass sie ihr sicher die Hand brechen würde, etc.

Elizabeth schwitzte zu sehr – nicht nur an den Fingern –, um sich streiten zu wollen, umso mehr als Amélie wirklich brav neben ihr ging und sie es daher nicht für notwendig hielt, darauf zu bestehen, »ihr die Hand zu brechen«, wie sie sagte.

Kaum waren sie 200 Meter gegangen, als Amélie plötzlich stehen blieb und jammerte:

»Mama, meine Füße tun mir weh!«

»In deinem Alter tun einem nicht vom Gehen die Füße weh, Amélie. Du machst mir etwas vor.«

»Nein, es ist wahr.«

»Du hast keine Kondition, mein Mäuschen. Weisst du, was man in so einem Fall tut? ... Man macht einen kleinen Spaziergang. Das ist das beste Heilmittel, das ich kenne.« Sie beugte sich zu ihrer Tochter hinab, die in die Hocke gegangen war, und reichte ihr die Hand. »Na los, Amélie ...«

Amélie, die die ausgestreckte Hand verschmähte, stand langsam auf und seufzte resigniert. Sie versetzte einem Kieselstein einen Tritt und ging dann weiter, ohne ein Wort zu sagen, mit gesenktem Kopf, die Hände auf dem Rücken verschränkt. 250 Meter weiter blieb sie erneut stehen, drehte sich zu ihrer Mutter und klagte:

»Mama, ich sterbe vor Hitze!«

Die Hände in die Hüften gestemmt, ein skeptisches Funkeln in den Augen, musterte Elizabeth sie von Kopf bis Fuß, bevor sie näher trat, um ihre Wangen genauer zu untersuchen, die ihr nicht von der Hitze gerötet erschienen, sondern rosig und leicht gebräunt. Sie berührte Amélies Gesicht. Ihre Haut fühlte sich trocken und weich an, selbst unter der dichten, dunklen Haarsträhne, die ihr in die Stirn fiel. Sie berührte mit den Fingerspitzen flüchtig die Arme und Beine des kleinen Mädchens. Auf dem kleinen festen Körper fand sich nirgends ein Schweißtropfen. Offensichtlich schien sich Amélie genauso gut an die Hitze anzupassen wie ein Eskimo an die Kälte.

Elizabeth verspürte beinahe etwas wie Neid auf diesen begnadeten Zustand, im Vergleich zu dem ihres eigenen Körpers – sie selbst war buchstäblich schweißgebadet. Sie richtete sich wieder auf, wühlte in ihrer Tasche nach einem Taschentuch und fragte mit leicht spöttischer Stimme:

»Wo ist dir denn heiß?«

»Überall!«, schrie das kleine Mädchen, das in Wut geriet, weil seine Mutter ihm nicht zu glauben schien.

»Amélie, sieh dir mein Gesicht an«, sagte Elizabeth und rieb es mit dem Taschentuch ab, das sie in der Hand hielt. »Siehst du den ganzen Schweiß, der mir von der Stirn rinnt? Das ist so, weil mir wirklich heiß ist. Wenn man vor Hitze stirbt, mein Liebling, dann ist man so nass wie ich ... überall, als ob man sich gerade geduscht hätte. Und du bist überhaupt nicht nass. Also fällt es mir sehr schwer zu glauben, dass du vor Hitze stirbst, verstehst du?«

Amélie warf ihr einen gehässigen Blick zu, erwiderte aber nichts.

250 Meter weiter ...

»Mama, ich habe Durst!«

Elizabeth wühlte wieder in ihrer Tasche und holte eine kleine Schachtel Apfelsaft mit einem Strohhalm heraus. Darauf war sie gefasst gewesen.

»Da, mein Liebling. Trink das«, sagte sie und hielt ihr den Saft hin. Ihre Stimme klang schmeichlerisch, obwohl ihre Verärgerung sich inzwischen unmerklich gesteigert und irgendwo zwischen

Gereiztheit und Wut eingependelt hatte. »Ich bin sicher, dass es dir dann wieder besser geht.«

Amélie steckte den Strohhalm in den Mund, sog gierig daran ... und spuckte alles wieder aus.

»Igitt! ... Er ist ganz heiß! Schmeckt wie Katzenpipi.«

»Pfff ... Als ob du schon welches getrunken hättest!«, konterte Elizabeth und zuckte mit den Achseln. »Wenn du den Saft nicht magst, musst du ihn nicht trinken, Amélie. Das ist ganz einfach, oder?«

Das kleine Mädchen sah zu ihrer Mutter auf, mit vor Wut verdunkelten Augen. Wenn sie gekonnt hätte, hätte sie ihr all die Gemeinheiten gesagt, die ihr durch den Kopf gingen. Sie kannte einige sehr schlimme, wie die, die Rosa zum Weinen gebracht hatten. Aber ihre Mutter würde, im Gegensatz zu Rosa, nicht davor zurückschrecken, ihr eine Ohrfeige zu geben.

»Du bist böse«, wagte sie in einer Art vorsichtigem Murmeln. »Du willst, dass ich vor Durst sterbe.«

»Gut! Das dritte Drama!«, rief Elizabeth aus und sah Hilfe suchend gen Himmel. »Nein, mein Liebling, es liegt mir gar nichts daran, dass du vor Durst stirbst. Los, sei nett ... Trink deinen Saft und hör auf, Szenen zu machen, ja?«

Mit trotziger Geste und all dem Schwung, den ihr die Unbedachtsamkeit ihrer fünf Jahre verlieh, warf Amélie die Schachtel in den Straßengraben und erklärte:

»Jetzt habe ich keinen Durst mehr.«

Erzürnt packte Elizabeth sie am Arm.

»Hör mir zu«, stieß sie mit gefährlich sanfter Stimme hervor, »denn das ist die letzte Warnung. Ich habe deine Launen satt ... Ich werde langsam wirklich ärgerlich, und meine Hand zuckt so heftig, dass sie gut auf deinem Hintern landen könnte ... und nicht gerade sanft, das kann ich dir sagen. Also treib mich nicht zum Äußersten, weil das schlecht für dich ausgehen wird. Ist das klar?«

Amélie wand sich hin und her und versuchte sich aus dem festen Griff zu befreien.

»Hast du verstanden, was ich dir gesagt habe?«, wiederholte Elizabeth eindringlich und versuchte den Blick ihrer Tochter aufzufangen, die hartnäckig zu Boden sah.

Als keine Antwort erfolgte, verstärkte sie ihren Griff und schüttelte sie leicht.

»Amélie, ich rede mit dir . . .«

Das kleine Mädchen hob den Kopf und hielt dem Blick ihrer Mutter einige Sekunden lang stand, ohne mit der Wimper zu zucken. Dann wandte sie die Augen ab, streifte mit den Fingern leicht über die Hand, die ihren Arm festhielt, und sagte nur:

»Du tust mir weh.«

Ihr Gesicht war verschlossen, glatt, völlig ausdruckslos und genauso unerforschlich wie ihre Augen, deren Blick in seinem Glanz, seiner Reinheit und seiner Härte mehr denn ja an einen Smaragd erinnerte.

In der endlos erscheinenden Stille fiel Elizabeth plötzlich auf, dass ihr Herz schneller schlug, während sich die Luft um sie herum abzukühlen schien. Ein seltsames Gefühl der Kälte, dann der Wärme, dann wieder der Kälte überkam sie. Sie atmete tief durch und lockerte den Griff um Amélies Arm.

Obwohl es ihr nicht gelang, die Botschaft, die sie im Blick ihrer Tochter gelesen hatte, genau zu entziffern, war Elizabeth dennoch zu intuitiv und zu sensibel, um die negativen Vibrationen nicht wahrzunehmen, die von ihm ausgingen. Das, was sie für simplen Groll hielt – und als solchen sehen wollte –, oder Bitterkeit, oder aber eine Mischung aus unterdrückter Wut und Feindseligkeit, war in Wirklichkeit nichts anderes als Hass . . . gewiss verschleiert, gedämpft, ohne jedes Bedürfnis, sofort zu handeln, sich zu rächen, ihn zu stillen, aber nichtsdestotrotz glühend, unbändig, außergewöhnlich wild und maßlos, ein Hass, wie ihn nur Kinder empfinden können.

Alice Garnier öffnete ihnen die Tür.

Ihr verwittertes Gesicht erhellte sich und ein warmes Lächeln trat auf ihre Lippen, als sie die Besucherinnen sah. Sie bat sie herein und führte sie dann, nach den üblichen Begrüßungen, einen ziemlich engen, aber hellen Flur entlang, an dessen Ende sich die Küche befand.

Elizabeths Blick heftete sich auf die Waden, denen sie folgte, wobei sie sich wieder einmal darüber wunderte, dass diese aufgeweckte Siebzigjährige unter ihrem ewigen schwarzen Kleid, trotz ihres Alters, ihres arbeitsreichen Lebens und ihrer fünfzehn Schwangerschaften, die Beine eines jungen Mädchens hatte.

Als sie sie auf dem Tisch Kuchenstücke, Kekse und Naschwerk aller Art aufhäufen sah, protestierte sie sanft:

»Nein, nein, das ist viel zu viel, Madame Garnier. Ich versichere Ihnen ... Wir haben gerade zu Mittag gegessen.«

Ein rätselhaftes Lächeln spielte um Alice Garniers Mundwinkel. Sie seufzte und versetzte mit ihrer wohlklingenden Stimme:

»Eine schwangere Frau muss für zwei essen!«

»Wie haben Sie das erraten?«, konnte Elizabeth nicht umhin, überrascht auszurufen. »Das sieht man doch noch gar nicht.«

»Ich sehe das ...«

Enttäuscht von dieser lakonischen Antwort, sah Elizabeth ihr schweigend dabei zu, wie sie die Teetasse an die Lippen führte. Sie hoffte, dass die alte Frau ihren Satz auf die eine oder andere Weise beenden würde, nachdem sie hinuntergeschluckt hatte. Aber als sie ihre Augen sah, die Amélie seltsam anblickten, wusste sie, dass sie alles gesagt hatte, was sie zu diesem Thema zu sagen hatte, und nichts mehr hinzufügen würde.

Warum sieht sie meine Tochter so an? ... Woran denkt sie? fragte sich Elizabeth und blickte forschend auf die scharfen Gesichtszüge – von indianischen Vorfahren geerbt –, deren Ausdruck ihr, heute wie schon immer, genauso unergründlich erschien wie die Geheimnisse des Vatikans.

Sie konnte nicht genau sagen, was sie für diese ungewöhnliche kleine Alte empfand. Soweit sie sich zurückerinnern konnte, hatte sie sie etwas seltsam gefunden und sich in ihrer Gesellschaft weder völlig wohl noch völlig unwohl gefühlt, sondern verlegen und leicht verwirrt. Es ging etwas von ihr aus, das sie nicht identifizieren konnte und das einen tiefen Eindruck auf sie machte ...

Um das Schweigen zu brechen, das sie etwas irritierte, räusperte Elizabeth sich und sagte:

»Ich weiß, dass Sie seit langem in dieser Gegend leben, aber ich habe mich gefragt ...«

Der düstere, aufmerksame Blick glitt beinahe widerwillig von Amélies Gesicht zu Elizabeths. Alice Garnier lächelte erneut und fuhr fort:

»... ob ich immer hier gelebt habe?«

»Ja«, sagte Elizabeth und sah weg, verwirrt durch die Leichtigkeit, mit der diese Frau ihre Gedanken lesen konnte.

»Immer«, erklang Madame Garniers melodische Stimme. »Ich wurde hier geboren und ich werde hier sterben, wie mein Vater und Großvater vor mir. Es ist das Land meiner Vorfahren, und hier will ich begraben sein. Ich bin hier zu Hause und könnte nirgends sonst glücklich sein, im Gegensatz zu meinen Kindern. Sie sind alle weggezogen, wissen Sie. Alle! In die Stadt! Ich habe niemals verstanden warum, aber ... manchmal sage ich mir, dass es vielleicht doch der Aberglaube war, der sie bewogen hat wegzugehen, genauso wie alle anderen. Anscheinend hat es nicht viel genutzt, den Namen des Dorfes zu ändern.«

»Was für ein Aberglaube?«, warf Elizabeth verdutzt ein.

»Ach, das ist schon lange her. Das war vor vielen Jahren ...«

Sie hielt inne, trank einen Schluck Tee und fuhr fort:

»Das war vor mehr als sechzig Jahren. Damals hieß das Dorf ›Windigo‹.«

»Windigo? Das ist ein hübscher Name.«

»Es ist ein indianisches Wort und bedeutet: Dort wo der böse Geist herrscht. Nach einer alten Legende der Cris war Windigo ein Waldriese, der sich von Menschenfleisch ernährte.«

»Oh! Nicht sehr erfreulich. Und dann? Was ist passiert?«

»Nichts. Nichts Außergewöhnliches auf jeden Fall. Außer dass die Bauern, die sich hier niederließen, nun ja ... nicht sehr lange in dieser Gegend blieben. Drei oder vier Jahre höchstens. Danach verkauften sie alles, was sie hatten, und verließen die Gegend. Als ob der Teufel hinter ihnen her wäre.«

»Warum? Wovor hatten sie Angst?«

»Vor Windigo! Sie glaubten felsenfest daran, dass er ein böser Geist war, der sie verhexte. Jedes Mal wenn ein Mensch oder ein Tier starb, jedes Mal wenn eine Ernte misslang, sagten die Leute, dass es Windigos Schuld sei. Daher hat man eines Tages beschlossen, das Dorf umzutaufen und es ›Vendée‹ zu nennen ... Nur der See hat seinen Namen behalten.«

»Hat das letztendlich etwas geändert?«

»Eigentlich nicht. Die Leute bleiben nicht länger hier als früher. Viele denken, dass man einen bösen Geist nicht dadurch loswird, dass man den Namen eines Ortes ändert.«

»Und Sie? ... Was halten Sie davon?«, fragte Elizabeth, die diese unerwartete Geschichte inzwischen mehr beunruhigte, als dass sie ihre Neugier weckte.

Alice Garnier warf ihr einen leicht verschleierten Blick zu.

»Der Geist geht, wohin er will«, antwortete sie geheimnisvoll.

Plötzlich beugte sie sich zu Elizabeth hinüber und fügte mit veränderter Stimme hinzu:

»Sie sollten weggehen.«

Elizabeth spürte, wie sie rot wurde. Verwirrt legte sie ihre Gabel hin – sie hatte noch keinen Bissen von ihrem Kuchen gegessen – und stand auf.

»Oh ... Sie haben Recht«, stammelte sie. »Es ist schon spät. Entschuldigen Sie, Madame Garnier. Ich hatte nicht vor, so lange zu bleiben.«

Die alte Frau legte ihre knotige, schwielige Hand auf ihren Arm.

»Sie verstehen nicht, Elizabeth. Sie müssen aus Vendée weggehen ... Die Gegend verlassen ... Weggehen und niemals wiederkommen. Niemals!«

Dann warf sie einen kurzen Blick auf Amélie, die die ganze Zeit über ungewöhnlich ruhig und schweigsam war, und fuhr fort:

»Ich bitte Sie. Reisen Sie ab und bringen Sie Ihre Tochter weit weg von hier.«

Sie hatte ihren intensiven, beinahe hypnotischen Blick wieder auf Elizabeth gerichtet, als wollte sie ihr mit den Augen sagen, was sie mit Worten, selbst mit einem Murmeln, nicht ausdrücken konnte. Als Elizabeth einige Sekunden später wieder aus dem dunklen, tiefen Gewässer auftauchte, in das sie eingetaucht war, wurde ihr jäh die Angst bewusst, die ihr seit Wochen schon im Nacken saß, ohne dass sie davon wusste.

In dieser Nacht hatte sie einen seltsamen Traum.

Sie betrat ein stilles, dunkles Zimmer, in dem Eiseskälte herrschte. Zunächst sah sie nichts als diese beunruhigende Finsternis, die sie umgab. Als ihre Augen sich allmählich an die Dunkelheit gewöhnten, glaubte sie die Umrisse einer Frau wahrzunehmen, die neben einem Kinderbett kniete.

Irgendetwas zog sie mit aller Macht dorthin. Sie ging zu der Wiege und berührte den feinen, schwarzen Stoff, der sie verhüllte, genau wie die Frau, die daneben kniete. Sie verharrte einen Moment regungslos und hob dann langsam den Schleier, der das Kind ihren Blicken entzog ... sie wusste genau, wen sie in dieser Wiege finden würde: Auf dem Rücken liegend, den Körper und das Gesicht mit einer schwarzen Schicht bedeckt, sah Amélie sie starr an. Ihre Iris war genauso schwarz wie ihre Haut, kalt und leer, ohne Seele, ohne Ausdruck, bar jeder Empfindung und jeden Gefühls.

Außerstande, ein Wort zu sagen oder sich zu bewegen, verharrte sie dort und betrachtete ihre Tochter. Vergeblich versuchte sie sich einzureden, dass alles nur ein Albtraum war, dass sie aufwachen würde, dass dieses ... dieses Ding vor ihren Augen nicht Amélie sein konnte.

Ein Blutstropfen perlte plötzlich von der Augenbraue des kleinen Mädchens, genau über dem linken Auge, dann noch einer und noch einer, bis sie schließlich ein kleines Rinnsal bildeten, das den Augenbrauenbogen entlang über die Schläfe floss und sich in den Haaren verlor, in der Nähe des Ohrs.

Als sie aus ihrer Betäubung erwachte, beugte sie sich über das Kind und strich mit zögerlicher, zitternder Hand die Haarsträhne zurück, die ihm in die Stirn fiel. Bestürzt entdeckte sie darunter eine entsetzliche Wunde, eine lange, tiefe, kreisförmige Schnittwunde, in deren Mitte das Weiß des Knochens schimmerte. Sie sah mit Schrecken, wie die Haut im Inneren des Kreises sich in Falten legte, dann wieder glättete, dann anschwoll und schließlich zu drei blutigen Zeichen zerbarst, die zugleich unterschiedlich und gleich waren. Zeichen, die dreimal die Zahl sieben abbildeten.

Fassungslos angesichts dieser Grauen erregenden Vision, erschüttert durch ein Gefühl der Ohnmacht und tiefster Verzweiflung, wandte sie sich weinend und stöhnend an die kniende Frau: *Warum ... Warum ... Warum ...*

Knotige Hände hoben langsam den Schleier. Darunter erschien ein von Falten durchzogenes Gesicht mit hervorstehenden Backenknochen.

Resigniert mit den Achseln zuckend, sah Alice Garnier sie an. In ihrem Blick lag unendliche Trauer.

13

Am Montagmorgen standen sie um 5 Uhr 30 auf, weil Olivier pünktlich um 9 Uhr im Büro sein musste. Sie frühstückten schweigend und in aller Eile. Danach trug Olivier das Gepäck ins Auto, während Elizabeth die Küche fertig aufräumte und durch alle Zimmer ging, um die Fenster zu schließen, das Licht auszuschalten und sich zu vergewissern, dass sie nichts vergessen hatten.

Sie verriegelte die Haustür, und als sie zum Wagen ging, in dem Olivier und Amélie bereits auf sie warteten, spürte sie, wie ein seltsames Gefühl der Erleichterung sie erfasste, als ob sie etwas Schweres, Bedrückendes, auf unerklärliche Weise Bedrohliches hinter sich ließ. Sie wollte stehen bleiben und einen letzten Blick zurückwerfen, tat dann aber nichts dergleichen. Im Gegenteil. Sie beschleunigte ihren Schritt, stieg rasch ins Auto und legte den Gurt an, wobei sie beharrlich auf ihre Fußspitzen blickte, fest entschlossen, nicht aufzusehen, bis das Auto den Feldweg verlassen hatte und auf die Straße nach Vendée eingebogen war.

Sie drehte sich um, um einen Blick auf ihre Tochter zu werfen – Amélie schlief wie ein Engel, gemütlich auf dem Rücksitz ausgestreckt –, und zog dabei, ohne es zu wollen, Oliviers Aufmerksamkeit auf sich.

Obwohl sie beide während des Wochenendes bewusst jede Anspielung auf den schrecklichen Unfall der kleinen Diane Cormier vermieden hatten, kreisten Oliviers Gedanken ständig darum.

Was wird jetzt geschehen?, fragte er sich und dachte darüber nach, welche Auswirkungen dieser Unfalltod, der unter ihrem Dach passiert war, auf sie haben würde.

Natürlich bereute er seine Nachlässigkeit und seine Dummheit bitter (Hätte er sich doch dazu aufgerafft, diese verfluchten Äste vorher abzuschneiden . . .!), aber gleichzeitig sagte er sich, dass Gewissensbisse nichts nützten, dass sie das kleine Mädchen nicht wieder lebendig machen würden, dass man seinem Schicksal nicht entgehen konnte . . .

Er hatte ihren Versicherungsvertreter angerufen, um ihn von dem Vorfall in Kenntnis zu setzen, Elizabeth jedoch nichts davon gesagt. Zunächst, weil diese Geschichte sie so schon genug aufwühlte, dann, weil sie in letzter Zeit mehr als genug Aufregungen gehabt hatte: Der Brand im Juni, der Tod des kleinen Mädchens, ihre Schwangerschaft ... Er wollte ihr nicht noch weiteren Kummer bereiten, indem er ihr sagte, dass sie sich auf eine Schadenersatzklage gefasst machen mussten. »Wie weit kann das gehen?«, hatte er seinen Agenten gefragt, der ihm vorsichtig geantwortet hatte, dass er es nicht sagen könne, dass sie geduldig abwarten müssten, bis die Mutter des Kindes etwas von sich hören lasse, wahrscheinlich durch ihre Anwälte.

Er hatte Carole Cormier nur zwei- oder dreimal gesehen, aber das hatte ihm genügt, um sich eine Meinung über sie zu bilden, und diese Meinung war alles andere als beruhigend.

Er dachte an seinen Sohn – er war sicher, dass es ein Sohn würde –, und dieser Gedanke tröstete ihn.

Was auch immer diese Madame Cormier vorhaben mochte, sagte er sich, wir werden es durchstehen. Geld ist nicht alles im Leben. Man verliert es so schnell, wie man es gewonnen hat ... Es hat uns nie an etwas gefehlt, und das wird auch in Zukunft so sein.

Er war nicht nur ein unverbesserlicher Optimist, sondern verstand es in Krisenzeiten auch meisterhaft, die wichtigen Dinge von den unwichtigen oder weniger wichtigen zu unterscheiden. Und das Wichtigste war im Moment für ihn Elizabeth, Amélie und ... dieser Sohn, den er ungeduldig erwartete und dessen bevorstehende Geburt ihn mit sanfter Euphorie erfüllte.

Es war ungefähr 8 Uhr 15, als sie zu Hause eintrafen. Nachdem er das Gepäck ausgeladen hatte, duschte sich Olivier, zog sich um und stürzte eilig eine Tasse Kaffee hinunter, bevor er wieder ins Auto stieg. Wie geplant, betrat er genau um 8 Uhr 55 sein Büro und setzte ein breites, zufriedenes Lächeln auf, wie ein siegreicher Sportler.

Elizabeth öffnete die Augen.

Sie hatte sich für einige Minuten auf dem Wohnzimmersessel niedergelassen, um sich von dem anstrengenden Staubsaugen zu erholen, und war dabei eingedöst. Das Geknatter eines Motorrads auf der Straße ließ sie auffahren.

Sie stand auf, packte ihren Staubsauger und wollte ihn gerade wieder anschalten, als sie hörte, wie ein Auto vor dem Haus hielt. Sie warf einen Blick auf ihre Uhr: 11 Uhr 10. Konnte es sein, dass Olivier beschlossen hatte, zum Mittagessen nach Hause zu kommen? Sie ging zum Fenster, um nachzusehen, und musste bei dem Anblick, der sich ihren Augen bot, laut lachen: Gilberte, die eine grellgelbe Latzhose, eine riesige Schirmmütze und eine gigantische dunkle Brille trug, knallte gerade die Tür eines zitronengelben *Rabbit* zu.

Elizabeth stürzte in die Diele und öffnete rasch die Tür. Gilberte hatte den Arm ausgestreckt und wollte gerade auf die Klingel drücken. Überrascht rief sie aus:

»Sag mal, du ... Bist du Hellseherin oder was?«

»Nun, sagen wir, dass ich auf deinen Besuch gehofft habe.«

»Also ... War es schön in Vendée?«, fragte sie, während sie Elizabeth in die Küche folgte.

»Ruhig und erholsam.«

Sie reichte ihrer Freundin ein Glas Eistee aus dem Kühlschrank und nahm selbst einen Schluck, bevor sie fortfuhr:

»Du hast mir gar nicht gesagt, dass du dir ein neues Auto kaufen wolltest.«

»Das ist ein Mietwagen. Meines ist in der Werkstatt. Für eine ganze Weile, glaube ich.«

»Gut, da du schon einmal da bist, nehme ich an, dass du mit uns essen wirst? Schlag es mir nicht ab. Sag ja ... nur um mir einen Gefallen zu tun, einverstanden?«

Gilberte stützte sich mit einer Hand auf den Tisch, blickte Elizabeth ins Gesicht und erklärte mit ernster Stimme:

»Willst du, dass ich dir was sage? Das größte Drama meines Lebens ist, dass es mir nie gelungen ist, dir etwas abzuschlagen.«

Trotz der ernsten Miene, die sie zur Schau trug, hatte Elizabeth, die sie zu gut kannte, um nicht misstrauisch zu sein, ein spöttisches Funkeln in ihren Augen entdeckt.

»Und das wird sich auch heute nicht ändern!«, riefen sie beide gleichzeitig aus, und fielen sich lachend in die Arme.

Das Mittagessen war in weniger als zehn Minuten fertig.

Die beiden Frauen saßen am Tisch und warteten auf Amélie, die aus dem Garten in die Küche hereingelaufen kam und an ihrer Mutter vorbei in ihr Zimmer eilen wollte, um dort die farbenfrohe Metalldose, die sie in Händen hielt, abzustellen, bevor sie sich an den Tisch setzte. In dieser Dose befand sich ihre Beute für Nellie: Einige tote Fliegen, die Nellie wahrscheinlich verschmähen würde, denn Spinnen fressen normalerweise nur die Beute, die sie selbst erlegt haben, sowie zwei Schmetterlinge, deren Flügel sie abgerissen hatte, damit sie nicht wegfliegen konnten.

Ein Arm bremste sie in ihrem Schwung.

»Man sagt also nicht mehr Guten Tag?«, meinte Gilberte und zog das kleine Mädchen an sich.

Amélie beugte sich widerwillig zu ihr und drückte einen trockenen, raschen Kuss auf ihre Wange. Als sie sich wieder aufrichtete, begegnete sie dem neugierigen Blick der jungen Frau, der auf die Dose geheftet war, und ihr Herz schlug schneller. Sie trat einen Schritt zurück.

Gilberte drückte sie fester an sich.

»Das ist hübsch. Was ist das?« Sie streckte die Hand aus und strich mit den Fingerspitzen über den Deckel der Dose. »Darf ich einmal sehen?«

»Nein!«, versetzte Amélie rasch und versuchte sich zu befreien.

»Warum nicht?«

»Weil . . .«

Überrascht und verstört sah Elizabeth ihre Tochter an.

Was hat sie denn plötzlich? fragte sie sich, als sie sah, wie blass das kleine Gesicht auf einmal wurde.

Normalerweise liebte Amélie es, im Mittelpunkt zu stehen, wenn sie mit Erwachsenen zusammen war. Um auf sich aufmerksam zu machen, war ihr jedes Mittel recht, und eifrig breitete sie ihre Spielsachen vor jedem Erwachsenen aus, der über die Schwelle trat. Das brachte Elizabeth manchmal zur Verzweiflung.

Sie legte ihre Hand auf den Arm des Kindes. Die Berührung ließ sie erschaudern. Amélies Haut fühlte sich unter ihren Fingern kalt und trocken an, und die verkrampften Muskeln deuteten auf eine ungewöhnliche Anspannung hin, einen fast animalischen Willen, etwas . . . zu beschützen. Was zu beschützen . . .?

»Amélie? Was versteckst du da drin?«, fragte Elizabeth mit leicht heiserer Stimme.

Sie starrte die Dose an, als wollte sie durch die Metallwände hindurchsehen. Amélie bewegte sich nicht. Als keine Antwort kam, blickte Elizabeth zu ihrer Tochter auf und öffnete den Mund, um ihre Frage zu wiederholen. Kein Laut drang aus ihrer Kehle.

Die Blicke von Mutter und Kind hatten sich getroffen und sich aneinander geheftet. Die Zeit war stehen geblieben. In Elizabeths Kopf herrschte plötzlich Leere. Sie dachte an nichts, fühlte nichts, sah nichts. Es gab nur noch diese grünen Augen, die sie prüfend ansahen, die sie sanft, aber entschlossen zu ergründen versuchten, und von denen sie sich nicht lösen konnte. Es wurde ihr abwechselnd heiß und kalt. Sie fühlte sich mehr und mehr bedrängt, die Schläge ihres Herzens hallten entsetzlich laut in ihren Ohren wider und verwandelten sich schließlich in ein unerträglich schrilles Pfeifen. Sie rang nach Atem. Sie erstickte ... Reflexartig warf sie die Arme nach vorne. Ihre Hände trafen auf etwas Weiches. Ihre Finger klammerten sich instinktiv daran und vergruben sich in etwas Warmem und Weichem. Sie hörte einen Aufschrei und das Geräusch davoneilender Schritte.

Elizabeth erwachte aus ihrer Trance und sah gerade noch, wie ihre Tochter im Flur verschwand.

Wie betäubt wandte sie sich an Gilberte und fragte sie mit unsicherer Stimme:

»Was ist passiert?«

Gilberte wusste nicht, was sie antworten sollte, und zuckte mit den Achseln. Sie hatte zwar die ganze Szene mitverfolgt, aber überhaupt nichts begriffen. Sie nahm Elizabeths Hände sanft in die ihren. Sie waren eiskalt.

»Liza«, murmelte sie, »nichts ist passiert. Nichts Schlimmes jedenfalls. Ihr habt euch eine ganze Weile lang angestarrt, und dann ... hast du sie bei den Schultern gepackt. Du hast wahrscheinlich ein bisschen zu fest zugegriffen und ...«

Elizabeth wandte ihre Augen ab, in denen Tränen standen, und wimmerte mit kaum hörbarer Stimme:

»Was hab ich nur ... Was ist mit mir los?«

Die Tränen, die nicht fließen wollten, quälten sie, und sie legte die Hände auf die gepeinigte Brust, um den Schmerz zu lindern.

Gilberte, die etwas verwirrt war, stöhnte gereizt. Sie fühlte sich ohnmächtig angesichts dieser Verzweiflung, die sie im Übrigen nicht verstand.

»Los, trink das!«, sagte sie und schob der jungen Frau ein Glas Wasser hin. »Damit der Kloß in deinem Hals verschwindet.«

Während Elizabeth die Flüssigkeit in kleinen Schlucken trank, sah Gilberte sie genauer an.

Sie scheint nicht auf der Höhe zu sein, sie ist abgemagert. Nicht viel, aber immerhin ... Seit Juni hat sie sich verändert. Sie hat ein wenig von ihrem Glanz und ihrer Lebenslust verloren. Natürlich, dieser Brand, der Tod dieses Mädchens und außerdem das Baby ... Nein. Das ist es nicht. Es ist etwas anderes ... Sie wirkt, als ob sie Angst hätte. Aber vor was, großer Gott! Vor was könnte sie Angst haben?

Sie war zu sensibel, um Elizabeths Hilferuf nicht zu spüren, konnte ihn sich aber nicht erklären. Ihre Reaktion erschien ihr völlig übertrieben.

Gilberte seufzte erneut.

»Liza, du regst dich umsonst auf. Was mit dir passiert, ist völlig normal. Du erwartest ein Baby. Alle Frauen, die ein Baby erwarten, sind empfindlicher, sensibler, leichter verletzbar ... Machen sich schnell Sorgen. Jeder weiß das, außer dir, wie es scheint. Warum hast du soviel Angst? Ich bin sicher, dass alles gut verlaufen wird. Und außerdem bin ich auch noch da.«

Sie sprang auf und drückte einen Kuss auf die immer noch feuchte Wange.

»Ich will dir gerne helfen, aber ich muss auch daran denken, von Zeit zu Zeit für meinen Lebensunterhalt zu sorgen. Ich kann meine Miete nicht bezahlen, indem ich dir die Hand halte, nicht wahr?«, neckte sie sie zärtlich.

Leichtfüßig eilte sie zur Küchentür.

»Bemüh dich nicht«, sagte sie und drehte sich um. »Ich kenne den Weg. Ich rufe dich morgen vor der Arbeit an und will, dass du charmant, gut gelaunt, fröhlich und lustig bist, und und und ... Überglücklich sozusagen. Du hast den ganzen Nachmittag und den ganzen Abend Zeit, um dich in Stimmung zu bringen. Wenn du also nicht überglücklich bist, dann kracht es, das verspreche ich dir ... Bye- bye!«

Das Zuknallen der Haustür ließ Elizabeth zusammenfahren.

Sie schloss die Augen, atmete tief durch und lächelte. Ein spöttisches Lächeln, da ihre Sorgen ihr plötzlich völlig unbegründet erschienen. Sie hatte alles, um glücklich zu sein: Einen liebenden Ehemann, der zärtlich und leidenschaftlich war, eine treu ergebene Freundin, eine vor Gesundheit strotzende Tochter, ein Haus mit allem Komfort ... Das war Gilbertes Sicht der Dinge, die der Außenwelt. Und auch die ihre, vorher ...

Sie fühlte sich allein, verlassen, auf sich selbst gestellt. Unfähig, Olivier oder Gilberte die Angst zu erklären, die sie erfasst hatte. Wie hätten sie es auch verstehen können? Sie verstand es ja selbst nicht.

Inmitten dieses Kampfes zwischen Verstand und Instinkt, inmitten all dieser Zweifel wusste sie nur eines genau: Diese Angst, die sie beherrschte, hatte sie nicht erfunden. Sie war ganz anders als all ihre bisherigen Ängste, sie hatte ihre eigenen Wurzeln und einen besonderen, fremdartigen Geruch, und ihr stetiges Wachstum ließ sich nicht eindämmen. Sie würde immer stärker werden ... Sie wusste nicht warum, aber sie war sich dessen sicher.

Der Nachmittag, den Elizabeth in düsterer Stimmung verbracht hatte, ging seinem Ende zu. Sie bereitete das Abendessen für Amélie, bekam aber selbst keinen Bissen hinunter. Sie wechselte kaum ein paar Worte mit dem kleinen Mädchen. Beide vermieden sie es, sich in die Augen zu sehen.

Amélie war ziemlich ruhig. Sie aß alles, was auf ihrem Teller lag, ohne sich zu beschweren, und ging dann wieder zum Spielen in ihr Zimmer.

Elizabeth räumte die Küche auf und ließ sich im Wohnzimmer nieder, wo sie vergeblich versuchte sich auf die Lektüre einer Zeitschrift zu konzentrieren. Um 19 Uhr 30 ging sie durch das Erdgeschoss und schaltete alle Lichter aus, außer dem in der Diele, das sie für Olivier brennen ließ. Es war wieder einer dieser Tage, an denen er sehr lange im Büro bleiben musste und erst spätabends nach Hause kam. Kurz nachdem Gilberte gegangen war, hatte er sie angerufen und ihr gesagt, dass sie mit dem Abendessen nicht auf ihn warten solle. Er hatte sich etwas gesorgt, weil ihre Stimme verdrießlich klang, es aber nicht weiter ernst genommen. Sie hatte die anstrengende Heimfahrt und die Hitze zum Vorwand genommen. Er hatte ihr geraten, nicht zu spät schlafen zu gehen. Nun wollte sie nur noch ihrer Tochter Gute Nacht sagen, ein heißes Bad nehmen und dann zu Bett gehen.

Amélie lag bereits artig in ihrem Nachthemd im Bett und las. Ihre braunen Locken, die zerzauster waren als je zuvor, glänzten im Schein der Nachttischlampe.

Ein blaues und ein grünes Augenpaar sahen sich an. Elizabeth wandte als Erste den Blick ab.

»Es ist Zeit zum Schlafen, mein Mäuschen«, murmelte sie sanft, mit vor Zärtlichkeit überströmender Stimme.

Das kleine Mädchen ignorierte die ausgestreckte Hand, drehte sich zur Seite und legte das Buch auf den Nachttisch. Dann rollte sie sich auf den Rücken und schloss die Augen, ohne ein Wort zu sagen.

Aus der Fassung gebracht, sah Elizabeth sie an und knabberte an ihrem Daumen herum.

»Ich vermute, dass es heute Abend keine Geschichte geben wird?«, erkundigte sie sich der Form halber.

Da Amélie immer noch nichts sagte und auch die Augen nicht öffnete, begnügte Elizabeth sich damit, das Licht auszumachen und sich hinabzubeugen, um sie zu küssen. Sie spürte deutlich, wie das Kind zurückwich. Das wirkte wie eine schallende Ohrfeige, und sie war nahe daran, einfach wegzulaufen. Stattdessen zwang sie sich dazu, sich auf den Rand des Bettes zu setzen. Sie bemühte sich, vernünftig zu sein und ihren Schmerz zu verdrängen. Sie konnte nicht einfach so weggehen, ohne etwas zu tun oder zu sagen. Erst als sie ihre Stimme wieder unter Kontrolle hatte, faltete sie die Hände, klemmte sie zwischen die Knie und sagte:

»Amélie, ich weiß, was du fühlst. Ich weiß, dass du wütend auf mich bist, und ich verstehe dich. Du hast Recht. Jeder darf ein Geheimnis haben. Auch du, mein Liebling. Ich hätte nicht darauf bestehen dürfen, das stimmt. Ich war im Unrecht und bitte dich um Entschuldigung dafür ... Weißt du, auch Mamas machen manchmal Fehler und Dummheiten, genauso wie die kleinen Mädchen. Aber das ist kein Grund, dass man sich zwingt, sie nicht mehr lieb zu haben. Wenn es dir passiert, dass du Dummheiten machst, rege ich mich auf und werde wütend. Aber ich verzeihe dir, weil ich dich liebe, und ich höre nie auf, dich zu lieben ... Amélie, hörst du mir zu? Verstehst du, was ich dir sagen will?« Sie legte die Hand auf das schmale Ärmchen, das regungslos auf der Bettdecke lag. Das kleine Mädchen rührte sich nicht und antwortete nicht. »Man darf den Zorn, den man im Herzen trägt, nicht dort vergraben, Amélie. Das hindert einen daran, glücklich zu sein. Und ich möchte so sehr, dass du glücklich bist, mein Liebling. Ich liebe dich so sehr, weißt du ...«

Sie beugte sich erneut zu ihrer Tochter herab und drückte einen Kuss auf ihre Stirn. Diesmal wich Amélie nicht zurück.

Sie war sich nicht sicher, ob ihre Tochter ihr zugehört hatte, oder wenn doch, ob sie alles verstanden hatte, was sie ihr sagen wollte.

Sie hat sich mir nicht gerade an den Hals geworfen, dachte Elizabeth, als sie das Zimmer verließ, aber sie hat mich auch nicht weggestoßen. Das ist immerhin etwas ... Man muss ihr nur Zeit geben. Noch ein paar Stunden ...

14

Die Augen auf die Deckenlampe gerichtet, deren Neonröhren das kleine Untersuchungszimmer in ein grelles, weißes Licht tauchten, versuchte Elizabeth Ruhe zu bewahren, trotz des Drucks der Finger, die sie auf ihrem Bauch spürte.

Es war der letzte Freitag im August, und sie war wie jeden Monat zu einer Kontrolluntersuchung in Doktor Dérys Praxis gekommen.

Der Arzt drückte ein letztes Mal, notierte etwas in ihrer Akte und nickte ihr freundlich zu:

»Gut. Das ist alles für heute. Du kannst dich wieder anziehen.«

Er wollte gerade das Untersuchungszimmer verlassen und zog mit einer Hand den Vorhang hinter sich zu, als Elizabeth ihn zurückhielt und fragte:

»Ist alles in Ordnung, Doktor?«

Er drehte sich lächelnd zu ihr um, als hätte er diese Frage erwartet.

»Aber natürlich, es geht alles in Ordnung. Ich finde sogar, dass du besser aussiehst als im letzten Monat.«

»Dann ist also alles normal?«, beharrte Elizabeth, während sie ihr Kleid zurechtrückte.

Doktor Déry lächelte erneut.

»Nun, wenn du es genau willst ... dein Blutdruck ist etwas höher als normal, aber das ist nicht schlimm, mach dir keine Sorgen. Vielleicht ein bisschen zu viel Nervosität oder Stress ... Versuch, dich so viel wie möglich auszuruhen.«

Elizabeth trat neben ihn vor den Vorhang, der den Untersuchungsraum vom Sprechzimmer trennte.

»Ich versuche es, Doktor«, entgegnete sie mit der Stimme eines kleinen Mädchens, das die Zustimmung eines Erwachsenen sucht. »Ich versuche es ... Ich halte jeden Tag ein Mittagsschläfchen.«

»Sehr gut«, sagte er und legte zärtlich eine Hand auf ihren Nacken, um ihr Mut zu machen. »Mach so weiter und komm in einem Monat wieder.«

Elizabeth ging leichtfüßig aus dem Haus, glücklich, voller Vertrauen in die Zukunft.

Auf dem Bürgersteig hielt sie ihr Gesicht in die Sonne, die von einem wolkenlosen Himmel herunterschien. Seit einigen Tagen war es kühler geworden, und die Luft, die ihren Überschuss an Feuchtigkeit verloren hatte, kam ihr sanft und leicht vor.

Das Wetter war so schön, dass sie beschloss, ein bisschen zu Fuß zu gehen.

Die Angst, die sie in den letzten Wochen erfasst und sich manchmal sogar in Panik verwandelt hatte, war einer sanften Hochstimmung gewichen. Sie stellte sich keine Fragen und genoss den wiedergewonnenen Seelenfrieden. Sie redete sich ein, dass dieser Zustand, den sie irgendwie als eine Art Aufschub betrachtete, sehr lange anhalten würde. Sie wollte nicht denken, wollte nichts analysieren ... nur dieses wohlige Gefühl auskosten.

Sie ging die Rue Saint-Denis hinunter bis zum Boulevard de Maisonneuve, und anstatt ein Taxi zu nehmen, um nach Hause zu fahren – wie sie es ursprünlich vorgehabt hatte –, ging sie weiter in Richtung Rue Sainte-Catherine. Gilberte hatte gewiss nichts dagegen, noch eine Stunde auf Amélie aufzupassen, wenn sie ihr gestand, dass sie die Zeit genutzt hatte, um einen kleinen Schaufensterbummel zu machen.

Sie betrat ein Restaurant, machte das Telefon ausfindig und wählte ihre Nummer. Nach dem dritten Läuten nahm Gilberte den Hörer ab.

»Bei De Blieck, Guten Tag. Madame ist ausgegangen ... Wenn Sie bitte Ihren Namen hinterlassen wollen ...«

»Ich weiß, dass sie ausgegangen ist«, unterbrach sie Elizabeth lachend und leicht erstaunt. »He, du Schwachkopf ... Ich bin's! Was ist das für eine Art, am Telefon zu antworten?«

»Oh!«, rief Gilberte aus, ebenso erstaunt, und stimmte in Elizabeths Lachen mit ein. »Ich dachte nicht, dass ... Hör zu, hier läutet ständig das Telefon. Also nehme ich meine Rezeptionistinnenrolle sehr ernst ... dein Mann hat angerufen ... und dann dein Zahnarzt ... Lass mich sehen ... Ach ja, auch ein gewisser Monsieur Lacasse, Klempner seines Zeichens ... Er kommt Dienstag Morgen um neun Uhr, um die Heizung zu überprüfen –«

»Ich weiß, ich weiß«, unterbrach sie Elizabeth von neuem. »Was wollte Olivier?«

»Dir sagen, dass er dich anbetet.«

»Ach ja? ... Ich vermute, dass er nicht nur angerufen hat, um mir das zu sagen«, entgegnete sie misstrauisch und ärgerte sich über Olivier, der ihr wahrscheinlich ausrichten ließ, dass er zum Abendessen nicht nach Hause kam.

»Nein, meine Liebe«, versetzte Gilberte mit honigsüßer Stimme. »Ich erkläre hiermit offiziell, dass dein liebender Gatte dich zum Abendessen ausführen will. Ich habe ihm versprochen, den ganzen Abend auf euren holden Nachwuchs aufzupassen.«

»Und auch den ganzen Nachmittag? ... Ich muss mir ein Kleid kaufen. Ich habe nichts mehr anzuziehen.«

»Du bist wie deine Tochter, hm? Man gibt dir den kleinen Finger, und du nimmst die ganze Hand. Bah ...«

»Du bist ein Goldschatz. Was täte ich ohne dich?«

»Das frage ich mich auch«, konterte Gilberte spöttisch. »Übrigens ... Möchtest du nicht erfahren, wie es deiner Tochter geht?«

»Gerade wollte ich dich danach fragen ... Ist sie brav?«

»Kreuzbrav. Wir spielen Monopoly.«

»Was für ein Einfall ... Sie kann nicht einmal zählen.«

»Na und? Das ist wahrscheinlich die einzige Chance, die ich jemals haben werde, mindestens einmal in meinem Leben dieses verdammte Spiel zu gewinnen. Glaubst du vielleicht, dass ich da Hemmungen habe?«, empörte sich Gilberte lachend. »Gut ... wenn wir weiter diskutieren, hast du keine Zeit mehr, um ein Kleid zu finden, und deine Tochter nutzt es außerdem schamlos aus, um zu schwindeln. Los, ich umarme dich. Bis später!«

Ja, es stimmt, dachte Elizabeth, als sie die Rue Sainte- Catherine entlangging. Ich weiß nicht, was ich ohne sie täte ...

Wie jedes Mal, wenn ihr bewusst wurde, wie wichtig jemand in ihrem Leben war, packte sie sogleich die Angst, dass sie Gilberte verlieren würde, dass sie bei einem Autounfall oder einem Flugzeugabsturz verunglückte oder an Krebs oder Herzversagen starb.

Hör auf ... du machst dir wieder Sorgen wegen nichts, sagte sie sich und versuchte wie jedes Mal, die dumpfe Angst abzuschütteln, die ihr Herz schneller schlagen ließ. Im Übrigen hat Gilberte immer gesagt, dass sie sehr alt werden und in ihrem Bett sterben wird. Sie hat es sogar versprochen. Also? ...

In einer Boutique des Desjardins-Einkaufszentrums fand Elizabeth ein einfaches, aber gut geschnittenes Baumwollkleid, dessen Farbe – ein elektrisierendes Blau, übersät mit winzigen weißen Blümchen – zu ihren Augen passte und ihnen Glanz verlieh.

Sie zahlte mit ihrer Kreditkarte und bedankte sich bei der Verkäuferin; dann blieb sie einen Moment an der Tür stehen. Sie sah sich suchend nach dem Ausgang zur Rue Sainte-Catherine um, als sie sich von der Auslage eines Schuhgeschäfts magisch angezogen fühlte: Ein Paar Pumps im gleichen Blau wie ihr Kleid hatte ihre Aufmerksamkeit erregt.

Zögernd ging sie zu dem Schaufenster und hatte dabei plötzlich Schuldgefühle, weil sie so viel Geld nur für sich ausgab. Sie hatte keinerlei Probleme damit, für Olivier oder Amélie oder für den Haushalt Geld auszugeben; wenn sie jedoch etwas für sich selbst kaufte, kostete es sie große Überwindung. Sie musste sich selbst therapieren und sich einreden, dass sie dieses Paar Schuhe unbedingt brauchte ...

Wieder zahlte sie mit ihrer Kreditkarte und verließ den Laden mit der Schuhtüte unter dem Arm. Sie ging rasch durch das Einkaufszentrum und vermied es bewusst, einen Blick in die Schaufenster zu werfen, an denen sie vorbeiging. Sobald sie wieder auf der Straße stand, rief sie ein Taxi und war in weniger als einer Viertelstunde zu Hause. Lachend stieg sie aus dem Auto und schwebte die Treppe hinauf. Sie schloss die Tür hinter sich und lehnte sich einen Augenblick dagegen.

Gott meint es heute gut mit mir, sagte sie sich und lächelte sanft.

Der Tisch stand ein wenig abseits, direkt neben dem Fenster, das auf die Avenue du Parc hinausging.

Elizabeth war entzückend anzusehen in ihrem blauen Kleid. Sie hatte ihre Haare zu einem lockeren Dutt hoch gesteckt, aus dem sich einige widerspenstige Haarsträhnen lösten, die ihre Gesichtszüge weich und sanft erscheinen ließen.

Olivier langte über den Tisch und nahm Elizabeths Hände in die seinen.

»Du siehst hinreißend aus, mein Schatz.«

»Du siehst auch nicht gerade schlecht aus«, versetzte sie mit spöttischem Lächeln.

Als sie beim Kalbsfilet angelangt waren, bestellte Olivier eine zweite Flasche Wein.

»Du machst mich noch ganz beschwipst«, sagte Elizabeth und führte ihr Glas an die Lippen.

»Auf diese Weise bin ich sicher, das letzte Wort zu haben.«

Plötzlich senkte Elizabeth den Blick und starrte auf ein Motiv der Tischdecke, das sie mit dem Fingernagel nachzeichnete.

Olivier, den ihr Stimmungswandel überraschte, war beunruhigt.

»Was hast du, Elizabeth?«, fragte er mit ernster Stimme. »Fühlst du dich nicht wohl?«

»Doch, doch ... Warum?«, entgegnete sie, ohne aufzusehen.

»Du verbirgst etwas vor mir ... Hat es vielleicht zufällig etwas mit dem Brief dieser Verrückten zu tun?«

Er spielte auf die Zahlungsaufforderung an, die Carole Cormiers Anwälte ihnen letzte Woche geschickt hatten. Darin beschuldigten sie Elizabeth der Fahrlässigkeit und verlangten über 700 000 Dollar Schadensersatz. Elizabeth hatte sich natürlich sehr darüber aufgeregt. Mit unendlicher Geduld war es ihm gelungen, sie schließlich zu beruhigen, indem er ihr erklärte, dass dieses Vorgehen völlig normal war und sie sich deswegen keine Sorgen zu machen brauchten: Ihr Anwalt und ihr Versicherungsvertreter würden das für sie erledigen. Es war ihre Aufgabe, mit den Anwälten von Madame Cormier zu verhandeln. Natürlich hatte er seine eigenen Zweifel daran, dass es ihren Vertretern gelingen würde, den Schadensersatzbetrag zu senken, für sich behalten: ihre Deckung für zivilrechtlichen Haftschutz betrug nur 500 000 Dollar ...

Elizabeth hob den Blick und sah ihn an.

»Ganz und gar nicht«, wandte sie ein. »Wie kommst du darauf?«

»Nichts, aber ich sehe, dass du dir Sorgen machst, und ich dachte, es sei vielleicht wegen dieses Briefes.«

»Überhaupt nicht.«

»Dann wegen des Babys?«

»Ja ... und nein. Es sind Amélies Reaktionen, die mir Sorgen machen.«

Olivier langte mit beiden Armen über den Tisch und nahm Elizabeths Hände in die seinen.

»Warum? ... Ich bin sicher, dass die Vorstellung, einen kleinen Bruder zu bekommen, sie begeistert.«

»Ich weiß nicht ... vielleicht. Sie ist so besitzergreifend, fordert ungeteilte Zuneigung ... Sie hat sich in den letzten Wochen sehr verändert.«

»Verändert?«

»Sie ist verschlossener, distanzierter ... irgendwie seltsam. Sie schließt sich stundenlang in ihrem Zimmer ein ... Findest du das normal?«, fügte sie hinzu und zog ihre Hände aus den seinen.

Sie nahm ihr Glas und führte es an ihre Lippen.

Olivier sah sie an.

»Nun ... der Floh muss wachsen. Möchtest du vielleicht, dass sie die ganze Zeit an deinem Rockzipfel hängt?«

»Nein, natürlich nicht. Olivier, ich habe Angst, dass Dianes Unfall Amélie mehr verstört hat, als man glauben möchte. Ich habe den Eindruck, dass er ihren Charakter verändert hat.«

»Elizabeth ... Der Arzt hat sie untersucht. Sie hat einen Nervenschock erlitten ... einen leichten« sagt der Doktor. Erinnerst du dich? Also? ... In Anbetracht der Umstände ist die Kleine völlig normal. Glaub mir ... Du machst dir umsonst Sorgen.«

»Vielleicht hast du Recht«, entgegnete Elizabeth, wenig überzeugt.

»Ich *habe* Recht«, bestätigte Olivier, in einem Ton, der keinen Zweifel daran ließ, dass ihm daran lag, diese Diskussion zu beenden.

Sie sah verblüfft zu, wie er die Rechnung bezahlte, und konnte sich gerade noch zurückhalten, ihm zu antworten:

»Wie kannst du nur so sicher sein?« Sie zögerte, da sie aus Erfahrung wusste, dass ihre Hartnäckigkeit nur den Abend verderben würde: Er hatte alles zu dem Thema gesagt, was er zu sagen hatte, und würde gewiss ärgerlich werden, wenn sie die Diskussion fortsetzte ... Wie gerne wäre sie so selbstsicher wie er! Sie wollte ihm beweisen, dass er sich täuschte und sie im Recht war. Irgendetwas stimmte nicht mit Amélie, da war sie ganz sicher. Aber da sie keine Ahnung hatte, was es sein könnte, würde es ihr nicht gelingen, irgendjemanden davon zu überzeugen, am allerwenigsten Olivier ... der ihr außerdem gerade deutlich gemacht hatte, dass sie nicht auf ihn rechnen konnte, um ihr zu helfen, es herauszufinden ...

15

Jemand läutete an der Haustür.

Elizabeth kam aus der Küche, wo sie gerade das Frühstücksgeschirr wegräumte, und öffnete die Tür.

Der Himmel war dunkel, voller Regenwolken.

Ein Mann, der ein blaues Hemd und eine Jeans trug, stand auf der Schwelle. Seine geringe Größe – einsfünfundsechzig – und seine zierliche Figur verliehen ihm ein jugendliches Aussehen, aber die zwei riesigen Falten um seinen schmallippigen Mund herum, die wie eingemeißelt wirkten, verrieten seine vierzig Jahre, die er eher mühsam mit sich herumschleppte.

Er begrüßte Elizabeth mit einem Kopfnicken und bückte sich, um den Werkzeugkasten aufzuheben, den er zu seinen Füßen abgestellt hatte.

»Ach, Monsieur Lacasse«, sagte Elizabeth mit einer Stimme, die ihre Überraschung verriet. Sie hatte völlig vergessen, dass der Klempner an diesem Vormittag vorbeikommen wollte. »Guten Tag ... Kommen Sie rein ...«

Joe Lacasse trat in die Diele und wartete, bis sie die Tür geschlossen hatte.

»Ich fange im Keller an«, verkündete er mit seiner ernsten, schroffen Stimme. Ohne abzuwarten, ging er zur Kellertür. Er kannte das Haus gut. Kurz bevor Elizabeth und Olivier eingezogen waren, hatte er das ganze Leitungssystem überholt. Er war auch für die Wartung der Zentralheizung zuständig; er kam jedes Jahr, Anfang September, um die Heizkörper zu entlüften und den Heizkessel zu überprüfen.

»Die Zimmer mache ich danach«, fügte er hinzu und ging mit schweren Schritten die Treppe hinunter.

»Wenn Sie mich brauchen, ich bin in der Küche«, sagte Elizabeth und schloss die Tür hinter ihm.

Vom Obergeschoss ließ sich ein helles Stimmchen vernehmen: »Wer ist das, Mama?«

Elizabeth ging zur Treppe und sah den Kopf ihrer Tochter, die sich über das Geländer beugte.

»Das ist der Klempner, mein Liebling.«

»Was macht er?«, fragte Amélie neugierig.

»Er überprüft das Heizungssystem«, erwiderte Elizabeth und lehnte sich ebenfalls gegen das Geländer.

Sie dachte rasch darüber nach, wie sie Amélie aus ihrem Zimmer locken könnte, bevor der Klempner hineinging, da sie wusste, dass das kleine Mädchen den guten Mann mit Fragen bestürmen und bei seiner Arbeit stören würde.

»Hilfst du mir beim Plätzchenbacken?«, schlug sie fröhlich vor. Sie wusste ganz genau, dass ihre Tochter ein solches Angebot nicht ablehnen würde.

Amélie stieß einen Schrei des Entzückens aus und stürzte eilig die Treppe hinunter.

»Langsam, langsam«, schalt Elizabeth sanft und fing sie auf, als sie unten ankam.

Sie nahm sie mit in die Küche und schloss die Tür hinter ihnen; so konnte Amélie den Klempner nicht sehen, wenn er aus dem Keller kam, und würde ihm nicht hinterherlaufen.

Sie setzte sie auf einen Hocker neben sich, räumte dann die Anrichte leer, wischte sie rasch ab und stellte alle Zutaten darauf, die sie für den Plätzchenteig brauchten. Sie zog ihre Schürze an und band dem Kind ein Handtuch um; dann holte sie eine große Schüssel aus Edelstahl heraus, in der sie Mehl und Butter mischen wollte.

Amélie verfolgte aufmerksam jede ihrer Bewegungen.

»Du hast deine Hände nicht gewaschen, Mama«, erinnerte sie sie plötzlich, als Elizabeth ihre Hände in das Mehl tauchen wollte, und parodierte dabei perfekt den Ton, in dem ihre Mutter ihr manchmal sagte: »Du hast deine Zähne nicht geputzt, Amélie.«

Elizabeth, die gerade ihre Finger über der Schüssel spreizte, warf ihrer Tochter einen verwunderten Blick zu; sie hatte nicht damit gerechnet, dass Amélie sie so genau beobachtete.

»Du hast Recht, mein Mäuschen«, sagte sie lächelnd. »Und du hast gut daran getan, es mir zu sagen ... du solltest dir auch die Hände waschen, nicht wahr?«, fügte sie hinzu und half ihr von dem Hocker herunter.

Dann stellte sie sich hinter Amélie, goss flüssige Seife auf die kleinen Hände und half ihr, sie mit ein wenig lauwarmem Wasser aufzuschäumen. Es machte ihr Spaß, das zarte, feste Fleisch einzuseifen, das sie in Händen hielt. Die Berührung mit Amélies warmem Körper brachte sie ganz durcheinander. Es war so lange her, dass sie sich ihrer Tochter so nahe gefühlt hatte – im wörtlichen wie im übertragenen Sinn. Sie kostete diesen besonderen Moment voll aus, dessen seltene Süße ihren Geist und ihre Sinne benebelte, so dass sie die Gefahr nicht spürte, die über ihren Köpfen schwebte.

Joe Lacasse kauerte vor dem Heizkessel und hatte ein Knie aufgestützt, um das Gleichgewicht zu halten. Er verstaute sein Werkzeug in einem riesigen Koffer aus rotem Metall.

Er sah sich ein letztes Mal um, um sich zu vergewissern, dass er nichts vergessen hatte, schlug dann etwas heftig den Deckel des Koffers zu und überprüfte sorgfältig das Schloss. Sein Knie, das direkt auf den kalten Betonboden aufgestützt war, tat ihm allmählich weh. Er erhob sich mit schmerzverzerrtem Gesicht und rieb durch den rauen Stoff seiner Jeans hindurch heftig an dem kleinen Stück Haut, das zwischen zwei fast gleich harten Stoffen, nämlich der Kniescheibe und dem Beton, eingeklemmt gewesen war.

Der Schmerz ließ nach, zurück blieb lediglich ein etwas taubes Gefühl. Joe nahm energisch seinen Koffer in die eine und einen Plastikeimer in die andere Hand und ging zur Treppe, wobei er überlegte, was er als Nächstes machen sollte: Er beschloss, zuerst die Heizkörper im ersten Stock zu entlüften, und dann die im Erdgeschoss.

Als er im ersten Stock angelangt war, ein wenig atemlos vom Treppensteigen – dabei gab es gar keinen Grund zur Eile –, ging er zu Amélies Zimmer.

Er öffnete die Tür und blieb einen Moment auf der Schwelle stehen, überrascht von der Hitze, die in dem Zimmer herrschte. Er ging zu dem Heizkörper, der sich unter dem Fenster befand. Der Regen trommelte heftig gegen die Fensterscheiben, was ihn zu seinem Bedauern davon abhielt, zu lüften und frische Luft in das Zimmer zu lassen. Mit einem Ausdruck der Resignation machte er sich an die Arbeit.

Nellie lag auf der Lauer. Sie spürte, dass sich etwas Fremdes in ihrer Nähe befand: ihr Nervensystem hatte die Vibrationen registriert, die Joes Schritte auf dem Holzboden ausgelöst hatten. Erschrocken war sie in ihrem Haus zurückgewichen und hatte sich in Angriffsstellung auf den Hinterbeinen aufgerichtet.

Er stellte seinen Koffer neben sich ab, nachdem er mit der Fußspitze das störende Spielzeug weggestoßen hatte: eine Barbie-Puppe, ein paar Stofftiere und ein kleines Holzhaus mit rotem Dach, dessen Fassade durch den Stoß eingestürzt war. Er richtete sie rasch wieder auf. Dann stellte er den Eimer unter das Entlüftungsventil.

Nellie hatte gespürt, wie sich ihr Haus bewegte ... wie die Fassade einstürzte ... mit gespreizten Giftklauen war sie losgerannt und dann abrupt vor der Wand stehen geblieben, die plötzlich wieder geschlossen war.

Nach einer Weile stellte Joe fest, dass sein Koffer, der zu dicht neben ihm stand, ihn bei der Arbeit störte. Nervös stieß er ihn beiseite, die Augen immer noch starr auf den Heizkörper gerichtet, den er gerade entlüftete. Der Koffer prallte gegen das Puppenhaus, dessen Fassade erneut einstürzte.

Durch die erneute Erschütterung ihres Hauses in panische Angst versetzt, lief Nellie wie verrückt die Wände, den Fußboden und die Decke entlang. Dort verweilte sie, lange nachdem die durch den Stoß verursachten Vibrationen aufgehört hatten ... Erst in diesem Moment bemerkte sie das Licht, das durch die Fassade fiel, nachdem sie erneut eingestürzt war.

Als er den dumpfen Aufprall der Fassade auf dem Holzboden vernahm, warf Joe einen Blick über seine Schulter. Er sah, dass die kleine Holzwand umgefallen war, zuckte die Achseln und beschloss, sie wieder aufzurichten, wenn er das Zimmer verließ. Er ahnte nicht, dass dieses kurze Achselzucken sein Schicksal auf schreckliche Weise besiegelte ...

Das schrille Läuten des Telefons hallte im Haus wider.

Elizabeth zuckte unwillkürlich zusammen.

»Verflixt und zugenäht!«, rief sie verärgert aus, legte ihr Nudelholz beiseite und stürzte zum Spülbecken. »Amélie, gehst du bitte für mich ans Telefon?« Sie hatte den Wasserhahn aufgedreht und rieb sich heftig die Hände, um das Mehl abzustreifen, das durch den Kontakt mit dem Wasser ganz klebrig wurde. »Du hebst ab und fragst, wer es ist ... Einverstanden?«

Amélie hob vor dem vierten Klingeln ab.

»Hallo! Wer ist da?«, fragte sie mit klarer, lauter Stimme, getreu den Anweisungen ihrer Mutter. »Gilberte? ... Mama!«, rief sie und sah ihre Mutter an. »Es ist Gilberte.«

»Ich weiß, mein Liebling. Ich habe es gehört. Sag ihr, dass ich sofort komme.«

Elizabeth drehte den Hahn zu und langte nach einem Geschirrtuch.

»Sie hat gesagt, sie kommt sofort«, sagte Amélie. »Auf Wiedersehen«, fügte sie hinzu und ließ den Hörer sinken.

Sie wollte auflegen, als Elizabeth ihr gerade noch zuvorkam.

»Nein, mein Schatz, warte!«, rief sie aus und stürzte auf Amélie zu.

Sie nahm ihr den Hörer aus der Hand und tätschelte zärtlich ihre Wange.

»Sehr gut, mein Mäuschen. Danke.« Dann zog sie einen Hocker

zum Telefon heran und setzte sich. »Hallo, Gilberte ... Ja ... Entschuldige mich eine Sekunde.«

Amélie blieb wie angewurzelt neben ihr stehen.

»Steh nicht da wie ein Klotz«, sagte Elizabeth ihr leise. »Geh im Garten spielen. Ich rufe dich, wenn ich mit dem Telefonieren fertig bin. In Ordnung?«

»Mama ... Darf ich auf die Toilette gehen?«

Elizabeth bedauerte innerlich zum tausendsten Mal, dass es im Erdgeschoss kein Bad gab. Es gefiel ihr nicht, Amélie hinaufgehen zu lassen, während der Klempner sicherlich in einem der Zimmer im ersten Stock beschäftigt war.

»Gut ... Geh rauf, aber komm sofort wieder runter ... Verstanden? Du trödelst nicht, ja?«

Amélie lief schon zur Küchentür.

»Ich trödle nicht, Mama«, versetzte sie, ohne sich umzudrehen. »Versprochen!«

Sie raste die Treppe hinauf. In Wirklichkeit musste sie nicht dringend auf die Toilette; es war nur ein Vorwand, um nachzusehen, was da oben vor sich ging. Seit einer ganzen Weile schon hörte sie alle möglichen Geräusche, die sie irritierten.

Als sie oben ankam, sah sie, dass ihre Zimmertür offen stand. Sie blieb stehen und überlegte. Sollte sie dennoch so tun, als ginge sie ins Badezimmer? Ein schrilles Pfeifen ließ sie aufhorchen, dann vernahm sie das Geräusch von fließendem Wasser. Neugierig schlich sie auf Zehenspitzen zu ihrem Zimmer und blieb auf der Schwelle stehen, starr vor Entsetzen angesichts der Szene, die sich ihren Augen bot: Ein Mann kniete vor dem Heizkörper, während Nellie hinter ihm auf ein Stück Metall zuschlich, das sich direkt neben seinem Fuß befand. Wie war sie nur aus ihrem Haus entkommen?

Er wird sie finden, dachte sie in panischer Angst, und es Mama sagen ...

Joe Lacasse hatte den Heizkörper fertig entlüftet. Während er das Ventil zudrehte, fiel ihm ein, dass es nicht schaden könnte, es mit dem Gabelschlüssel noch einmal nachzuziehen. Er erinnerte sich daran, dass er hinter ihm lag, und streckte die Hand danach aus, ohne sich umzudrehen.

Wie in einem Alptraum, mit vor Schrecken geweiteten Augen,

sah Amélie, wie der Mann nach dem Stück Metall griff, auf dem Nellie lag. Als sie bemerkte, wie Nellie sich auf den Hinterbeinen aufrichtete, wollte sie ihr zurufen: »Versteck dich, Nellie!«, aber kein Laut drang aus ihrer Kehle.

Joe berührte das Werkzeug und wollte es in die Hand nehmen, als er plötzlich einen stechenden Schmerz in seinem Handgelenk spürte, der sich über den ganzen Arm ausbreitete. Er schrie auf und drehte sich jäh um. Ungläubig starrte er Nellie an.

»Großer Gott! ... Was ist das?«, schrie er, verblüfft und entsetzt zugleich, und wurde bleich vor Schrecken.

Er hatte das Bild einer schwarzen Gestalt registriert, und allmählich kam ihm zu Bewusstsein, dass er sich im gleichen Zimmer befand wie eine riesige Spinne, obwohl sein Verstand sich noch gegen diese Vorstellung wehrte.

In seiner Panik versetzte er dem Gabelschlüssel, auf dem Nellie immer noch lag, einen Fußtritt.

Das Werkzeug flog in die Mitte des Zimmers, aber den Bruchteil einer Sekunde, bevor Joes Fuß den Schlüssel erreichte, war Nellie bereits auf den Koffer gesprungen.

Joe stand sofort auf und lehnte sich mit dem Rücken an die Heizung. Er sah sich suchend nach einem Gegenstand in seiner Nähe um, mit dem er die Spinne erschlagen konnte. Aber alles, was ihm als Waffe hätte dienen können, befand sich in seinem Werkzeugkasten. *Und darauf lag die Spinne!*

Entmutigt ließ er seinen Blick durchs Zimmer wandern. In diesem Moment bemerkte er Amélie, die sich an den Türrahmen lehnte, mit kreidebleichem Gesicht.

»Lauf weg!«, rief er ihr mit heiserer Stimme zu.

Das kleine Mädchen schien ihn nicht gehört zu haben ...

Joe fuhr sich mit der Hand über die Stirn, um den Schweiß abzuwischen, der ihm in die Augen lief. Er fühlte sich seltsam, rang nach Luft, verspürte jedoch keine Schmerzen ... Nur ein leichtes Prickeln im Arm. Sein Kopf kam ihm genauso leer vor wie ein Ball.

Er hatte schreckliche Angst davor, dass die Spinne näher kommen und ihn berühren könnte – da er nicht wusste, dass Nellie ihm bereits das Schlimmste angetan hatte –, dabei war es sein eigener Tod, den er zu fürchten hatte. Er hatte jedoch noch keineswegs begriffen, dass er im Sterben lag.

Plötzlich sah er mitten im Zimmer den Gabelschlüssel liegen. Behutsam setzte er einen Fuß vor den anderen. Da die Spinne sich immer noch nicht bewegte, machte er noch einige Schritte und sprang dann mit einem Satz – oder vielmehr mit einem schwachen Hüpfer – auf das begehrte Werkzeug zu.

Das Prickeln hatte inzwischen seinen ganzen Körper erfasst, und er konnte seine Beine kaum noch spüren. Mühsam richtete er sich auf und ging – schwankte vielmehr wie ein Betrunkener – auf Nellie zu, den Gabelschlüssel kraftlos über seinem Kopf schwingend.

Als Amélie ihn auf den Koffer niedersausen sah, stieß sie einen Schrei aus. Aber Joe hatte nicht genau genug gezielt, und der Schrei des kleinen Mädchens ging in dem Klirren der Metalle unter, die aufeinander prallten.

Nellie hatte erneut einen Satz nach vorne gemacht und sich fest an ein Gewebe aus ineinander verschlungenen Fäden geklammert, das sie mit den Spitzen ihrer Chelizeren abtastete. Sobald sie das Gleichgewicht erlangt hatte, begann sie es zu erklimmen...

Joe sah mit Entsetzen, wie die Spinne auf seinen Jeans hochkletterte. Instinktiv hob er seine Hand, die immer noch den Schlüssel hielt, und schlug damit kräftig gegen sein Bein.

Er bemerkte weder Amélies Schreie noch ihre Flucht... Betäubt von dem stechenden Schmerz, der seinen ganzen Körper erfasste, ließ er die improvisierte Waffe fallen und öffnete den Mund, um zu brüllen... Seine Stimme versagte, und er gab nur noch ein seltsames Glucksen von sich, da sich sein Speichel verdickt hatte. Tränen der Verzweiflung liefen ihm über die Wangen. In seiner Panik und seinem Schmerz begann er auf und ab zu springen.

Nellie, die fürchterlich durchgeschüttelt wurde, entschloss sich plötzlich, ihre Beute freizugeben. Sie sprang zu Boden und flüchtete sich in ihr Haus.

Joe bemerkte es nicht einmal. Im festen Glauben, dass sich die Spinne immer noch an ihn klammerte, sprang er weiter. Jeder dieser Sprünge führte ihn näher zum Fenster, näher an sein Schicksal heran.

Elizabeth platzte vor Lachen.

»Und den«, stieß sie hervor, nach Luft ringend, »kennst du bestimmt noch nicht ... Wie nennt man einen Chinesen, der mitten auf der Straße überfahren wird? ... Eine gelbe Linie!«, prustete sie.

Plötzlich unterbrach sie sich. In Amélies Zimmer, das sich direkt über ihr befand, hörte sie Gebrüll und Getöse.

»Gilberte ... ich weiß nicht, was oben vor sich geht, aber ich muss mal nachsehen«, sagte sie eilig. »Ich rufe dich nachher wieder an, ja?«

Sie legte auf und stürzte in den Flur hinaus. Oben lief Amélie schreiend zur Treppe.

Er wird sie töten ... Mama! ... Schnell ... Nellie!

Elizabeth konnte das kleine Mädchen, das in Windeseile die Treppe herunterstürzte, gerade noch auffangen. Es verschlug ihr den Atem.

Amélie wirkte völlig hysterisch. Mit hochroten, tränenüberströmten Wangen brüllte sie:

»Komm, Mama ... Schnell!«

Sie klammerte sich an Elizabeths Schürze und versuchte sie zur Treppe zu ziehen.

»Beruhig dich, Amélie«, sagte Elizabeth und packte sie bei den Schultern. »Ich verstehe gar nicht ...«

Elizabeths Satz blieb unvollendet.

Mutter und Tochter erstarrten vor Schreck und sahen nach oben ...

Joe Lacasse, dessen Gesicht durch den Sauerstoffmangel blau angelaufen war, stieß plötzlich gegen seinen Werkzeugkoffer und fiel nach hinten. Mit dem Rücken prallte er gegen das Fenster. Er hörte das Splittern des Holzes und fühlte, wie die Scheibe unter seinem Gewicht nachgab. Zum ersten und letzten Mal in seinem Leben schoss ihm blitzschnell eine glasklare Erkenntnis durch den Kopf: Sein Tod war unausweichlich. Das entsetzte ihn derart, dass er an nichts anderes mehr denken konnte, als er aus dem Fenster stürzte.

... Sie hörten eine Art Explosion, gefolgt vom Klirren einer zersplitternden Fensterscheibe und ... einem dumpfen Geräusch, das sich in etwa so anhörte, als fiele eine Melone zu Boden.

Elizabeth wurde von einem heftigen Zittern erfasst. Ihr Gesicht war blutleer. Ohne es gesehen zu haben, wusste sie, dass Joe Lacasse gerade aus dem Fenster gestürzt war. Sofort lief sie zum Telefon in der Küche.

Amélie wartete, bis ihre Mutter verschwunden war. So schnell sie konnte, rannte sie die Treppe hinauf in ihr Zimmer. Sie musste herausfinden, wo Nellie steckte.

Sie sah das klaffende Loch im Fenster und den Regen, der in kleinen Tröpfchen auf den Holzboden fiel, aber von Nellie fehlte jede Spur.

»Nellie, wo bist du?«, flüsterte sie von der Türschwelle aus.

Sie dachte schon, dass Nellie durch das Loch im Fenster geflohen war, als ihr Blick auf das kleine Haus mit dem roten Dach fiel: ein langes, dünnes, pechschwarzes Bein erschien auf der eingestürzten Fassade.

Amélie lief auf sie zu, liebkoste sie und vertraute ihr an, wie froh sie darüber sei, sie wieder gefunden zu haben. Dann befahl sie ihr, artig auf sie zu warten, legte sie in ihr Haus zurück, verschloss es und stellte das Spielzeug auf seinen Platz, ein Brett ihres Bücherregals.

Bevor sie das Zimmer verließ, warf sie einen raschen Blick aus dem Fenster. Unten im Garten sah sie den Körper von Joe Lacasse liegen. Er bewegte sich nicht mehr.

Wahrscheinlich ist er tot, überlegte sie, während sie rasch die Treppe hinunterging.

Da sie instinktiv erriet, dass ihre Mutter damit rechnete, sie dort vorzufinden, wo sie sie zurückgelassen hatte, setzte sie sich auf die letzte Treppenstufe. Während sie auf ihre Mutter wartete, dachte sie darüber nach, was wohl mit dem Klempner passiert war, nachdem Nellie ihn gebissen hatte – Nellie hatte ja auch Diane gebissen. Da sie nicht wusste, dass ihre Spinne ein tödliches Gift in ihre Opfer spritzte, sagte sie sich mit ihrer kindlichen Logik, dass Nellies Biss den Leuten vielleicht so wehtat, dass sie vor Schmerzen wahnsinnig wurden ... Dass sie alle möglichen seltsamen Dinge taten und dann starben.

Mit zitternder Hand wählte Elizabeth die Notrufnummer. Sie musste zweimal von vorn beginnen. Sie hörte das Läuten und hoffte, dass sofort jemand antworten würde. Vor Ungeduld be-

bend, wartete sie und betete im Stillen. Als sie aufsah, fiel ihr Blick auf Joes Körper: Er lag auf der Terrasse, die Blutlache unter seinem Kopf wurde immer größer und vermischte sich mit den Wasserpfützen.

Ihr Genick verkrampfte sich, und plötzlich hatte sie das schreckliche Gefühl, dass ihr Herz bald aufhören würde zu schlagen.

Die Angst hatte eine neue Etappe erreicht ...

16

Die Notaufnahme des Allgemeinen Krankenhauses von Montreal ähnelte einem Schlachtfeld: Röcheln, Schreie, Tränen, Blut ... Viel Blut und viele Menschen.

Auf der Décarie-Autobahn war es auf der regennassen Fahrbahn zu einer schrecklichen Massenkarambolage gekommen. Die Bilanz der Tragödie: drei Tote, zwei »Komata«, fünf Schwer- und sechs Leichtverletzte (mit Schnittwunden und zahlreichen anderen Verletzungen, die furchtbar aussahen, aber nicht ernst waren), insgesamt also sechzehn Opfer.

Doktor Philippe Beauregard war mit Arbeit überhäuft und fiel vor Müdigkeit fast um. Er sah auf das Zifferblatt der Wanduhr: 9 Uhr 45. Erst nach einigen Sekunden wurde ihm klar, dass er seit mehr als 24 Stunden wach war. Normalerweise hatte er nur tagsüber Dienst in der Notaufnahme. Er hatte den Nachtdienst nur übernommen, um einem Freund, der ihm versichert hatte, dass die Nächte von Montag auf Dienstag normalerweise recht ruhig waren, einen Gefallen zu tun.

Verdammter Hurensohn!, verfluchte er seinen Freund im Stillen, beim Gedanken an die anstrengende Nacht, die hinter ihm lag: Er hatte unter anderem zwei Unfallopfer behandelt, ein Opfer einer Straßenschlacht – dem Burschen hatte man mit einem Messer den Bauch aufgeschlitzt –, eine brutal zusammengeschlagene Frau und schließlich ein misshandeltes Kind – der sechsjährige Junge hatte ein gebrochenes Bein und am ganzen Körper Brandmale von Zigaretten.

Der Tag versprach genauso anstrengend zu werden ... Seit gegen acht Uhr sämtliche Verletzten von der Autobahn eingeliefert worden waren, hatte er keine Minute für sich gehabt.

Philippe strich sich die blonde Haarsträhne aus der Stirn, die ihm in die Augen fiel, bevor er sich daran machte, bei einer jungen Frau, die in der Karambolage verletzt worden war, einen ziemlich komplizierten Armbruch wieder einzurichten. Er spürte mehr, als dass er es sah, dass sich am Eingang etwas tat. Er blickte kurz hinüber und stöhnte verzweifelt, als er zwei Polizisten mit einer Bahre ankommen sah, auf der ein Mann lag, der schon von weitem ziemlich mitgenommen wirkte.

»Verflixt und zugenäht! Hört das denn nie auf«, knurrte er mit zusammengekniffenen Lippen, während er mit einer raschen, präzisen Bewegung die Knochen wieder einrichtete.

Er ließ die junge Frau in der Obhut einer noch jüngeren Krankenschwester zurück und ging zu den Polizisten, die am Eingang warteten.

Als sein Blick über den Mann schweifte, um den sich bereits Mademoiselle Desjardins bemühte, eine erfahrene und sehr tüchtige Krankenschwester, fiel ihm seine Kopfverletzung und die bläuliche Färbung seines Gesichts auf.

Vielleicht ein Herzinfarkt oder eine Überdosis, dachte er.

Er wandte sich an den älteren der beiden Polizisten:

»Wo haben Sie denn den aufgelesen?«

»In einem Garten«, entgegnete der Mann ungerührt.

Das gibt's doch nicht! ... Der Typ macht sich über mich lustig, fluchte Philippe im Stillen, während er sich mit der Schulter an die nächste Wand lehnte. Einige Sekunden lang rieb er sich heftig die Augenlider und den Nasenrücken, um einen kühlen Kopf zu bewahren, und konterte dann mit gleichgültiger Stimme, wobei ein leichtes Lächeln um seine Lippen spielte:

»Eine schöne Gemüsesorte, nicht wahr?« Als er merkte, dass sein Witz nicht gut ankam, sprach er schnell weiter. »Gut! ... Hm ... Herzinfarkt, Drogen, Selbstmord? Wissen Sie etwas darüber?«

»Ein Unfall ... Ein Sturz aus einem Fenster«, knurrte der Polizist in einem Ton, der seine Abneigung gegen Philippe verriet.

»Ist er von hoch oben gefallen?«

»Aus dem ersten Stock ...«

Verdutzt bedankte Philippe sich kurz, drehte sich um und ging zu dem Patienten.

Man stirbt nicht an einem Sturz aus dem ersten Stock, überlegte er.

Dennoch lag der Mann ganz offensichtlich im Sterben.

Philippe überflog das Krankenblatt, das ihm Mademoiselle Desjardins reichte, und prägte sich den Namen des Patienten ein: Joe Lacasse.

»Halt durch, Joe«, murmelte er, »wir werden versuchen, dich da rauszuholen.«

Joe hörte nichts. Etwas mehr als fünfzehn Minuten waren vergangen seit ihn Nellie gebissen hatte. Normalerweise hätte er bereits tot sein müssen ... Sein schmächtiger, jedoch robuster Körper – mit dem Herz eines Stieres und den Lungen eines Sportlers, wie man ihm schon gesagt hatte – wehrte sich hartnäckig gegen die Wirkung des Giftes und zog seine Agonie dadurch unnötig in die Länge.

Die Krankenschwester hatte einen Nasenkatheter gelegt, um die Sauerstoffversorgung zu verbessern. Mit Hilfe eines anderen Katheters, der an einen Aspirationsapparat angeschlossen war, versuchte sie nun Joes Hals und Mund von dem dicken Schleim zu befreien, der sich darin befand.

Philippe untersuchte die Kopfverletzung und legte dann sein Stethoskop auf die Brust des Mannes. Der Herzschlag war schnell und regelmäßig, aber sehr schwach. Die Untersuchung der Pupillen erlaubte keine sichere Diagnose: Ihre anormale Größe konnte ebenso gut von einer Schädelverletzung herrühren wie von einer Überdosis Drogen im Organismus. Was auch immer die Blutanalysen und die Röntgenaufnahmen des Schädels ergeben würden, der Mann würde nicht bis dahin durchhalten. Seine Atmung war zu schwach.

Er befühlte Joes Brust und stellte fest, dass die Zwerchfellmuskeln nicht normal funktionierten.

»Holen Sie ein Atemgerät«, befahl er der Krankenschwester. »Schnell!«

Mademoiselle Desjardins kam einige Sekunden später mit einer Trachealkanüle und einem Atembeutel wieder, den sie rasch an die Sauerstoffleitung in der Wand anschloss.

Sie wollte Doktor Beauregard gerade den Kehlkopfspiegel reichen, als sie sah, wie er plötzlich sein Stethoskop zurückzog und mit der Faust auf die Brust des Patienten einschlug.

»Herzstillstand … Großer Gott, nein!«, schrie Philippe und kletterte auf die Bahre.

Er begann eine Herzmassage, wobei er mit beiden Händen Joes Brustbein zusammendrückte.

»Epinephrin!«, bellte er in Richtung Krankenschwester, das Gesicht gerötet von der Anspannung und der Anstrengung, die es ihn kostete, seinen Patienten wieder zu beleben.

Er ergriff die rasch hergerichtete Spritze und vergewisserte sich mit einem schnellen Blick, dass keine Luftblasen darin waren, bevor er sie in den reglosen Brustkorb stach. Er zog an dem Stempel, um sicherzugehen, dass die Nadel sich wirklich im Herz befand, und injizierte dann die Flüssigkeit.

Nachdem er erneut sein Stethoskop angelegt hatte, konnte er nur noch feststellen, was er bereits ahnte: Joes Herz weigerte sich, wieder zu schlagen.

Philippe wollte nicht glauben, dass nichts mehr zu machen war. Er machte sich weiter an Joes Brust zu schaffen, massierte ihn, drückte darauf, versuchte das Unmögliche, bis die Stimme von Mademoiselle Desjardins ihn sanft in die Wirklichkeit zurückholte:

»Das nützt nichts mehr, Doktor«, flüsterte sie und berührte seinen Arm. »Es ist vorbei … Er ist tot!«

Enttäuscht und niedergeschlagen verharrte Philippe einen Augenblick regungslos neben Joes Leiche, mit ausgestreckter Hand, als wollte er sagen: »Tut mir Leid, Kumpel … ich habe getan, was ich konnte.«

Er langte sich ins Gesicht, rieb sich die Augen mit den Fingerspitzen und spürte auf seinen Wangen die rauen Haare eines Bartes, den abzurasieren er zwischen seinen zwei Diensten keine Zeit gehabt hatte.

Die Krankenschwester beobachtete ihn verlegen. Der junge Arzt schien Mühe zu haben, sich auf den Beinen zu halten, überwältigt von Erschöpfung und Enttäuschung.

»Gehen Sie doch einen Kaffee trinken, Doktor«, schlug sie mit warmer, mütterlicher Stimme vor. »Ich kümmere mich um den

Rest ... Sie können die Gelegenheit auch gleich dazu benutzen, sich zu rasieren. Sie sehen ja zum Davonlaufen aus.«

Philippe sah sie völlig verdutzt an und wusste zum ersten Mal nicht, was er antworten sollte. Als hätte er zusammen mit seinem Patienten auch seinen Sinn für Humor verloren. Schweigend nahm er Joes Krankenblatt, auf dem er vermerkte: »Herz-Kreislauf-Versagen. Ursachen unbekannt.«

Er machte auf dem Absatz kehrt und ging ohne ein Wort zu sagen aus dem Saal, wobei er innerlich den Tag verfluchte, an dem er beschlossen hatte, Medizin zu studieren.

Der Obduktionssaal des gerichtsmedizinischen Instituts, das Doktor Charles Lindsay leitete, war groß, hochmodern ausgestattet, hell und blitzsauber. Charles Lindsay, der schwer an seinen fünfzig Jahren trug – 1,88 m und 119 kg –, bewegte seinen mächtigen Körper auf den Stahltisch zu, auf den man die Leiche von Joe Lacasse gelegt hatte.

Der Tod von Joe Lacasse war nicht im eigentlichen Sinne verdächtig, aber das Institut war angehalten, jedes Mal eine Obduktion durchzuführen, wenn der Pathologe den begründeten Verdacht hegte, dass ein Diagnosefehler vorlag, oder wenn die Todesursache unbekannt war. Was auf Joe Lacasse zutraf.

Während der Hausherr Handschuhe anzog und sich eine Gummischürze umhängte, gab sein Assistent, der die Leiche schon gewogen und gemessen hatte, ihm eine Zusammenfassung von Joes Akte.

»Gut, Morelli ... Wer hat sie unterschrieben?«, fragte Charles mit gespielter Gleichgültigkeit.

»Doktor Philippe Beauregard«, erwiderte der junge Mann und sah ihn rasch von der Seite an, da er wusste, dass Philippe sein Neffe war.

»Hört, hört ...« Charles dachte zärtlich an den Sohn seiner Schwester. Kein Arzt verliert gerne einen Patienten, und Philippe gehörte zu denen, die eher schlecht damit fertig wurden. »Gut, ist der Erkennungsbogen bereit?«

»Ja, Doktor«, nickte Morelli.

Charles betätigte ein Pedal, das sich unter dem Tisch befand und das Tonbandgerät in Gang setzte. Er sprach in das Mikrofon, das über seinem Kopf befestigt war, und las das Blatt vor, das ihm sein Assistent reichte:

»Angehöriger der weißen Rasse. Geschlecht: männlich. Alter: Dreiundvierzig Jahre. Gewicht: zweiundsechzig Kilo. Größe: Ein Meter fünfundsechzig.«

Er hielt inne, um sich die »Auffälligkeiten« der Akte zu vergegenwärtigen und daraus eine Synthese zu entwickeln. Seine beinahe enzyklopädische Kenntnis des menschlichen Körpers, verbunden mit einem phänomenalen Gedächtnis und einer fast weiblichen Intuition, machten ihn zu einem der besten Pathologen des Landes.

Mit nachdenklicher Miene betrachtete er die Leiche eingehend von Kopf bis Fuß. Er räusperte sich und setzte seinen Monolog mit unbeteiligter Stimme fort, als würde er die charakteristischen Merkmale irgendeines Gegenstands beschreiben.

Er beugte sich über den Körper, um die Haut zu untersuchen, wobei er auf der Innenseite der Oberschenkel und der Unterarme nach Spuren von Nadeleinstichen suchte, die eine Überdosis hätten rechtfertigen können. Er fand keine einzige. Dagegen war die Haut des Rückens, der Handgelenke und der Hände an mehreren Stellen zerschnitten – damit hatte er gerechnet –, und der linke Ellbogen war durch einen Bluterguss stark angeschwollen. Die Schädelverletzung schien oberflächlich, aber ihre genaue Beschaffenheit würde er erst ein wenig später feststellen können, wenn er das Gehirn aus der Hirnschale herausgeholt hatte.

Er setzte erneut das Tonbandgerät in Betrieb und fasste seine letzten Beobachtungen zusammen. Dabei hatte er das vage Gefühl, dass diese Obduktion irgendwie aus dem Rahmen fiel, was ihn zugleich ärgerte und anspornte.

»Gut . . .« Er hielt seinem Assistenten die rechte Hand hin. »Fangen wir an, Morelli . . . Skalpell.«

Das Skalpell mit fester Hand haltend, begann er mit einem Einschnitt in Form eines Y. Er führte es quer über die Brust und schnitt dann dem Brustbein entlang bis zum Schambein. Er hob die Haut und das darunter liegende Gewebe an und schlug es dann zurück, um den Brustkorb und die Bauchorgane freizulegen. Seine relativ kräftigen, kurzen Hände bewegten sich mit äußerster Präzision und Geschicklichkeit.

Er entnahm die Organe und legte sie nacheinander in einen bohnenförmigen Behälter, den ihm sein Assistent reichte.

»Morelli, du machst mehrere Leberschnitte und beginnst mit den Voruntersuchungen. Sofort«, knurrte Charles, den das, was er fand – oder vielmehr nicht fand –, immer mehr beunruhigte.

Die Untersuchung des Mageninhalts hatte nichts ergeben, da der Magen leer war. Vollkommen leer. Als hätte Joe Lacasse weder am Morgen noch am Vortag irgendetwas gegessen. Daher schied eine kürzliche Einnahme von Drogen auf oralem Weg aus. Der Herzmuskel wies keine Anomalität auf, die zu einem Herzversagen hätte führen können. Der linke Lungenflügel war von einem akuten Ödem befallen, für das es noch keine Erklärung gab.

Charles schnitt mit dem Skalpell die Kopfhaut ab. Vorsichtig. Weil sie danach wieder angenäht werden musste. Er hoffte insgeheim, dass das Gehirn von Joe Lacasse den Grund seines Ablebens offenbaren würde.

Nervös griff er nach der Säge und setzte sie oben am Schädel an. Dann legte er sie auf ein Tablett. Rasch entfernte er die Schädeldecke und legte die harte Hirnhaut frei. Mit einer Pinzette zog er die Membran nach oben, um sie leichter zerschneiden zu können. Anschließend entfernte er die graue, glänzende Hirnmasse.

Er betrachtete aufmerksam das Hirngewebe und untersuchte es gründlich. Nichts. Normales Gewicht. Normaler äußerer und innerer Aufbau ... Ein scheinbar völlig »normales« Gehirn, das sogar vor Gesundheit strotzte. Nicht das geringste Anzeichen für eine Blutung, die die vergrößerten Pupillen hätte erklären können.

Enttäuscht zog er seine Handschuhe und seine Schürze aus und warf sie in einen Eimer in der Nähe des Tisches ... Jetzt galt es das Ergebnis der Analysen und der histologischen Untersuchungen abzuwarten.

Elizabeth wartete ungeduldig auf Gilberte.

Nachdem sie die Polizei benachrichtigt hatte, hatte sie versucht, Olivier zu erreichen, aber er war weder im Büro noch auf der Baustelle. Sie hatte um seinen Rückruf gebeten ... Es sei dringend.

Ein Krankenwagen war eingetroffen, begleitet von einem Polizeiauto. Die Sanitäter hatten den Körper rasch auf eine Bahre gelegt. Die Polizisten hatten ihr einige Fragen gestellt. Sie wusste nicht mehr welche. Sie hatte bereits nicht nur die Fragen vergessen, die man ihr gestellt hatte, sondern auch die Antworten, die sie ihnen gegeben hatte. Sie fühlte sich so verwirrt.

Sie erinnerte sich nur daran, dass sie Gilberte angerufen und sie gebeten hatte, zu ihr zu kommen, da sie nicht den Rest des Tages allein bleiben wollte. Als Gilberte, von ihrem Ton überrascht, sie gefragt hatte warum, hatte sie zu weinen begonnen und mit flehender Stimme gesagt: »Komm ... Ich bitte dich.« Gilberte hatte entgegnet: »Ich bin gleich da ...« und aufgelegt.

Elizabeth hatte das Gefühl, seit einer Ewigkeit zu warten, was ihre Nervosität nur noch verstärkte. Da der Himmel aufklarte, hatte sie, um sich abzulenken, die Platten der Terrasse von den Glasscherben gereinigt, die sie übersäten, und Amélie danach erlaubt, im Garten zu spielen – sie ertrug es nicht länger, das kleine Mädchen um sich zu haben.

Nun saß sie in der Küche und sah nach draußen. Sie konnte es kaum fassen, dass in ihrem Garten, der ihr so ruhig und friedlich erschien, so etwas Schreckliches passiert war.

Als sie die Türglocke hörte, stürzte sie in die Diele, voller Sehnsucht nach der Anwesenheit einer mitfühlenden, warmherzigen Seele.

Sie öffnete rasch die Tür. Vor ihr stand eine kompakte, graue Masse. Ihre Augen blinzelten verständnislos. Ein leichtes Zittern bemächtigte sich ihrer Beine. Mit einer Stimme, in der Ärger und Angst mitschwangen, stöhnte sie:

»Sieh an! ... Inspektor Santini. Ich war nicht darauf gefasst, Sie so schnell wieder zu sehen.«

»Ich auch nicht, Madame«, entgegnete er lächelnd.

»Was wollen Sie?«

»Ich möchte Ihnen nur zwei oder drei Fragen stellen. Es wird nicht lange dauern.«

»Worüber?«

»Sie überraschen mich, Madame De Blieck ...«

»Großer Gott ... Sagen Sie bloß nicht, dass Sie wegen Joe Lacasse gekommen sind!«, explodierte Elizabeth. »Man hat mir heute Vormittag bereits etliche Fragen gestellt.«

»Ich weiß«, erwiderte der Inspektor in ruhigem, gesetztem Ton. »Aber wenn es sich um einen tödlichen Unfall handelt ...«

»Er ist doch nicht etwa gestorben!?«

»Doch, leider ... Gleich nach seiner Ankunft im Krankenhaus.« Er sah, wie die junge Frau plötzlich erbleichte. »Oh ... es tut mir Leid. Wussten Sie das nicht?«

Elizabeth war am Boden zerstört.

»Wie hätte ich das wissen sollen? ... Als die Sanitäter ihn mitgenommen haben, lebte er noch«, entgegnete sie mit unsicherer Stimme.

»Hören Sie ... Ich möchte mir nur über einige Details Klarheit verschaffen ... mich vergewissern, dass meine Männer nichts vergessen haben. Darf ich kurz hereinkommen?«

Elizabeth nickte schweigend. Instinktiv legte sie die Hände auf ihren leicht gerundeten Bauch, trat einen Schritt zurück, stieß die Tür hinter sich auf und ließ den Inspektor eintreten.

Er saß vor ihr, auf dem Rand des Sofas, die Hände gefaltet und die Ellbogen auf die Knie gestützt.

»Wie ich sehe, steht ein freudiges Ereignis ins Haus«, meinte er in jovialem Ton. »Wann ist es denn so weit?«

Elizabeth sah ihm prüfend ins Gesicht. Die Frage war offensichtlich nett gemeint. Sie holte tief Luft, atmete aus, dann wieder ein und entgegnete ihm in einem Zug:

»Inspektor, ich nehme an, dass Sie nicht gekommen sind, um mit mir über meinen Zustand zu sprechen. Also kommen wir bitte zur Sache.«

»Einverstanden«, seufzte er, durch Elizabeths aggressiven Ton ernüchtert. »Der Polizeibericht erwähnt, dass Joe Lacasse aus dem Fenster eines Zimmers gefallen ist. Dürfte ich dieses Zimmer sehen?«

Elizabeth wollte es ihm schon abschlagen. Sie konnte einen Durchsuchungsbefehl verlangen. Sie hätte ihr letztes Hemd gewettet, dass er keinen hatte. Aber alles in allem ... hatte sie nichts zu verbergen. Wozu also die Sache unnötig verschlimmern?

Zeigen wir uns kooperativ, sagte sie sich. Bringen wir es möglichst schnell hinter uns.

»Folgen Sie mir«, bat sie ihn und stand auf.

An die Wand gelehnt, deutete Elizabeth auf die geschlossene Tür von Amélies Zimmer.

»Hier ist es, Inspektor.«

Er öffnete vorsichtig die Tür und blieb einen Moment auf der Schwelle stehen. Sein Blick fiel auf die zerbrochene Fensterscheibe ... den Werkzeugkoffer ... das Kinderspielzeug.

»Ist das das Zimmer Ihrer Tochter?«

Elizabeth bejahte es mit einem Kopfnicken.

Gabriel Santini ging einige Schritte in den Raum hinein, hob den Gabelschlüssel auf, der mitten im Zimmer lag, und trat zum Fenster. Er sah Amélie im Garten spielen.

»Wo war sie, als es passierte?«

Elizabeth schien ganz in die Betrachtung ihrer Nägel versunken. Sie zögerte nur eine Sekunde, bevor sie antwortete:

»Sie war mit mir zusammen ... In der Küche. Wir haben Plätzchen gebacken.«

Sie hob den Blick und sah ihn aufmerksam an, um herauszufinden, ob er erriet, dass sie gelogen hatte. Ihr Instinkt hatte ihr gesagt, dass er diese Frage stellen würde ... und ihr die Antwort eingeflüstert. Ihr Verstand weigerte sich zuzugeben, dass ihre Tochter auf die eine oder andere Art in diese Geschichte verwickelt sein könnte. Sie würde weiter lügen, wenn es notwendig wäre.

Der Inspektor hielt Elizabeths Blick nicht stand. Ihre blauen – beinahe violetten –, leicht tränenden Augen verwirrten ihn. Er sah weg und fuhr mit schroffer Stimme fort, während er an seinem Schnurrbart herumfingerte:

»Und Sie haben nach dem Unfall hier nichts berührt? Sie ... oder Ihre Tochter?«

»Nein«, antwortete Elizabeth.

Sie sagte es in gutem Glauben, da sie nicht wusste, dass Amélie in ihr Zimmer hinaufgegangen war, während sie den Krankenwagen rief.

Der Inspektor kauerte sich nieder, irritiert durch eine schwarze Spur auf dem Holzboden, neben dem Koffer, die ganz offensichtlich von einem Schuhabsatz stammte. Direkt unter dem Fenster gab es noch zwei Spuren.

Er stand wieder auf und betrachtete erneut das Fenster. Mit verschränkten Armen, das Kinn auf eine Hand gestützt, fuhr er mit dem kleinen Finger über seinen Schnurrbart und dachte dabei angestrengt nach. Er rief sich noch einmal in Erinnerung, was er von dem Unfall wusste.

Gut ... Streichen wir zuerst die Hypothese eines Mordes, sagte er sich. Es waren nur eine Frau und ein kleines Mädchen ... und natürlich der Klempner selbst anwesend, als sich der Unfall ereignete ... Für einen Mord an diesem Klempner gibt es keinerlei schlüssiges Motiv. Und es macht schon gar keinen Sinn, jemanden durch einen Sturz aus dem Fenster zu ermorden. Es gibt leichtere und sicherere Methoden ... Es handelt sich daher um einen wirklichen Unfall, aber ... Hmm, es ist dennoch eigenartig ... Sehen wir mal ... Erstens: Der gute Mann stolpert über einen Werkzeugkoffer. Zweitens: Er stellt sich mit dem Rücken vors Fenster. Warum mit dem Rücken? Nach der Beschreibung der Lage des Körpers, die die Polizisten gemacht haben, ist er rückwärts gefallen. Das erscheint mir offensichtlich. Wenn er aber mit dem Gesicht zum Fenster gestanden hätte ...

Inspektor Santini ging im Zimmer auf und ab, die Hände auf dem Rücken verschränkt. Ganz in Gedanken verloren, schien ihn die Anwesenheit der jungen Frau in keiner Weise zu stören, die ihn, von seinem Vorgehen überrascht, mit neugieriger, spöttischer Miene beobachtete.

Er weicht also zurück, stolpert dabei über seinen Koffer, überlegte er weiter, und fällt rückwärts gegen das Fenster ... Logisch. Der Koffer steht so nah am Fenster, dass er keine Zeit gehabt hätte, sich umzudrehen und rückwärts zu fallen, wenn er vorwärts und nicht rückwärts gegangen wäre ... Gut. Also ist er im Zimmer rückwärts gegangen ... und muss dabei wie gebannt auf eine Person oder Sache vor sich gestarrt haben, da er den Koffer ja nicht *gesehen* hat ... Vielleicht ist ihm plötzlich schlecht geworden. Die Obduktion wird es zeigen, aber inzwischen ... Nein, das ist nicht sehr wahrscheinlich. Er wäre zur Treppe gestürzt und hätte um Hilfe gerufen ... Frage: Warum geht ein Mensch rückwärts? Weil er Angst hat. Also? Vor was hatte dieser Klempner Angst? Oder vor wem? Was hat ihn so erschreckt ...

Elizabeths Hüsteln riss ihn aus seinen Gedanken.

»Wie lange wird Ihr Marathonlauf denn noch dauern?«, fragte sie mit spöttischer Stimme.

Der Inspektor blieb jäh stehen und blickte Elizabeth entgeistert an, als hätte er sie zum ersten Mal in seinem Leben gesehen.

»Oh ... entschuldigen Sie«, sagte er. »Ich habe gar nicht gemerkt ... Wieviel Uhr ist es?«

»Ich weiß nicht.« Sie warf einen Blick auf ihr Handgelenk, wobei ihr einfiel, dass sie ihre Armbanduhr in der Küche gelassen hatte. »Auf jeden Fall marschieren Sie schon seit einer ganzen Weile. Sie müssen eiserne Waden haben.«

Er lächelte, als er an seine Frau dachte, die hinsichtlich seines Magens ähnliche Betrachtungen anstellte, und konterte ohne Hintergedanken:

»Bei mir sind nicht nur die Waden aus Eisen ...«

Elizabeth, der die Zweideutigkeit dieser Antwort – die sie unangenehm berührte und den starken Wunsch in ihr weckte, das Zimmer so schnell wie möglich zu verlasssen – plötzlich bewusst wurde, unterbrach ihn schroff:

»Gut, wenn Sie mich nicht mehr brauchen, warte ich unten auf Sie.«

Sie kehrte ihm den Rücken zu und ging zur Treppe, bevor er etwas erwidern konnte.

Inspektor Santini stand in der Diele und wollte sich gerade von Elizabeth verabschieden.

»Nach der Obduktion werde ich Ihnen vielleicht noch einige Fragen stellen müssen«, erklärte er.

»Obduktion!«, schrie Elizabeth entsetzt, da dieses Wort schreckliche Assoziationen in ihr wachrief: Man würde das Fleisch von Joe Lacasse in kleine Stücke schneiden ...

»Ja. Jeder gewaltsame Tod«, antwortete er, wobei er es vermied, von »Verdacht« zu sprechen, aus Gründen, die er selbst nicht verstand, »muss durch eine Obduktion geklärt werden. So schreibt das Gesetz es vor.«

Elizabeth konnte nicht umhin zu fragen:

»Und die kleine Diane ... hat man auch bei ihr eine Obduktion durchgeführt?«

»Nein. Aber ihr Fall lag anders. Die Todesursache war offensichtlich und ... die Mutter war sehr dagegen.«

»Was hätten Sie an ihrer Stelle getan, Inspektor?«

»Das Gleiche zweifellos«, murmelte er und dachte dabei an seine eigenen Kinder.

Er verabschiedete sich von Elizabeth und ließ sie nachdenklich und ratlos zurück.

»Wo bleibt nur Gilberte?«, fragte sie sich und schloss die Tür, plötzlich beunruhigt durch die Verspätung ihrer Freundin.

Sie ging in die Küche zurück und kochte Amélie ihr Mittagessen. Sie selbst aß nichts, sondern trank nur ein Glas Fruchtsaft. Sie fühlte sich außerstande, irgendetwas anderes zu sich zu nehmen.

Ihr Blick fiel auf die unfertigen Plätzchen, die auf dem Tisch liegen geblieben waren, als erneut die Türglocke erklang.

17

»Gott sei Dank, dass du da bist!«, rief Elizabeth aus und führte Gilberte in die Küche.

Gilberte ließ sich auf einen Stuhl fallen. Elizabeth folgte ihrem Beispiel. Ein tiefes Schluchzen drang aus ihrer Kehle und bestürzte die kleine Haitianerin zutiefst.

Bevor Gilberte irgendetwas sagen oder tun konnte, klingelte das Telefon. Sie stand auf und hob ab, während sie Elizabeth aus den Augenwinkeln beobachtete.

Es war Olivier.

»Ja, ich bin's«, antwortete sie. »Wie? . . . Nein, es geht ihr ziemlich schlecht. Eine Sekunde . . .«

Sie gab Elizabeth, die sich geräuschvoll schnäuzte, mit der Hand ein Zeichen.

»Es ist der Architekt«, verkündete sie, nachdem sie die Hand auf den Hörer gelegt hatte. »Möchtest du mit ihm sprechen?«

Später lagen sie nebeneinander auf Liegestühlen, vor den Sonnenstrahlen gut geschützt durch den Sonnenschirm, den Gilberte geöffnet und an sie herangezogen hatte, und sahen zerstreut zu, wie Amélie – die sie mitten im Garten auf eine Decke gesetzt hatten, gerade weit genug entfernt, dass das kleine Mädchen ihrer Unterhaltung nicht folgen konnte – mit ihrer Barbie spielte.

Elizabeth erzählte Gilberte die ganze Geschichte, nippte dann an ihrer Limonade und schloss die Augen, wobei sie einen tiefen Seufzer ausstieß. Sie fühlte sich erschöpft, ausgepumpt, völlig zerschlagen, als hätte sie seit mehr als drei Tagen nicht geschlafen.

»Wie kommt es, dass Amélie zu Hause war?«, fragte Gilberte plötzlich, wobei sie das kleine Mädchen nicht aus den Augen ließ. »Ich dachte, sie hat heute ihren ersten Tag im Kindergarten.«

»Sie war heute Morgen ein bisschen erkältet«, entgegnete Elizabeth, ohne die Augen zu öffnen. »Ich dachte, es wäre besser, sie zu Hause zu behalten. Wenn ich gewusst hätte ...«

Gilberte beobachtete noch eine Weile das Kind, das seine Puppe unermüdlich an- und auszog und von Zeit zu Zeit mit dem Handrücken eine Fliege oder Mücke vertrieb, die wahrscheinlich um es herumschwirrte. Dann vertiefte sie sich in die Betrachtung des Gartens ... der so gut gepflegt, so ruhig und so friedlich schien.

»Es ist verrückt«, sagte sie, beinahe im Flüsterton. »Wenn ich deiner Tochter beim Spielen zusehe, fällt es mir schwer, mir vorzustellen, dass ein Mann sich genau hier heute Morgen umgebracht hat. Das erscheint mir –«

»Unvereinbar«, beendete Elizabeth den Satz. »Ich weiß. Ich habe selbst das Gefühl, dass es nur ein Traum war ... Dass gar nichts passiert ist, oder vielmehr, dass es bereits vor Wochen ... vor Monaten passiert ist. Als Diane gestorben ist, hatte ich dasselbe Gefühl.«

»Sag mal ... Ich finde, dass du in letzter Zeit ein ziemlich bewegtes Leben führst, nicht wahr?«

»Das finde ich auch«, versetzte Elizabeth und öffnete endlich die Augen.

Sie schenkte Gilberte ein Lächeln.

Was sie an dieser Tochter der Sonne am meisten schätzte, war, dass sie nie ihren Sinn für Humor verlor, egal was passierte.

Gilbertes Stimme riss sie aus ihren Gedanken:

»Also? Wann kommt der Architekt zurück?«

Seit etwa vierzehn Tagen teilte Olivier seine Zeit zwischen der Baustelle in Montreal und einer anderen in Quebec.

»Sein Flug geht um vier Uhr«, entgegnete Elizabeth. »Er wird zum Abendessen hier sein.«

»Du solltest ihn fragen, wie er das macht.«

»Was?«

»Wie er es macht, nie im richtigen Moment hier zu sein. Er kommt immer erst hinterher ... Wenn ich eine Frau hätte, die zu solchen Abenteuern neigt, würde ich ihr ständig auf den Fersen bleiben. Ich würde ihr auf Schritt und Tritt folgen, mit einem Fotoapparat bewaffnet.«

»Und du würdest in Armut leben«, schnitt ihr Elizabeth das Wort ab, leicht verärgert durch ihre Sarkasmen. »Grauen, Gewalt und Elend ... all das gehört zum Alltag nicht weniger Menschen. Und niemand spricht davon.«

»Aber Liza!« empörte sich Gilberte. »Möchtest du mir etwa einreden, dass das, was dir passiert, ganz normal ist? Ein kleines Mädchen von fünf Jahren, das sich in deinem Garten aufspießt, ist das etwa *normal*? Ein Klempner, der auf deinen Rasen stürzt, ist das *normal*?«

Elizabeth nahm die Heraufbeschwörung der schrecklichen Bilder hin, ohne mit der Wimper zu zucken, als handelte es sich um Ereignisse, die mit ihr nicht das Geringste zu tun hatten. Nur ein leichtes Beben ihrer Nasenflügel verriet, dass sie zutiefst beunruhigt war.

Charles Lindsay schob den Bericht beiseite, der auf seinem Schreibtisch lag, und ließ sich gegen die Lehne seines Sessels fallen, die unter dem Aufprall knarrte. Er fuhr sich mit den Händen über das Gesicht und rieb sich dann lange die Augenlider, als wollte er klarer sehen.

»Heilige Mutter Gottes!«, fluchte er zwischen den Zähnen, während er an den Bericht dachte, den er gerade gelesen hatte. »Das ergibt verdammt noch mal keinen Sinn!«

Er riss die Arme hoch und rekelte sich genüsslich. Es war bereits 21 Uhr und er war immer noch im Labor. Er hatte es nur kurz verlassen, um in der Cafeteria des Instituts einen Teller chinesischer Pastete hinunterzuschlingen, die abscheulich schmeckte – er teilte diese Meinung mit vielen anderen.

Auch Morelli hatte Überstunden machen müssen. Er war gerade gegangen, nachdem er ihm das Ergebnis der Analysen bezüglich Joe Lacasse überreicht hatte. Charles hatte sie wieder und wieder gelesen, eingeschätzt, bewertet und verglichen, kurzum sehr aufmerksam studiert; dennoch musste er zugeben, dass er ratlos war. Die Ergebnisse der Analysen enthielten nicht den kleinsten Hinweis auf eine mögliche Todesursache.

Woran ist dieser verfluchte Klempner nur gestorben?, fragte er sich. Er weigerte sich, aufzugeben und die Akte Joe Lacasse mit der Feststellung »Todesursache unbekannt« zu schließen.

Jemand klopfte an die Tür seines Büros.

»Herein!«, rief er mit seiner lauten, schroffen Stimme.

»Ich bin's«, rief Philippe Beauregard und trat ein. »Kann ich dich zwei Minuten sprechen?«

Er hatte seinen weißen Kittel mit einer Jeans und einem T-Shirt vertauscht, die ihm ein jugendliches Aussehen verliehen. Er kam herein und ließ sich auf einem Stuhl gegenüber seinem Onkel nieder, ohne dazu aufgefordert worden zu sein.

Charles Lindsay betrachtete seinen Neffen mit einem vergnügten Funkeln in den Augen.

»Wie geht's, Kleiner? Ich habe gehört, dass du zwei Dienste hintereinander in der Notaufnahme hattest.« Er bemerkte Philippes überraschten Gesichtsausdruck und lächelte. »Gerade vorhin habe ich bei deiner Mutter angerufen ... Ich wollte mit dir sprechen, aber sie hat mir gesagt, dass du noch nicht nach Hause gekommen bist. Solltest du jetzt nicht im Bett sein?«

»Nein. Es geht. Ich bin nicht müde«, protestierte er mit einer Stimme, die seine Müdigkeit und Niedergeschlagenheit verriet. »Weshalb wolltest du mich sprechen?«

»Ich wollte mir über gewisse Details Klarheit verschaffen ...«

»In Bezug auf Joe Lacasse ... Ist es das?«, fragte Philippe rasch. »Das trifft sich gut. Ich wollte ebenfalls mit dir über ihn sprechen. Weißt du schon, woran er gestorben ist?«

»Nein«, erwiderte Charles und stützte das Kinn auf seine verschränkten Hände.

»Nein? ... Na los, du musst doch zumindest eine Vermutung haben«, beharrte Philippe, überzeugt, dass sein Onkel sich über ihn lustig machte.

»Keine einzige. Ganz ehrlich ... ich habe nicht die geringste Ahnung, was deinen Patienten getötet hat.«

»Die Polizisten, die ihn einlieferten, sagten, dass er aus einem Fenster gestürzt ist.«

»Ich weiß. Heute Nachmittag war Inspektor Santini bei mir. Auch ihn scheint dieser Unfall ziemlich zu verwirren. Er glaubt nicht, dass Joe Lacasse an den Folgen seines Sturzes gestorben ist, und ich muss ihm Recht geben.«

»Ich glaube es auch nicht. Also?«

»Also! . . . Ich gebe zu, dass ich es nicht verstehe. Die Autopsie selbst hat nichts Außergewöhnliches ergeben, bis auf die Tatsache, dass dieser Mann die Organe eines Neugeborenen hatte.«

»Also kein Herzinfarkt. Drogen?«

»Es gibt keine Einstiche . . . Im Magen ist nichts und im Blut auch nichts.«

»Keine Schädelverletzung?«, erkundigte sich Philippe der Form halber.

»Nicht die geringste . . . Allem Anschein nach zumindest«, fügte Charles hinzu.

»Gut! Wenn ich dich richtig verstehe, willst du mir sagen, dass es überhaupt keinen Grund dafür gibt, dass dieser Kerl gestorben ist.«

»*Keinen einzigen* . . . Aber es gibt Indizien, die zu nichts passen, was ich kenne. Und ich kenne einiges, mein Kleiner. Hör zu . . .« Er unterbrach sich und nahm ein Notizblatt zur Hand, das auf seinem Schreibtisch lag. »Zyanose, Priapismus, akutes Ödem am linken Lungenflügel, übermäßige Erweiterung der Pupillen, hohes Fieber und reichliche Organsekretionen, vor allem auf Höhe der Bronchien.«

»Und die Blutanalyse?«, fragte Philippe, aufgeregt und ungeduldig zugleich.

»Dazu komme ich gleich . . . Die Blutanalysen zeigen eine beträchtliche Erhöhung der weißen Blutkörperchen. Vom Typ polynukleär-neutrophil.«

Charles legte mit theatralischer Geste das Blatt beiseite und schloss:

»Das ist es! Nun weißt du alles!«

Philippe sprach aus, was ihm als Erstes in den Sinn kam:

»Ein Virus!«

»Das ihn in weniger als zwanzig Minuten getötet hat?«

»Ein Wespenstich? . . . Eine Biene?«

»Oder etwas Ähnliches«, fuhr Charles fort. »Nein. Ich habe daran gedacht, aber das ergibt auch keinen Sinn. Ich hätte zumindest ein Ödem an der Hautoberfläche gefunden, an der Stelle des Einstichs. Auf jeden Fall sind die schlimmen Fälle selten lokal. Im Allgemeinen schwillt das ganze Glied an oder meistens der ganze Körper, bei einer Allergie zum Beispiel. Vom Scheitel bis zur Sohle.«

»Vielleicht täusche ich mich«, sagte Philippe, »aber die Symptome ähneln denen einer Vergiftung, nicht wahr?«

»Genau! ... Ich wette meinen Kopf darauf, dass dieser Typ sich vergiftet hat!«, rief Charles vehement aus, der das Ganze als persönliche Beleidigung zu betrachten schien. »Nur kann ich es nicht beweisen. Ich weiß weder, was er genommen hat, noch wie er es genommen hat.«

»Machst du noch weitere Analysen?«, fragte Philippe skeptisch.

»Nein! Ich habe getan, was ich konnte. Ich werde nur eine Kopie der Akte an meine Kollegen im Westen ... und vielleicht auch in den Vereinigten Staaten schicken ... warum nicht. Irgendwo muss es einen genialeren Typen geben als mich, der uns beweisen wird, dass ich Recht habe.«

Es war zehn Uhr abends.

Olivier stand auf und schaltete mit wütender Geste den Fernseher aus.

»Sag mal ... Was machst du da?«, wunderte sich Elizabeth. »Möchtest du nicht die Nachrichten sehen?«

»Ich habe dieses beschissene Fernsehen satt!«, knurrte er. »Man kann keine Sendung sehen, die nicht dauernd durch diese idiotische Werbung unterbrochen wird.«

Er war schlecht gelaunt und hatte sich den ganzen Abend trüben Gedanken hingegeben: Auf der Baustelle in Montreal liefen die Dinge nicht so, wie er es sich vorgestellt hatte. Ganz und gar nicht sogar. Sie waren gegenüber dem Plan vier Wochen in Verzug! War diese Verspätung bewusst herbeigeführt? Wie konnte man das wissen? Seit kurzem kursierte ein Gerücht über einen möglichen Streik im Baugewerbe ... Das würde gerade noch fehlen! Und zu guter Letzt hatte er auch noch die Baustelle in Quebec in größter Eile verlassen müssen, weil ein schwachsinniger Klempner beschlossen hatte, sich in seinem Haus umzubringen. Noch dazu vor den Augen seiner Tochter und seiner schwangeren Frau!

Olivier brauchte einen Sündenbock; seine Wahl fiel auf den Fernseher, der vor ihm stand und sich gegen seine Beschimpfungen nicht zur Wehr setzen konnte.

Elizabeth betrachtete ihn einen Augenblick, um herauszufinden, ob er es ernst meinte oder nicht. Sie fühlte sich erschöpft und ganz und gar nicht in der Stimmung, ein Streitgespräch über ein Thema zu beginnen, das nicht das Geringste mit ihren augenblicklichen Sorgen zu tun hatte.

»Olivier ... du gehst zu weit!«, entgegnete sie matt. »Hör zu, seit mehr als vier Jahren siehst du dieses Programm ... Noch dazu mit seiner *idiotischen* Werbung. Also?«

»Das ist es ja! Es wundert mich, dass ich das so lange ausgehalten habe. Dir scheint das gar nicht aufzufallen ... Das ist offensichtlich!«

»So beruhig dich doch«, beschwichtigte ihn Elizabeth. »Du kommst nach Hause und regst dich über die Werbung auf. Du scheinst zu vergessen, dass heute Morgen hier ein Mann gestorben ist. Glaubst du nicht, dass wir darüber sprechen sollten?«

Die Frage riss ihn jäh in die Wirklichkeit zurück. Er sah die junge Frau an und ließ seinen Blick über ihr bleiches, angespanntes Gesicht wandern, über die violetten Schatten unter ihren Augen. Es wurde ihm bewusst, wie erschöpft sie war, wenn er auch nichts von der Angst ahnte, die sie beherrschte.

Er beugte sich zu ihr hinüber, die Ellbogen auf die Knie gestützt, und wandte mit ruhiger, beschwichtigender Stimme ein:

»Mein Schatz, wir haben doch schon darüber geredet. Wir haben alles gesagt, was es zu diesem Thema zu sagen gab. Es ist nun mal passiert. Niemand kann etwas dafür. Und die Tatsache, dass wir weiter darüber reden, wird nichts daran ändern. Das Beste, was wir jetzt tun können, ist, alles zu vergessen. Das Ganze ad acta zu legen ... und schlafen zu gehen, fügte er hinzu, nachdem er einen Blick auf seine Uhr geworfen hatte. Ich muss morgen früh aufstehen.«

Er ging auf sie zu.

»Los, komm!«, sagte er, reichte ihr die Hand, löschte das Licht und führte sie zur Treppe.

Olivier glitt schnell unter die Bettdecke und kuschelte sich an Elizabeth. Sie sehnte sich nach Zärtlichkeit, Zuneigung und Mitgefühl, nicht nach Sex.

»Liebling ... Entschuldige mich«, murmelte sie und küsste ihn zärtlich auf die Wange. »Ich habe ... Ich fühle mich nicht sehr wohl.«

Olivier küsste sie schweigend zurück. Dann rollte er sich auf den Rücken, stieß einen lang gezogenen Seufzer aus und bedeckte seine Augen mit seinem Arm. Er verbarg seine Enttäuschung nur schlecht.

Nach einer Weile langte er nach ihrer Hand, drückte sie und brummelte:

»Schlaf gut, mein Schatz.«

Elizabeth lag noch lange danach wach. Ihr Herz war von unendlicher Traurigkeit erfüllt.

18

In der Nacht, die auf den Tod von Joe Lacasse folgte, hatte Elizabeth erneut einen Albtraum.

Sie spürte jemanden an ihrer Seite. Sie öffnete die Augen und wandte leicht den Kopf in der Erwartung, Olivier vorzufinden. Aber er war nicht da. Beunruhigt blickte sie um sich. Nichts war zu sehen. Nicht einmal die Wände des Zimmers, in dem sie sich befand. Alles war in Finsternis versunken. Alles, außer dem Bett, auf dem sie lag.

Ihr Atem stockte. Sie hatte Angst ... Sie wusste nicht, wo sie war. Sie versuchte aufzustehen, aber ihr bleischwerer Körper gehorchte ihr nicht. Sie konnte nur den Kopf bewegen.

Plötzlich hörte sie rechts von sich ein leises Geräusch. Ihr Herz schlug schneller. Sie schloss die Augen, kniff die Lider zusammen und beruhigte sich damit, dass sie nur träumte ... dass sie sofort aufwachen würde. Sie wollte unbedingt aufwachen!

Ihr Herz pochte wie wild in ihrer Brust ... Sie war nicht sicher, etwas gehört zu haben. Sie versuchte langsam und tief zu atmen, während sie angestrengt lauschte.

Ein flüchtiges Geräusch, ein Flüstern ... Eine Kinderstimme?

Sie riss entsetzt die Augen auf, blickte suchend in die Finsternis und rief:

»Amélie! Amélie! ... Bist du das?«

Sie hörte noch ein Geräusch zu ihrer Rechten, gefolgt von einem kristallklaren Lachen.

Wieder wandte sie langsam den Kopf zur Seite. Ihr Blick erstarrte. Da waren sie ...

Joe Lacasse stand neben dem Bett und hielt die kleine Diane in seinen mageren Armen. Das Kind sah sie lauernd an und schüttelte dabei in seinen gewölbten Händen einen Gegenstand, der ein dumpfes, leises, beinahe heiteres Geräusch hervorrief. Sie kannte dieses Geräusch – sie war sicher, es sehr oft gehört zu haben –, und dennoch konnte sie sich nicht daran erinnern, was es war ...

»Oh mein Gott! Nein!«, rief sie plötzlich in einem Anflug von Angst, als sie zwischen Dianes Händen einen Funken aufglimmen sah.

Zündhölzer! Das war das Geräusch, an das sie sich nicht erinnern konnte: kleine Stücke Holz, die im Inneren einer Schachtel aneinander stießen!

Das Kind lächelte immer noch, als es mit einer anmutigen Bewegung ein entflammtes Zündholz auf ihren Bauch fallen ließ. Entsetzt begann sie zu schreien. Dann löschte eine Hand, die aus der Dunkelheit auftauchte, die Flamme. Es war Gilbertes Hand.

»Liza! Um Gottes willen rühr dich!«, rief die kleine Haitianerin und packte sie am Arm, um sie aus dem Bett zu ziehen. »Bleib nicht da liegen! Schnell!«

Sie versuchte verzweifelt sich zu bewegen und aufzustehen.

Diane warf noch ein Zündholz auf sie herunter. Sie kreischte vor Angst und blickte Hilfe suchend zu Gilberte auf. Aber Gilberte war verschwunden, und Madame Garnier hatte ihren Platz eingenommen. Die alte Frau sah sie traurig an und sagte:

»Ich hatte Ihnen gesagt, dass Sie abreisen sollten, Madame De Blieck. Ich hatte es Ihnen gesagt, erinnern Sie sich! Fragen Sie sie ...« Sie langte hinter sich und holte Amélie hervor, legte ihr die Hand auf die Schulter und zog sie sanft zum Bett. »Fragen Sie sie! Sie werden sehen!«

»Amélie!«, schrie sie, verrückt vor Angst, als sie sah, wie Diane noch ein Zündholz auf sie warf. »Hilf mir, ich bitte dich!«

Amélie sah sie neugierig an, den Kopf leicht zur Seite geneigt, als würde sie gar nicht begreifen, was ihre Mutter von ihr erwartete.

»Warum willst du nicht spielen?«, fragte sie mit launischer Stimme. »Nie willst du spielen! Du bist die böseste Mama auf der ganzen Welt!«

Bestürzt musste sie mit ansehen, wie ihr Nachthemd in Flammen aufging.

»Mein Gott!«, weinte sie, als sie das Feuer auf ihrem Bauch spürte. »Ich will nicht sterben! Ich will nicht! Helft mir! . . . Will mir denn niemand helfen?«

Olivier fuhr aus dem Schlaf hoch. Er hörte, wie Elizabeth im Traum schrie. Sie schlug so wild um sich, dass er Mühe hatte, sie zu beruhigen und aus ihrem Albtraum zu befreien.

»Ganz ruhig«, flüsterte er in ihr Ohr. »Elizabeth! Ich bin's . . . Ich bin da! Beruhig dich, Liebling. Es ist vorbei . . . psst . . .«

Sie öffnete die Augen . . . Wilde, verstörte, entsetzte Augen . . .

»Helft mir . . . helft mir . . .«

Olivier nahm sie in die Arme und wiegte sie wie ein Baby.

»Psst . . . Es ist alles vorbei . . . Ich bin bei dir.«

Elizabeth erwachte aus ihrem Albtraum. Ihr Herz pochte wie verrückt, und ihr Körper war schweißgebadet.

»Du hast mir Angst gemacht«, sagte Olivier und küsste sie auf die Stirn.

Als er sah, dass sie ganz nass war und am ganzen Körper zitterte, zog er die Bettdecke hoch, die am Fußende lag, und deckte sie bis zum Hals zu.

»Warte«, sagte er und erhob sich. »Ich komme gleich wieder.«

Er ging ins Badezimmer, holte ein großes Badetuch, zog ihr das Nachthemd aus und rieb ihr den Rücken damit ab.

Sie ließ es sich gefallen und genoss es sehr, verwöhnt zu werden. Voller Dankbarkeit und Zuversicht vertraute sie sich Oliviers Händen an.

Sie stand früh auf, duschte, zog sich rasch an, weckte Amélie und Olivier und ging hinunter, um das Frühstück zu machen.

In der Küche herrschte eine heitere Atmosphäre. Elizabeth war guter Laune und summte einen Song von Lionel Ritchie, während sie den Tisch deckte. Sie merkte nicht, dass Olivier sich heranschlich, und ließ vor Schreck beinahe die Kaffeekanne fallen, als er seine Arme um ihre Taille legte und sie an sich drückte.

»Guten Morgen, mein Schatz«, flötete er und küsste sie auf den Hals.

Sie drehte sich um und erwiderte seinen Kuss.

»Guten Morgen, mein Liebling!«

Sie stellte die Kaffeekanne auf den Tisch, setzte sich und ließ Olivier den Kaffee eingießen, während sie Butter auf die Toastbrote strich.

»Glaubst du, dass du Amélie zum Kindergarten bringen kannst, bevor du zum Flughafen fährst?«, fragte sie.

Olivier warf einen Blick auf seine Uhr.

»Das wird ein bisschen knapp, mein Schatz«, protestierte er sanft.

»Gut . . . Dann bringe ich sie selbst hin. Das verschafft mir ein bisschen Bewegung.«

»Was dir nicht schaden würde«, bemerkte Olivier, mit einem spöttischen Funkeln in den Augen. »Ich habe zufällig festgestellt, dass du in letzter Zeit ganz ordentlich zugenommen hast.«

Er beugte sich zu ihr und wollte ihr gerade einen Kuss geben, als ein kleines braunes Köpfchen sich verstohlen zwischen sie drängte. So dass der Kuss, der Elizabeth zugedacht war, unerwartet auf Amélies Stirn landete.

»Guten Morgen, Papa!«

Sie küsste ihn und wandte sich dann an ihre Mutter.

»Guten Morgen«, sagte sie und drückte einen flüchtigen Kuss auf die mütterliche Wange.

Elizabeth wollte sie umarmen, aber Amélie entzog sich ihr, lief um den Tisch herum und setzte sich auf ihren Stuhl, die Ellbogen auf den Tisch gestützt, den Blick auf ihr Müsli gerichtet.

Sie hat ihr Schlechtwettergesicht, stellte Elizabeth fest, als sie sie einen Moment beobachtete.

Nach einem kurzen Blick auf Olivier, der mit den Achseln zuckte, als wollte er sagen: »Ich weiß auch nicht, was sie hat!«, wandte sie sich mit ihrer sanftesten Stimme an ihre Tochter:

»Amélie? Was stimmt denn nicht? . . . Was ist los?«

»Nichts.«

»Doch, doch«, beharrte Elizabeth, die den Grund für ihre miserable Laune allmählich erriet. »Ist es wegen des Kindergartens?«

Amélie warf ihr einen düsteren Blick zu und sagte:

»Ich mag nicht in den Dreckskindergarten gehen!«

Olivier gluckste, das Gesicht in seiner Serviette vergraben.

Da haben wir's, sagte sich Elizabeth, die spürte, wie sie ärgerlich wurde. Natürlich! Das konnte ja nicht gut gehen!

Sie bemühte sich, Ruhe zu bewahren, und widersprach ihr sanft:

»Amélie . . . Das ist kein *Drecks*kindergarten. Letztes Jahr hast du ihn doch ganz toll gefunden, nicht wahr? . . . Ich bin sicher, dass es dir dieses Jahr auch gefallen wird.«

»Ich will nicht dorthin!«

»Stell dich nicht so an, Amélie.«

»Ich stell mich nicht an!«, schrie das kleine Mädchen zurück.

Elizabeth zog es vor, überhaupt nicht zu reagieren, um zu verhindern, dass die Situation, die schon angespannt genug war, außer Kontrolle geriet. Sie hielt es für eine kindliche Laune; da sie nichts von Nellies Existenz wusste, ahnte sie nicht, dass das kleine Mädchen einfach nicht von seiner Spinne getrennt werden wollte, und sei es auch nur für ein paar Stunden.

Olivier machte sich fertig. Sie sah ihm dabei zu und fühlte sich bereits ein wenig verlassen.

Mein Mann geht auf seine verdammte Baustelle, sagte sie sich, meine Tochter geht in ihren verdammten *Drecks*kindergarten – ich kann der armen Kindergärtnerin nicht helfen, sie wird schon zurechtkommen . . ., und ich? Was fange ich nur mit diesem verdammten Tag an?

Elizabeth erledigte etliche Dinge, für die sie seit langem keine Zeit – oder keine Lust – gehabt hatte.

Zuerst begleitete sie ihre schmollende Tochter zum Kindergarten, und auf dem Rückweg erledigte sie ihre Einkäufe.

Nachdem sie die Vorräte verstaut, den Frühstückstisch abgeräumt und die Küche geputzt hatte, rief sie mehrere Glasereien an und fand endlich eine, die im Laufe des Vormittags vorbeikommen und das Fenster reparieren wollte. Sie gab ihnen die Maße durch und legte erleichtert auf ... Amélie hatte die Nacht im Arbeitszimmer ihres Vaters verbringen müssen, was sie sehr geärgert hatte. Wahrscheinlich war das im Übrigen auch der Grund, sagte sich Elizabeth, warum ihre Tochter diesen Morgen so schlechter Laune war.

Dann rief sie bei ihrem Zahnarzt an und bestätigte den morgigen Termin. Ihr letzter Anruf galt Gilberte, die sehr beschäftigt war – sie hatte keine Zeit für eine Unterhaltung –, ihr aber versprach, im Lauf des Tages zurückzurufen.

Sie stieg die Treppe hinauf und hielt dabei den Staubsauger mit beiden Händen. Dann saugte sie Amélies Zimmer, wobei sie sich zwang, nicht daran zu denken, was sich hier am Vortag abgespielt hatte. Wahrscheinlich musste sie noch einmal saugen, wenn die Handwerker mit dem Fenster fertig waren, aber aus Sicherheitsgründen zog sie es vor, die Glasscherben sofort zu entfernen.

Sie verbrachte den Vormittag mit Hausarbeit. Nachdem sie das Wohnzimmer fertig aufgeräumt hatte, streckte sie sich einen Moment auf dem Sofa aus, da sie starke Rückenschmerzen hatte, und schlief dabei ein.

Als sie erwachte, war es bereits 14 Uhr 45 und sie hatte nur noch eine knappe Viertelstunde Zeit, um Amélie vom Kindergarten abzuholen.

Sie erreichte den Kindergarten, außer Atem, aber pünktlich, genau in dem Augenblick, als Amélie auf den Hof stürzte.

Das kleine Mädchen sah sie sofort und lief auf sie zu, wobei ihre Brotzeittasche gegen ihre Waden schlug. Sie sah fröhlich drein und ihre Augen funkelten lebhaft.

»Na!«, sagte Elizabeth. »Das sieht ja fast so aus, als hättest du einen schönen Tag gehabt. War es heute lustig?«

»Und wie! ... Ein Junge hat sich überall mit Farbe vollgekleckert ... Er hat eine Menge Dummheiten gemacht. Das war vielleicht komisch! Wir haben uns alle gebogen vor Lachen!«

»Das glaube ich gerne ... Und was hat die Kindergärtnerin dazu gesagt?«

»Nichts! ... Sie hat die Leiterin geholt. Danach ist sie mit dem Jungen weggegangen, um ihn zu waschen.«

Sie gingen Hand in Hand, Elizabeth verlangsamte absichtlich ihren Schritt. Als sie in die Avenue Somerville einbogen, erkundigte sie sich beiläufig:

»Und du, Amélie? Warst du brav? Hast du keine Dummheiten gemacht?«

»Nein!«, entgegnete das Kind mit fester Stimme.

Elizabeth fragte sich, auf welche ihrer beiden Fragen sich die Antwort ihrer Tochter bezog. Während sie die Außentreppe hinaufstiegen, wühlte sie in ihrer Tasche nach dem Hausschlüssel.

»Mama? Was ist eine ... *Bedienleitung*?«

»Eine was, Liebling?« fragte Elizabeth zerstreut.

Sie suchte fieberhaft nach ihren Schlüsseln, kauerte sich plötzlich nieder und begann ihre Tasche auf dem Treppenabsatz auszuleeren.

Amélie verlor die Geduld und rief ärgerlich:

»Mama!«

»Ja ... entschuldige mich, Liebling. Eine *Bedienleitung* sagst du?« Sie hatte ihre Schlüssel gefunden und stopfte alle Sachen in die Tasche zurück. »Ich habe keine Ahnung«, erwiderte sie und sah Amélie an. »Ich habe ... Wo hast du das aufgeschnappt?«

»Die Kindergärtnerin hat es heute Vormittag gesagt.«

»Ach! ... Und warum hat die Kindergärtnerin das gesagt?«, erwiderte Elizabeth neugierig.

»Weil ich nicht Ball spielen wollte.«

»Warum nicht?«

Die Hände in die Hüften gestemmt, sah Amélie ihre Mutter an, als wäre sie auf den Kopf gefallen.

»Aber Mama, das weißt du doch ... Ich hasse diese Drecksballspiele ... Sie sind albern!«, stellte sie fest, wobei sie das letzte Wort in herrlich verächtlichem Ton ausspuckte.

»Ja, ich weiß«, entgegnete Elizabeth, nur mühsam das Lachen unterdrückend, das ihr in der Kehle kitzelte, wenn sie sich die Szene vor Augen führte. »Also, die Kindergärtnerin hat gesagt ... Was hat sie noch gesagt?«

Amélie schloss die Augen, um sich besser konzentrieren zu können, und rezitierte mit monotoner Stimme, als handelte es sich um irgendein unbekanntes Gedicht, das sie auswendig gelernt hatte:

»Sie hat gesagt: ›Gewisse Eltern sollten ihr Kind mit einer … *Bedienleitung* in den Kindergarten schicken.‹«

»Ach so!«, rief Elizabeth aus, die plötzlich begriff. »Eine Bedienungsanleitung wolltest du sagen«, korrigierte sie sie lächelnd, das Gelächter immer noch mühsam unterdrückend.

Sie lächelte in sich hinein, als sie die Tür aufschloss, kicherte ganz unverblümt, als sie die Diele betrat – gefolgt von einer gekränkten und wütenden Amélie –, und brach in schallendes Lachen aus, während sie sich auf das Wohnzimmersofa sinken ließ.

Nachdem sie sich vergewissert hatte, dass die Fenster im Erdgeschoss alle geschlossen und die Türen – die Küchentür, die in den Garten führte, sowie die Haustür – gut verriegelt waren, machte sie unten die Lichter aus.

Von der Hausarbeit erschöpft, hatte sie beschlossen, früh schlafen zu gehen. Amélie war schon im Bett und wartete darauf, ihr ihre Gutenachtgeschichte zu erzählen.

Eine ganz kurze Geschichte, und danach wird geschlafen, sagte sich Elizabeth, während sie sich mühsam die Treppe hinaufschleppte.

Olivier und Gilberte hatten gerade angerufen, daher würde sie nicht mehr durch das Telefon gestört werden.

Als sie das Zimmer betrat, warf Elizabeth unwillkürlich einen Blick auf das Fenster. Die Tatsache, dass es wieder intakt war, gab ihr ein Gefühl der Geborgenheit und »Normalität« und schuf die vollkommene Illusion, dass sich in diesem Zimmer niemals etwas Außergewöhnliches oder Anormales zugetragen hatte.

Sie trat zum Bett und machte es sich neben Amélie bequem, die sich sogleich an sie schmiegte.

»Also, hast du dir eine Geschichte ausgesucht?«, fragte Elizabeth und schob mit dem Finger eine Haarsträhne zurück, die über die grünen Augen fiel.

»Rotkäppchen!«, antwortete Amélie begeistert.

Gut, sagte sich Elizabeth, bereiten wir uns auf die sechsundfünfzigste Version vor.

Sie rückte sich das Kopfkissen zurecht und meinte:

»Los, mein Schatz. Ich höre dir zu.«

Amélie schloss einen Moment die Augen, um sich inspirieren zu lassen, öffnete sie wieder und begann:

»Also ... Es war einmal ein Rotkäppchen, das keine Mama hatte ... Es hatte nur eine kleine Katze, die es verstecken wollte, weil der böse Dreckswolf sie fressen wollte, und dann ...«

»Wie kommt es, dass es keine Mama hatte?«, unterbrach sie Elizabeth verdutzt.

»Nun ... ich weiß nicht ... vielleicht war sie tot?«, mutmaßte Amélie und riss die Augen weit auf.

»Ach! ... Das kleine Mädchen war bestimmt sehr traurig darüber, nicht wahr?«

»Nun ... Im Kindergarten gibt es ein kleines Mädchen, das keine Mutter hat, und sie ist gar nicht traurig!«

»Wärst du denn nicht traurig?«, fragte Elizabeth und tätschelte ihre Wange.

»Mama! Du bringst meine ganze Geschichte durcheinander«, rief Amélie verärgert und vermied so eine Antwort.

Das war eine idiotische Frage, sagte Elizabeth sich sofort und bereute, sie überhaupt gestellt zu haben.

Sie lächelte ihrer Tochter aufmunternd zu und murmelte:

»Entschuldige mich ... Ich verspreche, kein Wort mehr zu sagen. Los, erzähl weiter.«

»Also ... sie wusste nicht, wo sie ihre kleine Katze verstecken sollte ... Sie wollte nicht in ihrer Brotzeittasche bleiben, aber sie hat sie trotzdem hineingesteckt, weil sie ihre Großmutter besuchen wollte, die im Zauberwald wohnte. Unterwegs ist sie einem großen Drecksriesen begegnet, der ihre Brotzeittasche stehlen wollte, da hat die kleine Katze ihn sehr fest in den Finger gebissen ... der hat geblutet und geblutet und geblutet und ist so dick wie eine Banane geworden. Deshalb konnte ihn der Riese nicht mehr in seine Nase stecken.«

Amélie brach in schallendes Gelächter aus. Elizabeth stimmte mit ein. Seit dem Beginn der Geschichte hatte sie sich darauf gefasst gemacht, dass sie zumindest teilweise leicht oder deutlich skatologisch war.

»Der Riese weinte wegen seines Fingers und fürchtete sich vor der Katze, deshalb ist er schnell in den Zauberwald geflohen, und weil er so schnell rannte, hat er den bösen Dreckswolf nicht gesehen und ist ganz unabsichtlich auf ihn getreten, und dann ... war der Wolf sehr ärgerlich, weil viele Haare seines Fells ausgerissen waren ...«

Elizabeth fuhr aus dem Schlaf hoch und fragte sich, wo sie war. Sie merkte bald, dass sie in Amélies Bett eingeschlafen war. Das Kind hatte das Licht ausgemacht und schlief an ihren Bauch geschmiegt. Seltsam gerührt, drückte sie einen zärtlichen Kuss auf den Kopf ihrer Tochter. Dann machte sie sich sanft los und schlich auf Zehenspitzen aus dem Zimmer.

In jener Nacht schlief sie glücklich, heiter und zuversichtlich ...

19

Am letzten Septemberwochenende fuhren sie alle drei nach Vendée. Elizabeth hatte ihre monatliche Untersuchung bei Doktor Déry um einen Tag vorverlegt, und Olivier hatte sich wieder den Freitag freigenommen. Er brauchte Erholung und wollte die letzten schönen Herbsttage ausnutzen.

Es war Altweibersommer ... Die letzten Anstrengungen einer immer mehr an Kraft verlierenden Sonne, die Erde zu erwärmen, die bald unter Schneemassen begraben und durch die schneidende Kälte eines langen Winters gefroren sein würde. Elizabeth fuhr, während Olivier, der eine anstrengende Woche hinter sich hatte, neben ihr schlief. Die drohende Gefahr eines Streiks im Bauwesen war gerade noch vermieden worden. Nach einigen äußerst großzügigen Angeboten der Arbeitgeber und lobenswerten Bemühungen der Gewerkschaft, eine Einigung zu erzielen, hatte sich die Lage wieder normalisiert – es hatte übrigens keine wesentlichen Veränderungen gegeben –, und Olivier konnte einen Tag Urlaub nehmen.

Am späten Vormittag waren sie in Vendée angekommen. Nachdem sie das Gepäck hereingeholt und eine Kleinigkeit zu Mittag gegessen hatten, war es dennoch bereits nach 14 Uhr, als sie sich in den Wäldern befanden, nachdem sie einstimmig beschlossen hatten, einen langen Spaziergang zu machen, »um die Lungen zu reinigen«, wie Olivier es ausgedrückt hatte.

An einer Wegbiegung waren sie, starr vor Bewunderung, vor einem Wäldchen aus weißen Birken stehen geblieben. Ihr goldgelb schimmerndes Blätterwerk strahlte einen ganz besonderen Zauber aus, so als hätte man es fein ziseliert, zusammengefügt und gefasst, wie eine riesige Goldschmiedearbeit, die man dann in ungewöhnlicher Umgebung – inmitten eines Waldes – zur Schau gestellt hatte.

Sie gingen weiter. Nach einer Weile rasteten sie kurz an einem Bach und wollten danach den Heimweg antreten.

Entlang des Baches lag ein toter Baum. Elizabeth und Olivier ließen sich darauf nieder, während Amélie, die sich nicht setzen wollte, sich genüsslich in den Blättern und Tannennadeln wälzte, die fast den ganzen Boden bedeckten.

Das kleine Mädchen hob die Blätter mit beiden Händen auf und warf sie vor Vergnügen jauchzend in die Luft. Nach einer Weile fragte sie:

»Mama? ... Warum verlieren die Bäume ihre Blätter?«

Elizabeth kaute auf einem Grashalm herum und sah verträumt dem Lauf des Baches nach. Sie war in poetischer Stimmung und erklärte:

»Sie ziehen sich aus, bevor sie schlafen gehen. Wie du. Nur dass sie ein bisschen länger dazu brauchen. Der Wind nimmt ihnen ihre Blätter weg, eines nach dem anderen, und das dauert Tage und Wochen. Wenn sie dann endlich entblättert sind, fällt der Schnee auf sie und schenkt ihnen ein Nachthemd, das ganz weiß ist ...«

»Und funkelnd«, ergänzte Olivier.

»Und kalt!«, stellte Amélie klar.

»Genau! Ihr habt alles verstanden! Los ... Gehen wir nach Hause«, schlug Elizabeth vor und stand auf.

Am Dienstag, dem 30. September, also auf den Tag genau vier Wochen nach dem Tod von Joe Lacasse, saß Charles Lindsay in seinem Büro und sah seine Korrespondenz durch.

»Heilige Mutter Gottes!«, rief er aus, als er einen in Los Angeles abgestempelten Umschlag entdeckte. »Das hat ja ewig gedauert!«

Es war die erste Antwort auf die zahlreichen Briefe, die er so ziemlich überallhin in die Vereinigten Staaten und nach Kanada geschickt hatte.

Er las den Brief zweimal und seufzte enttäuscht. Vor allem der letzte Absatz hatte seine Aufmerksamkeit erregt:

»Zusammenfassend kann man also sagen, lieber Kollege, dass alle Symptome mit denen eines Todes identisch sind, der durch ein starkes neurotoxisches Gift verursacht wurde. Schade, dass Sie keinerlei Spuren eines Bisses entdeckt haben. Und das ist noch nicht alles! Nach Aussage eines afrikanischen Arztes, der mit uns zusammenarbeitet, ist nur das Gift einer Königskobra oder einer Schwarzen Mamba stark genug, um einen so raschen Tod herbeizuführen.«

Das Ganze wird immer komplizierter, dachte Charles verärgert. Die Antwort, die er erhalten hatte, war bei weitem nicht die, die er erwartet hatte. Mit einer schroffen, nervösen Bewegung griff er nach dem Telefon. Nach dem dritten Läuten antwortete eine raue Stimme:

»Bezirk dreiundzwanzig. Sergeant Lafontaine . . .«

»Ich möchte bitte Inspektor Santini sprechen.«

»Wer spricht, bitte?«

»Doktor Lindsay vom gerichtsmedizinischen Institut.«

»Bleiben Sie dran.«

Charles hörte es ein paar Mal klicken, dann meldete sich eine ernste, tiefe Stimme.

»Lindsay? . . . Haben Sie Neuigkeiten?«, fragte Gabriel Santini.

»Ja. Von einem Pathologen aus Los Angeles.«

»Gut. Also?«

»Seiner Meinung nach ist Joe Lacasse von einer Schlange gebissen worden!«

»Ist das möglich?«

»Sagen Sie, Santini, wollen Sie sich über mich lustig machen? Wir sind hier nicht in Afrika . . . Haben Sie vielleicht schon Schlangen gesehen, die seelenruhig in den Straßen von Montreal spazieren gehen? Das ist kompletter Unsinn.«

»Aber nehmen wir einmal an, wir wären in Afrika«, entgegnete

Inspektor Santini, den Charles Lindsays Sarkasmen kalt ließen. »Würde diese Theorie dann standhalten?«

»Ganz und gar nicht ... Ich hätte an der Leiche Spuren eines Bisses entdecken müssen.«

»Haben Sie daran gedacht?«

»Hören Sie, mein Lieber ... Mir müssen Sie nicht beibringen, wie man eine Autopsie durchführt!«, knurrte Charles, der die Anspielung verstand und aggressiv reagierte, mit wütender Stimme.

»Ich finde Sie ziemlich nervös, Doktor Lindsay«, versetzte der Inspektor beschwichtigend.

»Ich bin nicht nervös! Sie machen mich nervös!«, brüllte er. »Was glauben Sie eigentlich? ... Jeder Quadratzentimeter der Haut dieses Kerls ist unter die Lupe genommen worden. Selbst wenn er von einer Schnecke gebissen worden wäre, hätte ich es gesehen ... Wenn ich etwas Neues habe, rufe ich Sie an.«

Inspektor Santini hörte ein plötzliches, lautes Klicken. Sein Gesprächspartner hatte einfach aufgelegt.

Mit mürrischer, sorgenvoller Miene sah Doktor Lindsay seine restliche Korrespondenz durch. Die Antwort aus Los Angeles hatte ihn viel mehr verwirrt, als er sich eingestehen wollte.

Er stieß auf einen anderen Brief, der aus einem Pathologie-Labor in New York stammte und gleichfalls ein neurotoxisches Gift als mögliche Todesursache nannte, aber keinerlei Erklärung dazu gab, wie dieses Gift eingenommen werden konnte.

Er zog das Telefon zu sich heran, hob den Hörer ab, wählte die Nummer des Allgemeinen Krankenhauses von Montreal und verlangte die Notaufnahme.

»Doktor Beauregard. Was ist ...?«

»Beschäftigt, Kleiner?«, unterbrach Charles seinen Neffen.

Philippe erkannte seine Stimme und hoffte sogleich, dass er ihm etwas Neues über Joe Lacasse sagen konnte. Er entgegnete:

»Es geht. Hast du etwas Neues?«

»Ich habe heute Morgen zwei Briefe erhalten. Kannst du vorbeikommen?«

»Gib mir eine Stunde Zeit, dann erledige ich hier alles und komme«, antwortete Philippe. »Ist das in Ordnung?«

»Ich muss eine Autopsie durchführen ... aber das macht nichts«, versetzte Charles. »Ich kann sie auf heute Nachmittag verlegen. Mein Patient wird sicher nicht ungeduldig«, fügte er hinzu, nur um seinen Neffen zu necken, der diese Art von Witz verabscheute.

Und in der Tat beendete Philippe das Gespräch ein wenig schroff.

Fünfzig Minuten später ...

»Setz dich, Kleiner, und sieh dir das an«, sagte Charles und reichte dem jungen Mann die Briefe, von denen er gesprochen hatte.

Während Philippe sie aufmerksam las, beobachtete ihn sein Onkel und fingerte nervös an einem Bleistift herum. Als er aufsah, fragte Charles ihn rasch:

»Was hältst du davon?«

»Ich weiß nicht«, gab Philippe vorsichtig zu. »Diesem Brief zufolge stimmen alle Indizien überein ... außer dem Fehlen einer Bisswunde natürlich.«

Charles warf ihm einen skeptischen Blick zu.

»Willst du mir damit vielleicht sagen, dass du an dieses dumme Geschwätz glaubst?«, versetzte er mit schroffer Stimme.

»Wenn du Spuren eines Bisses entdeckt hättest, hättest du dann etwa nicht daran geglaubt?«

Charles brach in schallendes Gelächter aus.

»Heilige Mutter Gottes! ... Ich sehe schon die Schlagzeilen vor mir«, konterte er, immer noch lachend: »BERÜHMTER PATHOLOGE AUS MONTREAL ERKLÄRT ... Unglaublich, aber wahr! Ich bin dem Kerl begegnet, der im Westen der Stadt von einer Giftschlange gebissen wurde! Er existiert! Ich habe ihn obduziert!«

»Warum nicht!«, rief Philippe aus, verärgert durch den arroganten Ton seines Onkels. »Jeder Irre kann sich leicht eine Schlange beschaffen ... selbst in Montreal. In einem Zoo, einem Labor, einer exotischen Tierhandlung. Also? Ich sehe nicht, was daran so absonderlich ist.«

»Es ist nicht absonderlich. Es ist völlig verrückt ... Wahnsinn! Auf jeden Fall gibt es keinerlei Bissspuren. Wir werden doch nicht einfach welche erfinden, oder?«

Charles erhob sich, trat zu Philippe und legte eine Hand auf seine Schulter.

»Gut. Vergessen wir das Ganze erst einmal«, schlug er vor, da er die Verärgerung und Enttäuschung seines Neffen spürte. »Wir werden uns doch nicht wegen zwei Briefen streiten. Ich schlage vor, wir warten ab, bis wir weitere Antworten bekommen. Danach sehen wir weiter. Einverstanden, Kleiner?«

Philippe nickte schweigend.

Der erste Schnee des Winters fiel am Vormittag des letzten Freitags im Oktober, dem Tag vor Allerheiligen.

Eine dunkle Wolkendecke hing über der Stadt und ließ die Nacht früher als sonst hereinbrechen. Die düstere Stimmung passte hervorragend zu Halloween.

Elizabeth fuhr mit dem Taxi von Doktor Déry nach Hause und blickte verträumt auf die dicken Schneeflocken, die gegen die Scheiben prallten und sich sogleich in Wassertropfen verwandelten.

Sie dachte an ihr letztes Wochenende in Vendée. Drei Tage von seltener Süße, erfüllt von Sonne, Liebe, zärtlichen Momenten und Lachen ... in gewisser Weise eine Atempause voller Glück. Ihre Hochstimmung hatte die ganzen letzten Wochen angehalten, trotz Oliviers häufiger Abwesenheit wegen der Baustelle in Quebec. Und trotz der unzähligen Wutausbrüche ihrer Tochter, die sie sich im Übrigen nicht erklären konnte, da sie nichts von Nellies Existenz und Amélies riesiger Enttäuschung wusste, wenn sie an den Tagen, an denen sie in den Kindergarten gehen musste, von ihrer Spinne getrennt war.

Sie stieg bei dem Laden an der Ecke aus, um einen Kürbis zu kaufen – das unverzichtbare Accessoire für Halloween –, den sie unbedingt schmücken wollte, bevor sie Amélie im Kindergarten abholte. Sie nahm den größten, den sie finden konnte.

Kaum war sie zu Hause angekommen, ging sie in die Küche und stellte den Kürbis mitten auf den Tisch. Zunächst schnitt sie oben einen Deckel weg und höhlte ihn aus, dann schnitt sie noch zwei Löcher in die Schale: eins in Form eines Dreiecks für die Nase und ein bananenförmiges für den Mund. Mit einem schwarzen Filzstift malte sie ein paar Zähne und zwei große Kreise für die Augen, in deren Mitte sie als Iris eine Olive befestigte. Dann stellte sie eine kleine Kerze in den Kürbis, die ihn von innen her beleuchtete, setzte den abgeschnittenen Deckel wieder auf und schmückte ihn mit einem Bund Petersilie, das sie geschickt zerwühlte ... Amélie hatte am Vormittag erklärt, dass der Kürbis krause Haare haben sollte.

Elizabeth trat einen Schritt zurück, um ihr Werk zu begutachten. Sie fand das Ergebnis durchaus zufrieden stellend. Es war das erste Halloween für ihre Tochter, und sie legte großen Wert darauf, dass alles perfekt war.

Sie trug den Kürbis zum Wohnzimmerfenster und ging in die Küche zurück, um sich ein Sandwich zuzubereiten. Die Zeit reichte nur für einen kleinen Imbiss, da sie noch Amélies Kostüm fertig nähen musste, an dem sie bereits die ganze Woche gearbeitet hatte. Das kleine Mädchen hatte sich selbst ein Thema ausgesucht – eine Spinne – und die Farben dazu. Elizabeth hatte die Idee ein wenig seltsam gefunden, ihrer Tochter jedoch versprochen, alles so zu machen, wie sie es wollte.

Sie begann zu nähen und wurde dabei nur durch die Fußtritte gestört, die das Baby ihr von Zeit zu Zeit versetzte.

Amélie wollte sich ganz alleine anziehen, um sie zu überraschen. Elizabeth gab ihr das Kostüm und die Maske, nachdem sie mit ihr zusammen die Pullover und Strumpfhosen ausgesucht hatte, die sie unter ihrer Verkleidung tragen sollte, um sich nicht zu erkälten.

»Wenn du Hilfe brauchst, rufst du«, sagte Elizabeth ihr, bevor sie die Treppe hinunterging.

Sie betrat das Wohnzimmer, vergewisserte sich, dass keinerlei Brandgefahr bestand, und zündete die Kerze an, die in dem ausgehöhlten Kürbis stand. Dann setzte sie sich mit einer Zeitschrift auf das Sofa, um sich die Zeit zu vertreiben, während sie auf ihre Tochter wartete.

Das Geräusch von Schritten im Obergeschoss ließ sie aufblicken. Erneut versuchte sie sich vorzustellen, wie Amélie wohl in ihrem Kostüm aussehen würde. Aber wieder gelang es ihr nicht, die Bilder in ihrem Kopf zusammenzufügen ... Als ob sie alle Teile eines Puzzle hätte, ohne sie nebeneinander legen zu können, da sie alle zu verschiedenen Spielen gehörten. Es war seltsam und ärgerlich zugleich.

Als sie hörte, wie das kleine Mädchen die Treppe herunterkam, zwang sie sich dazu, sich wieder in ihre Zeitschrift zu vertiefen, um ihr die Überraschung nicht zu verderben.

»Mama ... Mama«, sagte Amélie ganz leise.

Elizabeth lächelte und hob den Blick.

Sie sah das Kind, das auf der Türschwelle stand und die Arme nach ihr ausstreckte: Eine ganz in Schwarz gekleidete Gestalt mit einem riesigen roten Herz mitten auf der Brust. Ihr Lächeln gefror und verschwand plötzlich aus ihrem Gesicht. Sie betrachtete Amélie mit starrem, ein wenig abwesendem Blick, wobei sie das seltsame und sehr deutliche Gefühl beschlich, die gleiche Situation schon einmal erlebt zu haben. An diese Szene erinnerte sie sich ... sie wusste aber weder wo, noch wann sie sie *erlebt* hatte.

Panische Angst ergriff sie. Sie holte tief Luft und versuchte sich aus dem eisernen Griff zu befreien, der ihr die Kehle zuschnürte.

Die Angst hatte ihren Platz wieder eingenommen und würde ihr fortan keinen Aufschub mehr gewähren.

20

Nach zahlreichen Diskussionen zwischen den Ehegatten hatte sich Oliviers Arbeitszimmer völlig verändert. Es war »das zukünftige Zimmer des Babys«, wie Olivier sagte, oder »das Zimmer des zukünftigen Babys«, wie Elizabeth sagte ... Der einzige Punkt, in dem sie keine Einigung erzielten.

Elizabeth saß auf einem Stuhl mitten im Zimmer des zukünftigen Babys, entwarf Skizzen und nahm von Zeit zu Zeit Maß, um zu sehen, wo sie die Möbel aufstellen sollte, die eine Mutter und ihr Neugeborenes unbedingt brauchten.

Sie hatte bereits das Fenster und die Türe frisch gestrichen und die Wände mit einer hübschen pastellfarbenen Tapete versehen, die dem Zimmer ein fröhliches, frisches Aussehen verlieh.

Sie sah von ihrem Zeichenblatt auf, und ihr Blick fiel zufällig auf das Fenster. Sie fragte sich, welche Vorhänge wohl in das Zimmer passten, als das Telefon klingelte und sie aus ihren Gedanken riss. Sie ließ Schreibtafel und Stift fallen und stürzte ins Schlafzimmer.

Für eine Frau, die im siebten Monat schwanger war, bewegte sie sich unglaublich flink und behände.

Sie nahm den Hörer ab und meldete sich.

»Elizabeth? Geht es dir gut?«, fragte Olivier mit merkwürdiger Stimme.

»Nun ... Ja, es geht mir gut. Und dir?«, versetzte sie und machte sich darauf gefasst, dass er ihr etwas Unangenehmes zu sagen hatte.

»Hör zu, mein Schatz. Wir haben hier einen Schneesturm ...«

»Und du kommst heute Abend nicht nach Hause«, beendete Elizabeth den Satz mit enttäuschter Stimme.

»Es tut mir Leid ... wirklich. Gerade eben hat man die Schließung des Flughafens bekannt gegeben. Ich glaube nicht, dass ich vor morgen Abend nach Hause komme ... Gibt es in Montreal keinen Sturm?«

»Nein. Ich bin sicher, dass es ausgerechnet dich trifft, um dich zu ärgern.«

Sie lächelte unwillkürlich, da sie wusste, wie sehr Olivier den Winter verabscheute.

»Was machst du mit deinem Arzttermin? Glaubst du, dass du rechtzeitig einen Babysitter findest?«

»Ich werde meine kleine Freundin um Rat bitten. Ich bin sicher, dass sich unter ihren Verwandten jemand findet.«

»Ich hoffe es für dich, mein Schatz.«

»Rufst du mich heute Abend wieder an?«

»Wann bist du voraussichtlich wieder zu Hause?«

»Gegen halb neun.«

»Einverstanden. Ich rufe dich um neun an ... Ich muss jetzt aufhören.«

Elizabeth hörte Kussgeräusche, dann legte er auf. Sie warf einen Blick auf ihre Armbanduhr, stellte fest, dass sie noch Zeit hatte, einen Babysitter zu finden, und wählte die Durchwahl von Gilbertes Büro.

Gilbertes Stimme klang hell und fröhlich:

»Hallo, meine Schöne! Was kann ich für dich tun?«

»Einen Babysitter für mich finden, für heute Abend sieben Uhr.«

»Schon wieder!«, rief Gilberte aus. »Was macht deine Tochter mit ihren Babysittern? Frisst sie sie auf, oder was?«

»Schlimmer! Sie sperrt sie in den Keller ein. Das hat sie jedenfalls mit dem Mädchen gemacht, das du mir letzte Woche geschickt hast. Die Arme musste über zwei Stunden in der ›Schwärze der Finsternis‹ ausharren, wie Amélie sagen würde ... Die Glühbirne war ausgebrannt.«

Gilberte brach in schallendes Lachen aus.

»Als ich klein war, wäre ich nie auf solche Ideen gekommen. Deine Tochter ist wirklich etwas Besonderes! ... Hast du erfahren, warum sie sie eingesperrt hat?«

»Ich konnte nichts aus Amélie herausbekommen. Was das junge Mädchen anbelangt ... sie hat sich schleunigst aus dem Staub gemacht und mich dabei übel beschimpft. Also kannst du dir vorstellen ...«

»Sag mal«, unterbrach sie Gilberte, »sollte der Architekt nicht auf die Kleine aufpassen?«

»Er ist in Quebec und völlig eingeschneit.«

»Was macht er nur immer? ... Gut, ich werde sehen, was ich tun kann. Wenn ich keinen finden kann, komme ich selbst. Einverstanden?«

Sie legte auf, bevor Elizabeth sich verabschieden konnte.

Sie traf um 18 Uhr 50 ein, gut gelaunt wie immer, mit einigen Schneeflocken auf den Schultern.

Amélie hatte bereits zu Abend gegessen, und Elizabeth zog sich gerade fertig an. Sie half Gilberte aus ihrem Mantel.

»Stirb nicht vor Hunger«, meinte Elizabeth mütterlich besorgt, während sie sich auf die Bank in der Diele setzte, um sich die Stiefel anzuziehen. »Der Kühlschrank ist prallvoll. Fühl dich wie zu Hause.«

»Wie immer«, entgegnete Gilberte.

Sie half ihr in den Mantel und fügte hinzu:

»Los ... Mach dich aus dem Staub.«

»In spätestens eineinhalb Stunden bin ich wieder da.«

»Lass dir so viel Zeit, wie du willst. Ich bin frei wie ein Vogel.«

»Amélie ist in ihrem Zimmer«, sagte Elizabeth ihr noch, bevor sie ging.

Gilberte sah sie in das Taxi steigen, das seit gut fünf Minuten auf sie wartete. Sie schloss die Tür wieder und ging zu Treppe. Sie wollte dem kleinen Mädchen Guten Tag sagen und sich dabei vergewissern, dass es keine Dummheiten machte.

Amélie lag bäuchlings auf ihrem Bett und sah sich ein Bilderbuch an.

»Hallo!«, rief Gilberte, als sie das Zimmer betrat.

Sie ging zu ihr, beugte sich zu ihr hinunter und küsste sie auf die Wange.

»Ich gehe in die Küche und mache mir etwas zu essen. Ich habe Hunger«, erklärte Gilberte. »Kommst du mit oder bleibst du hier?«

»Ich bleibe hier«, erwiderte Amélie.

»Gut. Wie du willst.«

Sie strich mit einem Finger die Haarsträhne zurück, die Amélie in die Augen fiel und tätschelte zärtlich ihre Wange, bevor sie hinausging. Auf der Türschwelle blieb sie stehen und drehte sich nach dem Kind um, das sie nicht aus den Augen gelasssen hatte.

»Mach keinen Unsinn«, riet sie ihr, bevor sie das Zimmer verließ.

Amélie konnte es kaum erwarten, endlich allein zu sein. Sie stand auf ... und schloss leise die Tür. Dann nahm sie Nellies Haus aus dem Regal und stellte es neben dem Bett auf den Boden.

»Warte«, flüsterte sie. »Ich mache dir auf.«

Sobald sie die Fassade herabgelassen hatte, schlüpfte Nellie aus ihrem Versteck. Sie verharrte einen Moment regungslos, auf den Hinterbeinen aufgerichetet, und sprang dann mit einem gewaltigen Satz auf Amélies Knie. Das kleine Mädchen bog sich vor Lachen.

Gilberte öffnete plötzlich die Augen. Sie hatte auf dem Sofa im Wohnzimmer eine Zeitschrift gelesen und war dabei eingeschlafen. Sie sah auf ihre Uhr. Es war 20 Uhr 10. Elizabeth würde bald nach Hause kommen.

Sie lauschte einen Moment. Nichts. Kein Laut. Es herrschte eine beinahe bedrückende Stille.

Sie langte sich an den Hals. Er war völlig ausgetrocknet, und sie hatte Mühe beim Schlucken. Sie stand auf und ging in die Küche, um etwas zu trinken. Als sie am Thermostat vorbeikam, warf sie einen Blick darauf: 22° C. Sie stellte die Temperatur zwei Grad niedriger ein und dachte lächelnd daran, wie sie Elizabeth wegen der Energieverschwendung ausschimpfen würde.

Sie verließ die Küche und ging zur Treppe. Die Vorsicht mahnte sie nachzusehen, was Amélie trieb.

Als sie oben ankam, bemerkte sie sofort, dass die Zimmertür wieder geschlossen worden war. Auf Zehenspitzen schlich sie näher. Sie wollte keinen Lärm machen, falls das kleine Mädchen bereits schlief.

Sie legte das Ohr an die Tür, um zu lauschen. Dabei hörte sie ein Murmeln, eine Art Flüstern, das ihre Neugier weckte. Sie fragte sich, mit wem das Kind wohl sprach. Plötzlich fühlte sie sich unwohl. Obwohl ihre Hand bereits auf dem Türgriff lag, widerstrebte es ihr, sie zu öffnen. Die Situation erinnerte sie an eine Wundertüte, die sie als Kind hatte, und an die Angst, die sie jedes Mal empfand, wenn sie sie öffnete. Es war völlig idiotisch ... sie wusste genau, was darin war, und dennoch gelang es ihr nie, dieses Gefühl der Beklemmung zu überwinden.

Sie schalt sich eine Närrin und beschloss, die Tür zu öffnen.

Amélie, die Gilberte den Rücken zuwandte, hatte sie weder gesehen noch hereinkommen gehört. Bäuchlings auf dem Boden liegend, war sie ganz und gar in das Spiel vertieft – einen Hindernislauf –, das sie für Nellie erfunden hatte. Sie spornte sie an, über eine Dose zu klettern, die mit Wasser gefüllt war und einen Bach darstellen sollte, indem sie ihr zärtliche Worte zuflüsterte und sie mit dem Zeigefinger anstieß. Nellie zeigte sich äußerst unwillig, da sie ganz und gar keine Lust hatte, nass zu werden.

Plötzlich richtete die Spinne sich in Angriffsstellung auf den Hinterbeinen auf. Nellies seltsames Verhalten alarmierte Amélie. Sie spürte, dass etwas nicht normal war, und drehte sich langsam um. Zehn Schritte von ihr entfernt stand Gilberte, wie versteinert. Ihr Gesicht war aschfahl geworden, und ihre Augen schienen aus den Höhlen zu treten.

Sie hat sie gesehen!, schoss es Amélie durch den Kopf.

Das kleine Mädchen rührte sich nicht und sagte kein Wort, da es nicht wusste, was es tun sollte. Jetzt war es zu spät, um Nellie zu verstecken.

Gilberte hob langsam die Hand und deutete mit einem starren Finger auf die Spinne.

»Amélie«, stieß sie mühsam hervor. »Was ist …?«

Ihre Stimme versagte, und sie schwieg.

Starr vor Schrecken erinnerte sie sich an die albtraumhaften Geschichten, die sie in ihrer Kindheit über die Spinnen ihrer Heimat gehört hatte … über ihren Großvater, der an den Folgen des Bisses einer Vogelspinne gestorben war.

Sie ließ den Arm sinken und beendete den Satz mit mühsam beherrschter Stimme:

»Was ist das für ein … Ding?«

»Eine Spinne …«

»Ich sehe selbst, dass das eine Spinne ist, verdammt noch mal! Woher hast du sie?«

»Ich habe sie im Garten gefunden.«

Großer Gott! Das ist nicht wahr! Ich träume …

»Weiß deine Mutter, dass diese … Spinne in deinem Zimmer ist?«, fragte Gilberte, wobei ihr die Idiotie dieser Frage sogleich bewusst wurde.

Natürlich nicht, dachte sie und sah Amélie an, die sie auf eine seltsame Art beobachtete. Liza weiß es sicher nicht.

Amélie wollte ihr antworten, dass sie es ihrer Mutter gesagt hatte, aber ihr Instinkt sagte ihr, dass Gilberte ihr nicht glauben würde.

»Nein. Sie weiß es nicht«, entgegnete sie nach einer Weile trotzig. »Und ich will auch nicht, dass sie es erfährt!«

»Aber Amélie! … du weißt sehr gut, dass deine Mutter dir verbieten würde, dieses grässliche Ding im Haus zu behalten, nicht wahr?«

»Das ist es ja«, schrie das kleine Mädchen. »Ich will nicht, dass man sie mir wegnimmt. Ich liebe sie … und sie liebt mich auch.«

Verblüfft durch diese Erklärung, die ihr ziemlich merkwürdig und der Situation keineswegs angemessen erschien, legte Gilberte beide Hände auf ihre Stirn, als wollte sie sich damit das Nachdenken erleichtern. Sie betrachtete Amélie, die ihren Blick erwiderte: ihre feindseligen, grünen Augen waren auf sie gerichtet und erforschten sie wie ein kaltes, glattes Instrument, um herauszufinden, was sie vorhatte.

Trotz der Angst und des Ekels, den sie für die Spinne empfand, trat sie näher und kniete sich neben das kleine Mädchen. Sie blieb jedoch in respektvoller Distanz zu dem Tier und ließ es nicht aus den Augen.

»Amélie ... du kannst diese Spinne nicht hier behalten, ohne es deiner Mutter zu sagen. Das ist Wahnsinn ...« Sie sprach so ruhig und so leise wie sie nur konnte, aus Angst, die Spinne, die mit erhobenem Vorderkörper reglos dasaß, zu irgendeiner Bewegung zu veranlassen. »Wenn sie gleich nach Hause kommt, möchte ich, dass du selbst mit ihr darüber sprichst, sonst muss ich es für dich tun.«

Die Drohung war klar, und Amélies Reaktion ließ nicht auf sich warten.

Wenn Nellie sie beißt, hatte Amélie sich gesagt, während sie mit halbem Ohr auf das hörte, was Gilberte sagte, dann wird sie verrückt. Sie wird sich aus dem Fenster stürzen, wie der Klempner, und dann ... wird sie tot sein ... Auf diese Weise wird sie Mama nichts mehr erzählen können.

Bevor sie ihren Satz beendet hatte, sah Gilberte, wie die Hand des Kindes nach der Spinne griff.

Nein! Tu das nicht!

Sie bildete sich ein, geschrien zu haben, aber in Wirklichkeit war kein Laut aus ihrer Kehle gedrungen. Starr vor Angst, mit vor Entsetzen geweiteten Augen, hatte sie im Bruchteil einer Sekunde ... unmittelbar bevor das Kind die Spinne auf sie warf, erraten, was es tun würde.

Nellie war auf Gilbertes Rock gefallen. Sie hatte sofort zugebissen, da sich unter dem Stoff, der sich über die Schenkel der jungen Frau spannte, nichts befand, ihr Gift jedoch behalten und sich sogleich in Bewegung gesetzt.

»Nein!«, brüllte Gilberte, als sie sah, wie das Tier sich an ihre Bluse klammerte und rasch über ihre Brust hinweg zu ihrem Hals hinaufkletterte. »Amélie! Nimm sie weg ... Ich bitte dich! Oh mein Gott ... nein ...« Gelähmt vor Angst, fühlte sie die Beine des Tiers auf ihrem Körper, auf ihrem Hals. »Nimm sie weg ...! Nimm sie weg ...!«

Amélie sah ihr ungerührt zu. Ihre Augen glänzten seltsam. Als sich ihre Blicke trafen, wusste Gilberte, dass das Kind ihr nicht helfen würde.

Zu wissen und zu spüren, dass die Spinne sich auf ihrer Haut befand, ließ sie vor Entsetzen erstarren, aber noch schrecklicher war die Vorstellung, sie mit der Hand zu berühren. Instinktiv griff sie nach dem erstbesten Gegenstand, der ihr in die Hände kam – einer Barbie-Puppe, die am Boden lag –, um die Spinne von ihrem Hals zu fegen, und hoffte, sie mit dem ersten Schlag zu treffen und loszuwerden. Kaum hatte sie jedoch den Arm erhoben, als sie auch schon einen stechenden Schmerz über ihrem Schlüsselbein spürte.

Nellie, die den Lufthauch spürte, hatte sofort zugebissen, verlor dann das Gleichgewicht und fiel neben Gilberte zu Boden.

Wie in Trance schlug die junge Frau mit ihrer improvisierten Waffe zu und verfehlte dabei die Spinne, die einen Satz zur Seite machte, nur um Haaresbreite. Sie hob erneut den Arm.

»Nein!«, brüllte Amélie und griff rasch nach Nellie, um sie in Sicherheit zu bringen.

Verwirrt und völlig benommen, griff Gilberte sich an den Hals. Sie spürte keinen Schmerz mehr. Nur noch ein leichtes Prickeln. Sie fühlte, wie ihr der Schweiß über den Rücken lief. Ein leichter Schwindel erfasste sie, und sie konnte sich nicht konzentrieren. Eine verschwommene Erinnerung ließ ihr jedoch keine Ruhe ... Etwas Wichtiges. Es musste ihr wieder einfallen.

Sie sah Amélie an, ohne sie wirklich zu sehen. Suchend blickte sie um sich, ohne zu wissen, was sie eigentlich suchte. Aber es befand sich in diesem Zimmer. Das wusste sie.

Ihr Blick fiel auf das Fenster. Plötzlich klickte es in ihrem Gedächtnis, und die Erinnerung kam wieder, klar und deutlich: Joe Lacasse.

»Amélie? Der Klempner ... deine Spinne hat auch ihn gebissen, nicht wahr?«, stieß sie hervor. Sie atmete mühsam, ihre Stimme klang abgehackt und war kaum noch hörbar. »Antworte ...«

Sie wollte das Kind an den Schultern packen und zum Reden bringen, aber sie wagte nicht, es zu berühren, da es immer noch die Spinne in Händen hielt.

»Antworte!«, schrie sie.

Amélie antwortete nicht.

Verrückt vor Angst, am Rande des Wahnsinns, ließ Gilberte sich von der Wut mitreißen, die sie erfasste und die durch den teilnahmslosen Gesichtsausdruck des kleinen Mädchens nur noch gesteigert wurde. Sie sagte sich, dass die Spinne ihr nicht noch mehr Schaden zufügen konnte, als sie es sowieso schon getan hatte, und packte das Kind am Arm.

»Hat sie ihn gebissen, ja oder nein? Entweder du antwortest sofort oder ich reiße dir den Arm aus!«, brüllte sie das Kind an, das erschrocken zurückwich.

»Ja!«, brüllte Amélie zurück. »Ja! ... Sie hat ihn gebissen! Er wollte sie töten!« Sie brach in Tränen aus.

Gilberte ließ sie los und richtete sich auf.

Gott im Himmel! Ein Krankenhaus ... Ich muss ins Krankenhaus, sagte sie sich. Sie wusste, dass ihr Leben auf dem Spiel stand.

Sie lief so rasch aus dem Zimmer, wie ihre zitternden Beine es ihr erlaubten, brach sich auf der Treppe beinahe das Genick und kam halb tot unten in der Diele an.

Sie zog ihren Mantel verkehrt herum an, griff nach ihrer Tasche und öffnete blitzschnell die Tür. Sie merkte gar nicht mehr, wie sie Elizabeth anrempelte.

Aus der Ferne hörte sie, wie jemand sie rief, aber sie hatte keine Zeit stehen zu bleiben. Sie hatte nur noch einen Gedanken im Kopf: Das Krankenhaus.

Ihre Füße schmerzten sehr. Erst als sie die Autotür öffnete, fiel ihr auf, dass sie ihre Stiefel nicht angezogen hatte und ihre Socken durchnässt und gefroren waren.

Der Schweiß lief ihr in die Augen, und dennoch zitterte sie vor Kälte. Erst beim dritten Anlauf gelang es ihr, den Motor anzulassen. Als sie die Rue Claremont erreichte, kam sie ins Schleudern, daher fuhr sie nach links, um einen Zusammenstoß mit dem Fahrzeug zu vermeiden, das in die Rue Somerville einbiegen wollte. Am Ende der Straße fuhr sie nach rechts auf den Boulevard de Maisonneuve. Sie drückte das Gaspedal durch und überfuhr rote Ampeln und Stoppschilder.

Sie atmete immer mühsamer. Gierig rang sie nach Luft und hörte mit Entsetzen das Röcheln, das aus ihrer Kehle drang. Sie hatte den Eindruck, als sei ihr Gehirn völlig eingefroren, und konnte nicht mehr denken. Sie wusste nicht einmal mehr, auf welcher Straße sie sich befand. Sie wusste, dass sie irgendwohin fahren musste, hatte aber vergessen wohin.

Bald darauf spürte sie weder ihren Fuß auf dem Gaspedal noch ihre Hände auf dem Lenkrad. Beinahe gleichzeitig verlor sie die Kontrolle über ihren Körper und über ihr Fahrzeug.

Das Auto kam plötzlich von der Fahrbahn ab und fuhr die Böschung hinauf, die an den Schienen der Eisenbahn entlanglief. Ein Güterzug kam aus westlicher Richtung. Gilberte konnte ihn weder sehen noch hören ... Sie spürte nichts mehr. Als die Lokomotive auf den vorderen Kotflügel des Wagens prallte, gab es ein ohrenbetäubendes Getöse.

Elizabeth saß auf dem Wohnzimmersofa, einen Zeichenblock auf den Knien, und brachte die Lampe, die auf dem Tisch neben ihr stand, in die richtige Stellung. Es gelang ihr nicht, sich auf ihre Skizzen zu konzentrieren, da sie sich wegen Gilberte große Sorgen machte.

Was ist nur mit ihr geschehen?, fragte sie sich seit gestern immer wieder, seit sie sie in fürchterlichem Zustand aus ihrem Haus laufen sah, als sei der Teufel hinter ihr her.

Sie hatte Amélie befragt, aber das Kind wusste nichts und hatte nichts gesehen. Hartnäckig verweigerte sie jede Aussage darüber, was sich vor Gilbertes Flucht ereignet hatte.

Sie hatte drei- oder viermal im Laufe des Abends in ihrer Wohnung angerufen, aber es hatte niemand abgehoben. Sie hatte auch in ihrem Büro angerufen, ohne allzu große Hoffnung, und schließlich bei ihren Eltern, inständig hoffend, dass sie bei ihnen war. Ihre Eltern hatten sie seit mehr als vierzehn Tagen nicht gesehen. Sie hatte aufgelegt und sich Vorwürfe gemacht, weil sie sie vielleicht unnötig beunruhigt hatte ... Gilberte würde sie sicherlich im Laufe des Tages anrufen und ihr eine unglaubliche Geschichte erzählen, über die sie beide lachen würden. Sie klammerte sich an diese Vorstellung, glaubte aber im Grunde nicht wirklich daran.

Olivier war am Vormittag aus Quebec zurückgekommen. Sein heiteres, zärtliches Wesen hatte sie zwar getröstet, aber nach wie vor peinigte sie eine düstere Vorahnung.

Immer wieder blickte sie auf ihre Armbanduhr, und jedes Mal, wenn eine Stunde vorbei war, stürzte sie ans Telefon und rief Gilberte an.

Verflixt und zugenäht!, fluchte sie im Stillen. Wann hebt endlich jemand dieses Dreckstelefon ab? Gilberte, ich bitte dich ... Antworte!

Nach dem zehnten Läuten knallte sie den Hörer auf die Gabel ... nach Luft ringend, mit feuchten Händen und einem unbändigen Verlangen, einfach loszubrüllen, um sich von dieser schrecklichen Angst zu befreien, die in dem Maße stärker wurde, in dem die Stunden verflossen. Sie ertrug das Warten nicht mehr.

Erneut blickte sie auf ihre Uhr. Es war 20 Uhr 30. Noch eine halbe Stunde ...

Olivier kam aus der Küche und reichte ihr ein Glas Milch.

»Danke, mein Schatz«, sagte sie und versuchte ein Lächeln.

»Glaubst du nicht, du solltest ...«

Das Läuten des Telefons unterbrach ihn jäh.

Elizabeth ließ beinahe ihr Glas fallen. In einer Art stummem Gebet sah sie zu Olivier auf.

»Das muss mein Büro sein«, meinte er beschwichtigend, bevor er in die Küche ging.

Er hob ab.

»Hallo!«

»Olivier?«, fragte eine Frauenstimme, die er nicht erkannte.

»Ja? Wer ...«

»Hier ist Madame Dufort. Gilbertes Mutter ...«

Olivier war ihr nur einige Male begegnet und war nicht sicher, jemals mit ihr telefoniert zu haben.

»Ach! Gut«, sagte er, »wir haben uns schon Sorgen gemacht ...«

Sie ließ ihm keine Zeit, seinen Satz zu beenden, und stammelte mit tränenerstickter Stimme:

»Hören Sie, ich weiß nicht, wie ich es Ihnen sagen soll ...« Sie begann leise zu wimmern, und Olivier war nicht sicher, ob sie zu Ende sprechen konnte. »Es ist wegen meiner Tochter ... Sie hat gestern Abend einen schweren Unfall gehabt. Sie hat die Kontrolle über ihren Wagen verloren ... er ist gegen einen Zug geprallt. Sie war ... sie war sofort tot.«

Olivier sah Gilberte vor sich, wie sie schallend lachte. Er hörte sie noch rufen: »He! Der Architekt!« Nein. Sie konnte nicht tot sein. Es war unmöglich ...

Überrascht von der Nachricht, am Boden zerstört, wusste er nicht, was er antworten sollte, und schwieg.

Die Frau fragte:

»Olivier? Sind Sie noch da?«

»Ja ... Ich ...«

»Ich möchte, dass Sie es Elizabeth sagen. Sie verstehen ... Ich habe nicht den Mut dazu ... Ich kann nicht ...«

Großer Gott!, fluchte Olivier im Stillen. Wie soll ich es Elizabeth beibringen?

Er kondolierte mit tonloser Stimme, bot Gilbertes Mutter seine Hilfe an und legte geräuschlos den Hörer auf die Gabel.

Er blieb noch eine Weile in der Küche, ging auf und ab, versuchte zur Ruhe zu kommen und die richtigen Worte zu finden ...

Elizabeth sah zu ihm auf. Er war totenbleich und seine Augen hatten einen seltsamen Glanz. Waren es Tränen, die sie unter seinen Lidern hervorquellen sah?

Ihr Herz schlug schneller. Sie hatte das Gefühl, dass es um sie herum kälter wurde, als er sich neben sie setzte.

Olivier nahm ihre Hände, sie waren eiskalt. Den Blick auf die langen, zierlichen Finger geheftet, deren Zittern er spüren konnte, biss er sich auf die Lippen.

»Elizabeth ... Ich weiß nicht, wie ich es dir sagen soll ...«

Er hörte sie leise murmeln:

»Gilberte?«

»Ja. Sie ... Sie hat gestern Abend einen Unfall gehabt. Sie hat die Kontrolle über ihren Wagen verloren und ...«

»Ist sie verletzt?«, fragte Elizabeth.

Als er nicht antwortete, fragte sie weiter:

»Ist es schlimm?«

Olivier nickte langsam mit dem Kopf und schluckte, nach einem Aufschub ringend, die richtigen Worten suchend ...

»Sie ist ... tot«, stammelte er schließlich nach einigen Sekunden des Schweigens, die ihm wie eine Ewigkeit erschienen.

Elizabeth zog rasch ihre Hände aus den seinen, um sie – den Bruchteil einer Sekunde zu spät – vor ihre Ohren zu halten.

»Nein«, sagte sie mit kaum hörbarer Stimme. »Ich glaube dir nicht ... du sagst einfach irgendwas ... Nicht Gilberte. Nein ... Ich will nicht.«

Olivier packte ihre Handgelenke, zog sie sanft an sich und legte seine Arme um sie.

Sie wimmerte vor sich hin. Eine dumpfe Klage, leise und weit entfernt.

»Gilberte . . . Gilberte . . .«

Er drückte sie fester an seine Brust.

»Ganz ruhig . . . Ich bin bei dir, mein Schatz . . . Ich bin hier . . .«

»Gilberte . . .!«, schrie sie plötzlich, schlug wie wild um sich und versuchte sich aus seinen Armen zu befreien. »Ich will nicht! Nicht Gilberte! Nein!«, brüllte sie noch einmal und trommelte mit den Fäusten gegen seine Brust.

Ihre Schreie gingen in herzzerreißendes Schluchzen über. Sie wehrte sich nicht mehr und sank an seine Brust.

»Wein nur, mein Liebling«, sagte Olivier und wiegte sie in seinen Armen. »Lass dich gehen . . .«

Plötzlich spürte er, wie ein Zittern durch Elizabeths Körper lief. Sie stieß einen Schmerzensschrei aus und krümmte sich zusammen.

»Elizabeth?«, rief er voller Sorge und hielt sie auf Armeslänge von sich.

Ihr tränenüberströmtes Gesicht war entsetzlich bleich und schmerzverzerrt. Sie griff sich an den Bauch.

»Das Baby«, stieß sie hervor. »Es ist das Baby . . . Es kommt. Olivier . . . Es ist zu früh. Ich will nicht, dass es kommt. Nicht jetzt«, rief sie erneut, bevor sie unter einer neuen Wehe zusammenbrach.

Olivier war wie erstarrt und reagierte nicht sofort. Er sah seine Frau an und wollte nicht glauben, was er sah .

Als ihm endlich klar wurde, was diese Schmerzen bedeuteten, hielt er sich die Hände vor den Mund und schrie:

»Nein . . . Nicht jetzt! Um Gottes willen! Nicht jetzt!«

21

Michel-Olivier Alexandre De Blieck kam am 30. November, einem Sonntagmorgen, zur Welt. Er wog 1150 g, maß kaum 26 cm und litt an einer schweren Atmungsinsuffizienz. Seine Existenz erschien genauso vergänglich wie die bleiche Herbstsonne, die bei seiner Geburt über der Stadt aufging.

Elizabeth erwachte langsam aus der Narkose, geweckt durch eine Frauenstimme, die sie, wie ihr schien, aus weiter Ferne rief: »Madame De Blieck . . . Wachen Sie auf. Madame De Blieck, hören Sie mich?«

Sie hatte völlig die Orientierung verloren. Das Erste, was sie spürte, war das leichte Zittern ihrer verkrampften Beine . . . das gleiche Gefühl hatte sie im Operationssaal gehabt, kurz bevor sie narkotisiert wurde. Dann durchfuhr sie ein heftiger Schmerz, wie eine Verbrennung, und unwillkürlich griff sie sich an den Bauch.

»Ich habe Schmerzen«, stöhnte sie und öffnete die Augen.

Ihr Blick fiel auf die Krankenschwester, die sich zu ihr herunterbeugte. Sie war eine etwa fünfzigjährige Frau, deren Gesicht die tröstliche Sanftheit derer widerspiegelte, die den Schmerz verstehen und ihr Leben dem Ziel widmen, ihn zu lindern.

»Gleich werden Sie sich besser fühlen«, antwortete sie ihr. »Ich gebe Ihnen eine Spritze, die Ihnen sofort helfen wird, und dann bringen wir Sie in Ihr Zimmer zurück.«

»Wo ist mein Baby?«, erkundigte sich Elizabeth mit unsicherer Stimme.

Die Krankenschwester erklärte ihr freundlich, dass man das Kind – ein hübscher kleiner Junge! hatte sie ausgerufen – in einen Brutkasten gelegt habe, wie es bei allen Frühgeborenen üblich sei. Sie verschwieg, dass er ernsthafte Atmungsschwierigkeiten hatte und sich momentan in der Behandlung des besten Kinderarztes des Krankenhauses und einer Legion von Säuglingsschwestern befand, die sich gemeinsam darum bemühten, sein Leben zu retten.

»Wann werde ich ihn sehen können?«, fragte Elizabeth weiter.

»Sobald Sie aufstehen können«, versprach die Frau und lächelte ihr aufmunternd zu.

Während man ihre Bahre durch die Korridore rollte, die den Aufwachsaal von ihrem Zimmer trennten, musste Elizabeth daran denken, wie erschrocken sie gewesen war, als Doktor Déry ihr mitteilte, dass ein Kaiserschnitt nötig war.

Sie war bislang weder operiert noch anästhesiert worden, und eine Entbindung hatte für sie nicht das Geringste mit einer Operation zu tun. Amélies Geburt war ganz sanft verlaufen, ohne irgendeine Injektion, ohne Schnitte, ohne Risse, und während ihrer ganzen Schwangerschaft hatte sie geglaubt, dass die Geburt ihres zweiten Kindes genauso leicht, wenn nicht noch leichter sein würde als die des ersten.

Olivier wartete in ihrem Zimmer auf sie.

»Hallo, mein Schatz«, begrüßte er sie fröhlich, als er sie sah.

Die Krankenpfleger hoben sie vorsichtig hoch, legten sie auf ihr Bett und verließen das Zimmer.

Olivier zog einen Stuhl an ihr Bett, nahm ihre Hand und meinte:

»Na, Madame ... du hast uns eine Heidenangst eingejagt, weißt du das?«

»Hast du ihn gesehen?«, fragte Elizabeth mit einer Stimme, die ihre Angst verriet.

Da er sie nicht beunruhigen wollte, log Olivier ein bisschen, als er behauptete:

»Natürlich habe ich ihn gesehen! Ich fand ihn ein wenig mager ... aber wunderschön. Beruhig dich, mein Schatz. Es fehlt ihm nichts ... Nicht einmal ein Zehennagel.«

In Wirklichkeit hatte Olivier das Baby nur ganz flüchtig wahrgenommen, als man es aus dem Kreißsaal trug. Durch die Glaswände des Brutkastens hindurch hatte er das kleine Gesicht gesehen, das durch den Sauerstoffmangel blau angelaufen war, und sich gefragt, wie ein so winziges menschliches Wesen wohl die Kraft zum Leben finden konnte. Sein Sohn war so klein, dass er in seine hohle Hand passte.

Elizabeth fühlte sich schläfrig und musste dagegen ankämpfen, dass ihr die Augen zufielen.

»Welche Haarfarbe hat er?«, nahm sie das Gespräch wieder auf und unterdrückte ein Gähnen.

»Ach weißt du ... das ist schwer zu sagen. Momentan hat er kein einziges Haar auf dem Kopf, der Kleine. Aber ich habe bei meiner Geburt auch so ausgesehen. Also darf man wohl annehmen, dass er ein kleiner Blondschopf werden wird ... Wie sein Vater. Du hast hoffentlich nichts dagegen?«

Sie antwortete nicht. Sie hatte die Augen geschlossen und war beim Klang seiner Stimme eingeschlafen.

Olivier stand auf und drückte einen Kuss auf ihre Stirn.

»Ich liebe dich«, flüsterte er zärtlich. »Schlaf gut, mein Liebling.«

Elizabeth bewegte sich nicht. Sie war in einen tiefen, heilsamen, traumlosen Schlaf gesunken.

Olivier war sehr erleichtert darüber, da er mehr als alles andere gefürchtet hatte, dass Gilbertes Schatten sie auch noch in diesem Krankenzimmer verfolgen würde . . .

Am Montag Morgen trat Charles Lindsay an den Stahltisch, auf dem die sterblichen Überreste von Gilberte Dufort lagen, die er obduzieren musste. Die Leiche war gleich nach ihrer Ankunft im gerichtsmedizinischen Institut in einen Kühlbehälter gelegt worden und hatte dort das Wochenende verbracht.

Charles zog die Kunststoffdecke zurück, die die Leiche bedeckte.

»Heilige Mutter Gottes!«, rief er betroffen aus, als sein Blick auf den verstümmelten Körper fiel. Er betätigte das Pedal des Tonbands und sprach mit seiner tiefen Stimme:

»Angehörige der schwarzen Rasse. Weibliches Geschlecht. Alter . . .«

Er hielt inne und wartete, bis ihm sein Assistent die Informationen der Polizisten reichte, die die Leiche eingeliefert hatten.

»Los, Morelli! Reiß dich zusammen, verdammt noch mal!«, explodierte er plötzlich.

»Entschuldigen Sie, Monsieur . . .«

Er las rasch Gilbertes Akte vor.

»Dreißig Jahre . . . Sie war dreißig Jahre alt, Monsieur.«

»Gut«, sagte Charles mit barscher Stimme und setzte erneut das Tonband in Gang. »Alter: dreißig Jahre. Gewicht: achtundvierzig Kilo und sechshundert Gramm. Größe: Ein Meter neunundfünfzig.«

Er warf einen kalten, forschenden Blick auf die Leiche, notierte im Geiste die fortgeschrittene Zyanose des Gesichts und der Extremitäten, die sich grau verfärbt hatten und somit deutlich vom karamellfarbenen Farbton der anderen Körperteile unterschieden, und hielt dann seinem Assistenten die Hand hin.

»Bringen wir es hinter uns«, verkündete er und ergriff das Skalpell, das ihm der junge Mann reichte.

Das Klappern des Instruments bereitete ihm diesmal nicht das übliche Vergnügen. Als er vorsichtig ein Organ nach dem anderen entnahm, stellte er fest, dass sowohl die Milz als auch eine Niere fehlten, woraufhin er einen Fluch ausstieß. Er fluchte erneut, als er eine Blutprobe entnehmen wollte und dazu das Herz aussaugen musste, da die Venen und die Hauptschlagadern praktisch blutleer waren.

Noch bevor er die Autopsie beendet hatte, wusste er, dass Gilberte Dufort bereits tot war, als die Lokomotive sie überfuhr: Das war das eindeutige Ergebnis der Untersuchung des Schädels und der Halswirbel.

Die Wirbel brachen wahrscheinlich durch den Aufprall, dachte er, kurz bevor der Körper durch das Fenster flog – daher der Schädelbruch – und auf den Schienen landete.

Eine Kleinigkeit galt es noch aufzuklären: Was war vor dem Unfall geschehen? Warum hatte sie die Kontrolle über ihr Fahrzeug verloren?

Da eine Krankheit oder ein Herzinfarkt ausgeschlossen war, handelte es sich möglicherweise um Alkohol oder irgendeine Droge ... Nach den Analysen würde er es wissen.

Morelli brachte ihm das Ergebnis der Analysen am späten Nachmittag. Beim Lesen der Akte fiel ihm eine Bemerkung auf, die die Blutanalyse betraf.

Er dachte einen Augenblick nach und sprang dann mit einem Satz auf, als hätte ihn jemand aus seinem Sessel gestoßen.

Er ging zu den Aktenschränken aus Metall, die an einer Wand aufgereiht waren. Mit einer heftigen Bewegung zog er eine Schublade auf, die die Aufschrift K–L trug, und überflog nervös die alphabetisch geordneten Hängeregister. Er fand rasch die Akte, die er suchte, und zog sie heraus.

Er ging an seinen Schreibtisch zurück, überflog sie und verglich sie dann mit der von Gilberte Dufort.

Hastig griff er nach dem Telefonhörer, wählte die Nummer der Polizei von Westmount und verlangte Inspektor Santini.

»Doktor Lindsay? Ich höre«, verkündete dieser mit seiner schönen, ernsten Stimme.

»Ich habe gerade die Obduktion einer Frau dunkler Hautfarbe

durchgeführt«, erklärte Lindsay. »Sie heißt Gilberte Dufort. Sagt Ihnen der Name etwas?«

»Vage ... Warum?«, fragte Gabriel Santini misstrauisch.

»Erinnern Sie sich an den Kerl, der nach einem Sturz aus dem Fenster gestorben ist? ... Das ist jetzt fast drei Monate her ... Ein gewisser Joe Lacasse. Erinnern Sie sich an ihn?«

»Ja ... Ja ... Jetzt fällt es mir wieder ein. Aber ich verstehe nicht ...«

»Besteht Ihrer Meinung nach eine Beziehung zwischen diesen beiden Personen?«, unterbrach ihn der Arzt schroff.

»Ja und nein«, entgegnete Santini, dem jetzt einfiel, dass er Gilberte im Haus der Familie De Blieck getroffen hatte, in dem Joe Lacasse verunglückt war. »Verdammt noch mal!«, entfuhr es ihm. »Spucken Sie es endlich aus, Lindsay! Worauf wollen Sie hinaus?«

»Hören Sie, Santini ... Hören Sie mir gut zu. Ich habe beide Autopsien selbst durchgeführt. Ich habe die Akten verglichen und zweifelsfrei festgestellt, dass die Todesursache bei beiden Personen identisch ist.«

»Und welche wäre das?«

»Die Einnahme einer hohen Dosis neurotoxischen Gifts.«

Inspektor Santini, dem ihr letztes Gespräch über Joe Lacasse einfiel, fragte rasch:

»Haben Sie Spuren eines Bisses entdeckt?«

Lindsay hatte diese Frage mehr oder weniger erwartet und entgegnete sogleich:

»Nein! Genauso wenig wie bei den anderen ... Ich weiß weder, woher dieses Gift kommt, noch, wie es in ihren Organismus gelangt ist«, erklärte er, »aber ich bin ganz sicher, dass dieses Gift sie beide getötet hat.«

»Haben wir genügend Beweise, um eine Untersuchung einzuleiten?«

»Santini ... ich habe Ihnen gesagt, dass ich sicher bin, nicht dass ich einen Beweis habe ... Ich merke schon, worauf Sie hinauswollen. Bilden Sie sich ja nicht ein, dass ich zum Coroner oder zum Staatsanwalt gehe und ihnen erkläre, dass diese beiden Personen meiner Ansicht nach von einer Schlange gebissen wurden. Heilige Mutter Gottes! ... Wie könnte ich so etwas beweisen? Ich glaube selbst nicht daran, also ...«

»Wenn es keine Schlange ist, was ist es dann?«, beharrte der Inspektor. »Eine Droge? Ein Medikament? Ein Umweltgift?«

»Ich habe keine Ahnung!«, donnerte Lindsay, der allmählich ärgerlich wurde. »Sie haben anscheinend nicht verstanden, was ich Ihnen gerade gesagt habe. Ich ... weiß ... nicht ... woher dieses Gift stammt. Ist das klar?«

»Warum haben Sie mich dann angerufen?«, knurrte Santini zurück.

»Das weiß ich auch nicht. Ich gebe zu, dass ich nicht darüber nachgedacht habe ... Ich hätte besser daran getan, meine Hand aufzuessen oder ein Bier trinken zu gehen!«

Er knallte den Hörer auf die Gabel. Santini wusste nicht so recht, ob er in schallendes Gelächter ausbrechen oder sein Telefon aus dem Fenster werfen sollte.

Am Tag darauf fand sich der Inspektor in der Rue Somerville ein, vorschriftsmäßig mit einem Durchsuchungsbefehl ausgestattet. Anhand des Obduktionsberichts konnte er beweisen, dass die beiden Personen das gleiche Gift eingenommen und sich zudem einige Minuten vor ihrem Tod am gleichen Ort befunden hatten: im Haus der Familie De Blieck. Das war zwar ein wenig stichhaltiger Beweis, aber der Staatsanwalt hatte ihm den Durchsuchungsbefehl dennoch nicht verweigert, da er einerseits nachgiebig war und andererseits Santinis Hartnäckigkeit gut genug kannte, um es vorzuziehen, ihm zu geben, was er wollte, bevor er sein Büro belagerte.

Gabriel Santini wollte gerade klingeln, als Olivier, der zum Krankenhaus fahren wollte, die Tür öffnete.

Verdutzt blickte Olivier zuerst auf den Durchsuchungsbefehl, dann auf die beiden Polizisten, die in sein Haus eindrangen, und schließlich auf Inspektor Santini, der ihn am Arm packte, in das Haus zurückdrängte und in förmlichem Ton sagte:

»Sie sind Monsieur De Blieck, nicht wahr? ... Machen Sie sich keine Sorgen«, fügte er hinzu, als er Oliviers ängstlichen Blick bemerkte. »Meine Männer sind an diese Art von Arbeit gewöhnt. Sie machen nichts kaputt ... Bevor wir gehen, räumen wir alles wieder auf.«

Die zwei Männer gingen ins Wohnzimmer.

Olivier ließ sich aufs Sofa fallen und fragte:

»Was suchen Sie?«

»Ist Ihre Frau nicht da?«, erkundigte sich der Inspektor und tat so, als hätte er Oliviers Frage nicht gehört.

»Nein ... Sie ist im Krankenhaus. Sie hat gerade entbunden. Aber können Sie mir sagen ...«

»Und Ihre Tochter?«

»Sie ist bei Freunden ... Arbeitskollegen, die sich seit Samstagabend um sie kümmern. Inspektor, ich habe ein Recht darauf zu erfahren, was hier vorgeht. Was ist das für eine Geschichte? Was tun Sie hier?«

»Ich werde Ihnen alles erklären, Monsieur De Blieck. Meine Anwesenheit in Ihrem Haus hat mit dem Tod von Gilberte Dufort zu tun ... und auch mit dem von Joe Lacasse.«

»Und was genau?«, fragte Olivier mit erstickter Stimme.

»Man hat in ihren Körpern die Spur eines Gifts gefunden, das sie anscheinend kurz vor ihrem Tod eingenommen haben. Es besteht Grund zu der Annahme, dass sich dieses Gift hier in Ihrem Haus befindet.«

»Was?«, schrie Olivier und sprang auf. »Großer Gott! ... Was ist das für eine Geschichte! Gift! ... Hier! ... Mit einem fünfjährigen Mädchen, das überall herumschnüffelt. Was bilden Sie sich denn ein? ... Sind Sie krank oder was?«

»Beruhigen Sie sich, Monsieur De Blieck. Es hat keinen Sinn sich aufzuregen ... Es ist möglich, dass dieses Gift sich irgendwo in diesem Haus befindet, ohne dass Sie es wissen. Zu Ihrer eigenen Sicherheit ist es wichtig, dass wir der Sache nachgehen. Verstehen Sie?«

Olivier antwortete nicht. Er stöhnte lediglich verärgert und ließ sich wieder auf das Sofa fallen.

»Entschuldigen Sie mich«, sagte der Inspektor und erhob sich. »Ich kontrolliere nur, was meine Männer machen.«

Olivier sah ihm nach, wie er aus dem Zimmer ging, fuhr sich dann mit der Hand übers Gesicht und schloss die Augen; er hatte das seltsame Gefühl, im Wachzustand zu träumen.

Gott sei Dank ist Elizabeth im Krankenhaus, dachte er. Wie hätte sie das wohl aufgenommen? Er war überzeugt davon, dass diese verrückte Geschichte genügt hätte, um eine Frühgeburt auszulösen, wenn sie ihr Baby nicht schon gehabt hätte.

Großer Gott ... Ich hoffe, dass niemand auf den Gedanken kommt, ihr das zu sagen, dachte er und ging zur Bar. Er hatte einen Scotch bitter nötig.

Gabriel Santini war in den ersten Stock hinaufgegangen, um sich zu vergewissern, dass sich die Polizisten, die er mitgebracht hatte, genau an die Vorschriften und speziellen Anweisungen hielten, die sie erhalten hatten.

Die Polizisten durchsuchten das Haus gründlich vom Keller bis zum Speicher, ohne etwas Besonderes festzustellen, ohne den kleinsten Hinweis auf das gesuchte Objekt zu entdecken. Sie nahmen alle nicht alltäglichen Medikamente aus der Hausapotheke und untersuchten sämtliche Putzmittel in Küche und Keller.

Inspektor Santini verweilte einen Moment in Amélies Zimmer, weil er das undeutliche Gefühl hatte, dass darin etwas fehlte. Dann ging er zu seinen Männern, die im Erdgeschoss auf ihn warteten. Nachdem er ihm die Liste der beschlagnahmten Medikamente ausgehändigt hatte, verabschiedete er sich von Olivier und verließ das Haus.

Vergebliche Mühe, dachte er, als er ins Auto stieg.

Das undeutliche Gefühl, das er in Amélies Zimmer gehabt hatte, sollte sich später in Gewissheit verwandeln. Viel später ... und viel zu spät!

22

Der Monat Dezember war einer der düstersten, die Elizabeth jemals erlebt hatte.

Sie hatte sich noch kaum von ihrer Operation erholt, war bleich und schwach und fuhr jeden Tag ins Krankenhaus, um Alexandre zu sehen. Sie stand stundenlang vor dem Brutkasten und betrachtete das Baby durch die Glaswände hindurch. Die restliche Zeit irrte sie ruhelos im Haus umher und zählte die Tage, die sie noch von ihrem Sohn trennten ... Tage, die ihr endlos lang, trüb und grau erschienen.

Weihnachten und Silvester kamen, verdüstert durch das Wetter – ein plötzlicher Wärmeeinbruch hatte zunächst zu Schneefällen, dann zu wahren Wolkenbrüchen geführt, die auf die Stadt niedergingen und die Schneeverwehungen schmelzen ließen, die der letzte Sturm entlang der Bürgersteige aufgetürmt hatte –, verdüstert auch, und noch viel mehr, durch diese doppelte Abwesenheit, die Elizabeth, die geistig und körperlich total erschöpft war, besonders arg zusetzte: Die unerträgliche, schmerzhafte Abwesenheit Gilbertes, die ihr nicht aus dem Sinn ging, und die Abwesenheit dieses Sohnes, genauso unerträglich und physisch belastend, der ihr gegeben und sofort wieder genommen wurde.

Gilbertes Tod hatte sie zerstört. Sie fühlte sich innerlich zerrissen, eines Teils ihres Körpers, ihrer Seele ... ihres Lebens beraubt. Mit Gilberte waren einige der glücklichsten Momente ihres Daseins für immer verschwunden, und an manchen Tagen dachte sie sogar, dass sie nie mehr unbeschwert glücklich sein würde.

Am Vormittag des 9. Januar fuhr sie mit Olivier und Amélie ins Krankenhaus. Nach sechs Wochen zermürbenden Wartens – wovon das Baby mehr als drei in der Intensivstation verbracht hatte – würde sie nun endlich ihren Sohn zurückbekommen.

Als sie Alexandre in die Arme nahm und an sich drückte, hatte sie das Gefühl, ihn zum zweiten Mal zu gebären.

Ihre Euphorie war jedoch nur von kurzer Dauer. Doktor Samson, der Kinderarzt, bei dem Alexandre seit seiner Geburt in Behandlung war, bat sie zu einem kurzen Gespräch, während die Krankenschwester das Baby für das Verlassen der Klinik vorbereitete. Mit betont sanfter Stimme teilte er ihnen mit, dass das Kind, obgleich kräftig und bei guter Gesundheit, an einem leichten Herzfehler litt.

Die Fragen vorwegnehmend, die die bestürzten Eltern stellen wollten, fügte er rasch hinzu:

»Natürlich haben wir das nicht erst heute Vormittag festgestellt, aber wir wollten das Ergebnis der Untersuchungen abwarten, die die Diagnose bestätigen, bevor wir mit Ihnen darüber sprechen. Wir wollten Sie nicht unnötig beunruhigen ... Madame De Blieck, bitte verstehen Sie, dass diese Missbildung das Leben Ihres Kindes in keiner Weise bedroht. Seien Sie dessen gewiss ...«

Er erklärte ihnen noch, dass die Missbildung in einigen Monaten, wenn das Baby einen normalen Wachstumsrhythmus und ein zufrieden stellendes Gewicht erreicht habe, leicht durch eine Operation behoben werden könnte.

Elizabeth verließ eilig das Krankenhaus, beunruhigt durch die düstere Perspektive dieser Operation, die wie eine Bedrohung, so schien ihr, über Alexandres Leben schwebte. Die Worte des Kinderarztes hatten sie nicht überzeugt. Ganz im Gegenteil.

Nachdem sie ihm sein Fläschchen gegeben hatte, legte sie Alexandre wieder in seine Wiege. Er war völlig erschöpft eingeschlafen, noch bevor er ausgetrunken hatte.

Seit wenigen Tagen erst war er zu Hause, und ganz anders als während seiner Genesung, fand sie jetzt, dass die Tage viel zu schnell vergingen. Man stahl ihr die Stunden ... sie hatte nie genug Zeit, das Baby in vollen Zügen zu genießen.

Sie kniete sich neben das kleine Bett und streichelte mit den Fingerspitzen über den Kopf des Kindes. Es hatte noch keine Haare, und Elizabeth fühlte voller Entzücken den regelmäßigen Puls unter der feinen Membran der Fontanelle.

Sie konnte sich nicht an ihm satt sehen, als versuchte sie die verlorene Zeit wieder einzufangen ... So lange Wochen hindurch hatte man sie ihres Sohnes beraubt, und er war erst seit so kurzer Zeit wieder bei ihr. Seit sieben Tagen, um genau zu sein.

Sie stand auf und ging widerstrebend aus dem Zimmer. Sie ließ Alexandre nicht gern alleine, übertrieb seine offenkundige Zerbrechlichkeit und hatte immer Angst, dass ihm etwas Schreckliches zustoßen könnte. Sie musste sich dazu zwingen, nicht die ganze Zeit bei ihm zu sein. Amélie und Olivier brauchten sie auch.

Sie ging in die Küche hinunter, um das Mittagessen für ihre Tochter zu kochen. Sie hatte eine Überwachungsanlage installieren lassen, die es ihr ermöglichte, das Kinderzimmer zu kontrollieren, von wo immer sie sich gerade aufhielt.

Nachdem sie sich vergewissert hatte, dass die Lautstärke des Geräts richtig eingestellt war, wärmte sie den Rest der chinesischen Pastete auf, die sie am Vortag zubereitet hatte, und fragte sich, was sie zum Abendessen kochen sollte. Olivier hatte ihr versprochen, da zu sein.

Sie hatte gerade den Tisch fertig gedeckt, als sie ein leises Geräusch wahrzunehmen glaubte, das aus der Überwachungsanlage kam. Dann hörte sie plötzlich klar und deutlich ein lautes Schluchzen.

Sie stürzte zum Herd, zog den Topf zurück, schaltete ihn rasch aus und raste die Treppe hinauf, ohne eine Sekunde zu verlieren, von Panik erfasst.

Amélie stand neben der Wiege, die Hand in der Tasche ihres Kleides.

»Was machst du da?«, schrie Elizabeth, als sie sie sah, überzeugt, dass das kleine Mädchen das Baby geweckt hatte.

»Er hat geweint, Mama ... Ich wollte nachsehen warum. Du warst nicht da, und ...«

»Ich weiß. Ich weiß«, entgegnete Elizabeth mit ein wenig ruhigerer Stimme und trat zur Wiege. »Entschuldige, mein Mäuschen ... Ich wollte dich nicht anschreien«, fügte sie hinzu und schämte sich, ihre Tochter gescholten zu haben, die ihr anscheinend nur helfen wollte.

Erst als sie ganz nahe bei Alexandre stand, bemerkte sie, dass sein Gesicht eine beunruhigende blaue Färbung angenommen hatte.

»Oh mein Gott, nein!«, stöhnte sie und nahm das Kind in die Arme.

Während sie ihn rasch auf den Wickeltisch legte und nachsah, ob etwas in seinem Hals steckte, verschwand Amélie ... Als sie einige Minuten später wiederkam, war ihre Mutter gerade dabei, das Baby in eine Decke einzuwickeln. Alexandre atmete immer mühsamer und hatte nicht einmal mehr genug Kraft, um zu weinen.

Elizabeth hob das Kind hoch und klemmte es sich unter den Arm. Dann drückte sie es mit einer Hand an sich, ergriff mit der anderen das kleine Mädchen und rannte mit ihm aus dem Zimmer.

»Schnell, mein Liebling ... Schnell! Wir müssen ins Krankenhaus«, stammelte sie, von panischer Angst erfasst.

Das Taxi raste durch die Straßen der Stadt, die verschneit, glatt und gefährlich waren, während Elizabeth ein stummes Gebet sprach.

Lieber Gott, lass uns bitte rechtzeitig ankommen. Ich bitte dich ... Ich flehe dich an. Ich will nicht, dass mein Baby stirbt. Ich flehe dich an ...

Sie sprach dieses Gebet immer wieder, die ganze Fahrt hindurch, die kaum mehr als fünf Minuten dauerte.

Sie sprach es noch, als man ihr in der Notaufnahme das Kind aus den Armen nahm.

Ich flehe dich an . . . Ich will nicht, dass er stirbt. Ich flehe dich an . . .

Sie sprach ihr stummes Gebet ein letztes Mal, während man das Baby aus seiner Decke wickelte, faltete die Hände, führte sie an ihren Mund, und bemerkte nicht einmal, dass sie sie blutig biss.

Lieber Gott, ich bitte dich . . . Rette ihn . . . Ich will nicht, dass er stirbt . . .

Als sie sah, dass das Kind nicht mehr atmete, ging ihr stummes Gebet in ein dumpfes Stöhnen über. Sein Gesicht, seine Hände und seine Füße hatten sich blaurot verfärbt. Sie wusste, dass es tot war, bevor man es ihr sagte. Sie flehte herzzereißend:

»Nein! Ich will nicht . . .«

Plötzlich warf sie den Kopf in den Nacken, schloss die Augen und stieß einen lang gezogenen Schrei der Empörung aus:

»Nein!«

Dann wurde es Nacht um sie.

Die Beerdigung des kleinen Alexandre fand drei Tage später statt.

Nach Aussage des Arztes, der den Totenschein ausgestellt hatte, war das Kind an den Folgen eines Herz-Kreislauf- Versagens gestorben, das in Anbetracht der gesundheitlichen Probleme, die es bereits bei seiner Geburt hatte, weder ungewöhnlich noch verdächtig war.

Elizabeth hatte sich in ihrem Schmerz eingemauert. Ihr außergewöhnlich blasses Gesicht wirkte wie versteinert. Nur die Augen, deren Blau leicht getrübt war, schienen lebendig und hatten einen seltsamen, wilden Glanz. Sie hatte es abgelehnt, Beruhigungsmittel zu nehmen, in welcher Form auch immer, sprach und weinte nicht, und hatte sich ins Innere ihres eigenen Körpers zurückgezogen.

Im Laufe der endlos langen Stunden, die seit dem Tod ihres Sohnes vergangen waren, hatte sie lange nachgedacht und fieberhaft nach einem Grund gesucht, nach einer Erklärung für all diese Dramen, für all diese Tode, die sich in so kurzer Zeit um sie herum ereignet hatten, wobei Alexandres Tod für sie der unverständlichste und absurdeste von allen blieb. Warum hatte sich dieses Kind, das bei seiner Geburt nur wenig Überlebenschancen besaß, gegen alle Widerstände an das Leben geklammert? Wozu diese wenigen Wochen Aufschub? ... Unerträgliche Wochen, während derer sie entsetzliche Ängste ausgestanden hatte. Es war absurd, ungerecht, empörend. Wozu dieses kleine Stück Leben ... sieben Wochen ... Er hatte nur sieben kurze Wochen gelebt und war an dem Tag gestorben, an dem er normalerweise hätte geboren werden sollen ... Der 17. Januar (noch eine Sieben). Am siebten Tag seiner Ankunft zu Hause.

Dreimal die Zahl sieben ...

Sie hatte lange über diese Zahl nachgegrübelt. Sie rief verschwommene, kaum wahrnehmbare Bilder in ihr wach ... Träume? Nein, eher Albträume, an deren noch undeutliche Bilder sie sich allmählich bruchstückhaft erinnerte. Bilder, die das Baby und diese Zahl betrafen und ... Was noch? Es gab noch etwas anderes, aber was? Jedes Mal, wenn sie ihr Unterbewusstsein erforschen wollte, nahm ihr die Angst den Atem und trübte ihre Erinnerungen. Sie fühlte, dass diese Albträume, an die sie sich nicht erinnern konnte, sie vor einer drohenden Gefahr gewarnt hatten ... Die nur ihren Sohn betraf? Sie wusste es nicht, wollte es aber glauben.

Sie versuchte so angestrengt den verfrühten Tod ihres Sohnes zu verstehen und zu rechtfertigen und sich die Angst zu erklären, die sie seit einigen Monaten peinigte, dass ihr Verstand darunter litt. Er war so erschöpft und überreizt, am Rande eines Zusammenbruchs, dass er sie – um endlich Ruhe zu finden – in der falschen Sicherheit wiegte, sie habe nun nichts mehr zu fürchten. Es war vorbei ... Der Tod dieses Kindes war die letzte einer langen Reihe von Tragödien, die – wusste sie das etwa nicht mehr? – kurz nach seiner Zeugung begonnen hatten. Künftig würde es keine Unfälle mehr geben ... und auch keine Toten mehr. Sie war wieder da angelangt, wo alles begonnen hatte.

Oliviers Teilnahme an einem Architektenkongress, der am 12. und 13. Februar in Chicago stattfand, war der Auslöser für die darauf folgenden Ereignisse. Die in gewisser Weise den Anfang vom Ende bedeuteten ...

Am Abend vor seiner Abreise lief er im Wohnzimmer auf und ab, die Hände in den Taschen vergraben, mit betroffener Miene.

»Aber, aber, mein Schatz!«, wandte er nervös ein. »Ich *muss* dorthin. Es bleibt mir nichts anderes übrig . . . Verstehst du das?«

»Nein«, knurrte Elizabeth, die zusammengekauert auf dem Sofa saß.

»Weil du es nicht verstehen *willst*. Du weißt genau, dass nicht ich das entscheide.«

»Wozu bist du dann Teilhaber dieser beschissenen Firma?«, fragte sie gehässig.

Verblüfft nahm Olivier die Hände aus den Taschen und schlug sie auf seine Schenkel, in einer Geste der Wut und der Enttäuschung.

»Großer Gott! . . . Was willst du, Elizabeth? Streit . . . Ist es das?«

»Nein! Ich will, dass du bleibst . . . Ich brauche dich«, fügte sie mit kaum hörbarer Stimme hinzu.

Seit Dezember kam Olivier jeden Abend nach Hause. Er war auf der Baustelle in Quebec abgelöst und mit einem Projekt beauftragt worden, das den Bau eines riesigen Einkaufszentrums in einem Vorort von Montreal betraf. Elizabeth hatte sich an seine tägliche, Trost und Wärme spendende Anwesenheit gewöhnt. Sie wollte nicht darauf verzichten, und sei es auch nur für zwei Tage.

Entwaffnet setzte er sich neben sie und nahm sie in die Arme.

»Ich brauche dich genauso«, entgegnete er mit sanfterer Stimme und schämte sich, so in Zorn geraten zu sein. »Ich werde nur zwei Tage weg sein. Zwei ganz kurze Tage. Du wirst sehen . . . Sie werden schnell vergehen.«

Elizabeth antwortete nicht sofort. Sie schmiegte sich nur ein wenig enger an seine Brust.

»Woran denkst du?«, fragte er nach einer Weile.

»Ich denke, dass ich auch verreisen werde.«

»Sieh an . . . Wohin?«

»Nach Vendée«, entgegnete sie, einer plötzlichen Eingebung folgend.

Olivier fragte verdutzt:

»Nach Vendée . . .!? Was willst du dort tun?«

»Ich weiß nicht . . . Mich ausruhen . . . Auf andere Gedanken kommen.«

Olivier stieß sie sanft von sich weg und sah ihr in die Augen. Sie zuckte nicht mit der Wimper, fest entschlossen, ihren Einfall zu verteidigen.

»Elizabeth, ich halte das für keine gute Idee.«

»Ich schon. Ich möchte gerne verreisen ... wegfahren. Ich drehe mich im Kreis. Ich kann mich nicht beschäftigen. Ich hätte längst das Zimmer des ...« Sie zögerte einige Sekunden, fing sich aber schnell wieder. »... das Zimmer im ersten Stock aufräumen sollen. Ich habe nicht den Mut dazu. Ich schaffe es noch nicht einmal bis zur Tür ... Ich muss wieder zu mir kommen, Olivier, verstehst du? Eine kleine Luftveränderung wird mir gut tun. Da bin ich ganz sicher.«

»Schatz ... es gefällt mir nicht, dich allein nach Vendée fahren zu lassen.«

»Warum nicht?«

»Es gibt dort nicht einmal ein Telefon ...«

»Ach Olivier ... du machst dir umsonst Sorgen. Zunächst werde ich nicht allein sein; du vergisst Amélie. Und dann wohnt ja auch Madame Garnier nicht weit weg, also ... Weißt du, woran ich denke?«

»Nein, aber du wirst es mir sicher gleich verraten«, entgegnete er lächelnd.

Elizabeth lächelte zurück, mit vor Aufregung glänzenden Augen.

»Mir fiel gerade ein, dass wir uns dort treffen könnten.«

»Wann? Ich komme erst Freitag Abend aus Chicago zurück.«

»Dann übernachtest du eben in Montreal und kommst Samstag früh nach. Was hältst du davon?«

»Das ist ein durchaus brauchbarer Vorschlag«, stimmte er ihr augenzwinkernd zu.

»Auf diese Weise«, fuhr Elizabeth geheimnisvoll fort, »werden wir drei Gründe zum Feiern haben.«

»Ach ja?«

Sie ergriff Oliviers Hand und hielt sie sich vor die Augen, wobei sie leise lachte. Sie bog zunächst seinen kleinen Finger und verkündete dabei, als handelte es sich um eine Scharade:

»Erstens natürlich deine Rückkehr.«

»Natürlich«, wiederholte er im Brustton der Überzeugung.

»Zweitens«, fügte sie hinzu und bog seinen Ringfinger . . .

Sie hielt inne und wartete darauf, dass er ihren Satz beendete. Er sagte das Erstbeste, was ihm einfiel.

»Den Jahrestag unserer Begegnung?«

»Nein, den Geburtstag deiner Tochter, unwürdiger Vater. Am Sonntag wird sie sechs Jahre alt. Hast du das vergessen? Gut, drittens . . .« Sie verdrehte seinen Mittelfinger mehr, als dass sie ihn bog, woraufhin er einen übertriebenen Schmerzensschrei ausstieß. »Also? Drittens . . .?«

»Den Valentinstag!«

»Bravo! Du hast gewonnen!«, rief sie aus und drückte einen schmatzenden Kuss auf seine Wange.

»Ach ja? Und was habe ich gewonnnen?«, fragte er und spitzte den Mund.

»Mich!«

Sie sprang mit einem Satz auf und fuhr fort, wobei sie ihn bei den Händen packte und aus dem Sofa hochzog:

»Doch vorher musst du einen Geschicklichkeitstest bestehen.«

»Ach nein!«

»Ach doch! . . . Die Koffer!«

Sie führten den Test erfolgreich durch und packten die Koffer in weniger als zehn Minuten, voller Verlangen danach, sich nackt aneinander zu schmiegen, physisch und psychisch untrennbar miteinander verbunden zu sein. Sie liebten sich mit neu entflammter Leidenschaft, die sie nicht stillen konnten, die sie niemals mehr würden stillen können. Doch davon ahnten sie nichts.

Am nächsten Morgen fuhr Elizabeth ihn nach Dorval. Er kam beinahe zu spät, weil sie beschlossen hatte, zur gleichen Zeit wie er zu verreisen. Sie wollte ihn am Flughafen absetzen und dann gleich weiterfahren.

Sie frühstückten, packten ihre Koffer und ihre Tochter ein, ließen den Motor warm laufen und schlängelten sich durch den morgendlichen Verkehr . . . es war 8 Uhr 05, als sie auf dem überfüllten Parkplatz des Flughafens endlich eine Lücke fanden, und der Flug ging um 8 Uhr 30. Sie kamen gerade noch rechtzeitig . . .

Es blieben ihnen nur wenige Minuten, um sich Lebewohl zu sagen. Elizabeth vergewisserte sich noch einmal, dass er sich die Abfahrtszeit des Busses nach Saint-Jovite notiert hatte, wo sie ihn Samstagmorgen abholen wollte. Dann schmiegte sie sich an ihn. Sie fühlte sich den Tränen nahe, als würde er auf eine lange, sehr lange Reise gehen. Von einer seltsamen Vorahnung erfasst, wollte sie ihm schon zurufen: »Bleib hier, Olivier . . .! Bleib bei mir.«

Aber sie hielt ihre Tränen zurück, schalt sich eine Närrin, umarmte ihn und sagte nur:

»Komm bald zurück. Ich liebe dich.«

»Ich liebe dich auch«, antwortete er, löste sich aus ihrer Umarmung und gab ihr einen letzten Kuss, bevor er zur Abflughalle eilte.

Er drehte sich nicht um.

Elizabeth sah ihn davonlaufen, die Augen voller Tränen, die nun endlich fließen durften. Sie fühlte sich einsam und verlassen, und je weiter sich Olivier von ihr entfernte, so schien ihr, desto rascher entfloh ihr Leben und desto näher rückte ihr Tod.

Als sie am Steuer ihres Wagens saß, zögerte sie plötzlich, hin- und hergerissen zwischen zwei widersprüchlichen Impulsen: Ihr Instinkt trieb sie dazu, wieder nach Hause zu fahren, während ihr Verstand sie dazu ermutigte, nach Vendée aufzubrechen.

Wenn ich jetzt nach Hause fahre, sagte sie sich, sehe ich Olivier früher wieder. Ich muss nicht bis Samstag warten . . . aber ich habe so darauf bestanden, dass er mich gehen lässt. Es wäre lächerlich, meine Pläne jetzt zu ändern . . . Was würde das für einen Eindruck machen . . .

Schließlich beschloss sie, ihrem Verstand zu folgen.

Sie befand sich bereits seit einer guten halben Stunde auf der Autobahn, als sich vom Rücksitz her Amélies Stimme vernehmen ließ:

»Mama? . . . Ich habe Hunger.«

»Wie denn das?«, rief Elizabeth entmutigt aus. »Amélie . . . Wir haben gerade gefrühstückt.«

Wenn ihre Tochter beschlossen hatte, launisch zu sein, würde die Reise sicher nicht so erholsam sein, wie sie sich das vorgestellt hatte, dachte sie und wühlte dabei mit einer Hand, ohne hinzusehen, in ihrer Tasche, die auf dem Beifahrersitz lag. Sie holte einen Apfel heraus und reichte ihn Amélie.

»Hier. Nimm das.«

»Ich will einen Toast«, protestierte das kleine Mädchen und ignorierte die ausgestreckte Hand.

»Amélie, ich habe keinen Toaster im Auto«, entgegnete Elizabeth mit ruhiger Stimme, trotz des Ärgers, der in ihr aufstieg ... Sie stopfte den Apfel etwas heftig in die Tasche zurück. »Du wirst warten müssen, bis wir angekommen sind.«

Fünfzig Kilometer weiter ...

»Mama? ... Ich langweile mich. Ich weiß nicht, was ich tun soll.«

»Schlaf, mein Liebling ... Dann vergeht die Zeit schneller.«

»Ich bin nicht müde«, erklärte Amélie in beleidigtem Ton.

Elizabeth antwortete nicht, sondern klammerte sich mit ihren nervös verkrampften Händen nur etwas fester ans Steuer. Das stellenweise auftretende Glatteis erforderte ungeheure Konzentration, und sie spürte die ersten Anzeichen von Müdigkeit.

Nach weiteren fünfzig Kilometern, als sie das Dorf Saint-Rémi-d'Amherst erreichten ...

»Mama ... Ich muss mal.«

Verdammt noch mal!, rief Elizabeth im Stillen.

»Wir sind fast da, Amélie. Kannst du es nicht noch zehn Minuten aushalten?«

Als sie sah, dass ihre Mutter nicht anhielt, rief Amélie mit schriller Stimme:

»Ich habe Bauchweh ... Ich werde ins Auto machen.«

Elizabeth entdeckte auf der rechten Seite ein kleines Lokal. Sie bremste ein wenig zu abrupt. Der Wagen geriet ins Schleudern und kam erst wenige Zentimeter vor einem Pfosten zum Stehen.

Sie sprang aus dem Auto, öffnete mit einer nervösen Bewegung die Fondtür und zog das kleine Mädchen ziemlich unsanft heraus. Es begann sofort zu klagen, was die Wut nur noch schürte, die sie in sich aufsteigen spürte.

Das ruhige, friedliche und erholsame Wochenende, das sie sich vorgestellt hatte, begann eher schlecht.

23

Der Wagen fuhr langsamer, verließ die 323 Süd und bog nach rechts ab auf die Landstraße nach Vendée.

Elizabeth fragte sich besorgt, ob der Weg, der zum Fluss hinunter führte und an dem gekiesten Parkplatz endete, geräumt worden war. Erst als sie sich bereits auf der Autobahn befand, war ihr eingefallen, dass sie vergessen hatte, Madame Garnier anzurufen, um sicherzugehen.

Der Eingang zum Grundstück, der Parkplatz sowie der Pfad, der zum Chalet führte, waren vollständig geräumt, so als würde sie bereits erwartet.

Obgleich sie beruhigt und erleichtert war, brachte Elizabeth kaum ein winziges Lächeln zustande. Seit sie Saint-Rémi verlassen hatten, war ihre Wut keineswegs verraucht, und es hätte etwas mehr als dieser simplen Tatsache bedurft, um sie wieder aufzuheitern ... Sie war zu erschöpft, um sich über irgendetwas freuen zu können. Das Fahren auf den verschneiten und glatten Straßen hatte sie völlig entkräftet. Zu dem Stress der Reise kamen noch die unheilvollen Auswirkungen der Wut, die sie in sich hineingefressen hatte und die sie nun innerlich verzehrte.

Trotz ihrer Erschöpfung fand sie dennoch die Kraft, das Gepäck hineinzutragen und das Mittagessen zu kochen.

Sobald Amélie vor ihrem Teller saß, rümpfte sie vor Ekel die Nase und meinte in kapriziösem Ton:

»Ich mag den Drecksspinat nicht!«

»Du wirst ihn trotzdem essen«, versetzte Elizabeth, ohne aufzusehen, fest entschlossen, den Launen ihres Töchterchens diesmal nicht nachzugeben.

Sie schnitt gerade ihr Fleisch, als sie aus dem Augenwinkel sah, wie Amélie das Gemüse energisch an den Tellerrand schob ... und zwar so nahe an den Rand, dass ein vor Sauce triefender Teil auf die Tischdecke fiel.

Elizabeth fühlte, wie das Blut aus ihrem Gesicht entwich. Sie schloss die Augen, atmete tief durch, ließ ihr Besteck auf den Tisch fallen und klammerte sich mit beiden Händen an ihren Stuhl: Plötzlich verspürte sie ein unbändiges, maßloses Verlangen danach, ihre Tochter windelweich zu prügeln.

Bis zum Äußersten gespannt, am Rande eines Nervenzusammenbruchs, öffnete sie die Augen, richtete einen kalten, harten Blick auf ihre Tochter und erklärte mit tonloser Stimme:

»Sehr gut, Amélie. Wenn du nichts essen willst, dann isst du eben nichts. Es ist mir völlig egal.« Sie langte über den Tisch und zog ihren Teller weg. »Und jetzt«, fügte sie hinzu und hob leicht die Stimme, »geh draußen spielen. Geh mir aus den Augen . . . Sofort!«

Ihre innere Anspannung – von einer fast greifbaren, unerträglichen Intensität – hatte ein solches Ausmaß erreicht, dass sie auf die Wände des Zimmers um sie herum abstrahlte und eine bedrückende Atmosphäre schuf.

Amélie warf ihr einen feindseligen Blick zu und ging rasch ins Wohnzimmer, ohne ein Wort zu sagen. Der Gesichtsausdruck ihrer Mutter verriet ihr, dass jeder Widerstand zwecklos war.

Elizabeth, der der Appetit vergangen war, räumte den Tisch ab und setzte sich dann wieder auf die Fensterbank, um ihren Kaffee zu trinken. Sie ließ ihren Blick über den Fluss gleiten, der stellenweise fast ganz von Schnee bedeckt war, und versuchte sich dabei zu entspannen und von der heiteren Gelassenheit durchdringen zu lassen, die von der Landschaft ausging. Nach einer Weile schloss sie die Augen und stieß einen langen Seufzer aus. Es gelang ihr nicht, sich zu beruhigen und die innere Anspannung loszuwerden, die ihre Hand zittern ließ, sobald sie die Tasse an die Lippen führte.

Die Gedanken, die sie bedrängten, waren düster und unheilvoll. Die Erinnerung an die Menschen, die sie geliebt hatte, verfolgte und quälte sie.

Sie stand auf und beschloss sich abzulenken . . . Sie musste sich bewegen, hinausgehen, frische Luft schnappen . . . Vielleicht würde ihr das helfen, ihre Ängste loszuwerden und zur Ruhe zu kommen.

»Amélie . . .? Komm und zieh deinen Mantel an!«, rief sie dem kleinen Mädchen zu, das immer noch im Wohnzimmer spielte. »Wir machen einen Spaziergang.«

Sie hörte ein lautes Geräusch, eine Art Knallen, dann Amélies protestierende Stimme.

»Ach Mama . . .«

»Los . . . Komm!«, wiederholte Elizabeth ungeduldig.

Amélie schlurfte in die Küche.

»Ich habe keine Lust spazieren zu gehen«, sagte sie störrisch.

»Du ziehst das sofort an . . .« Elizabeth hielt ihr mit schroffer Geste ihren Mantel hin. »Und du wirst mir den Gefallen tun, nicht zu widersprechen«, schalt sie und spürte, wie sie erneut Wut überkam.

Amélie warf ihr einen abschätzigen Blick zu, wobei ihre Augen vor Zorn funkelten. Sie riss ihr den Mantel aus den Händen und warf ihn auf den Boden.

Vor Wut schäumend, hob Elizabeth ihn auf, ohne ein Wort zu sagen, packte das kleine Mädchen dann am Arm und schrie sie an:

»Wirst du jetzt endlich diesen verfluchten Mantel anziehen . . . ja oder nein!«

»Nein!«, antwortete Amélie sofort im gleichen Ton.

Elizabeth reagierte, als hätte man sie mit einem glühenden Eisen gebrannt. Ihre Hand, die von ihrem restlichen Körper losgelöst wirkte, ließ das Kleidungsstück fallen, flog mit vollem Schwung durch die Luft und landete in einer schallenden Ohrfeige auf Amélies Wange.

Die Wucht des Schlags hätte das kleine Mädchen normalerweise zu Boden geworfen. Nur weil Elizabeth sie noch am Arm hielt, stürzte sie nicht.

Amélie gab keinen Laut von sich. Als sich ihre Blicke trafen, sagte sie nur:

»Ich liebe dich nicht mehr.«

Elizabeth, die noch unter Schock stand, hörte sie nicht einmal.

Sie spürte kaum, wie das Kind mit einem Schütteln seinen Arm befreite. Auch das wilde Funkeln der großen grünen Augen, in denen Tränen standen, sah sie nicht . . . Das Funkeln unverhohlenen Hasses.

Amélie schlüpfte in ihren Mantel und ihre Stiefel, unter den versteinerten Blicken ihrer Mutter, die sich ihrerseits mit mechanischen Bewegungen anzog.

Bevor sie das Haus verließen, fragte das kleine Mädchen sie mit leiser, zitternder Stimme, ob sie ihre Puppe mitnehmen dürfe.

»Hol sie, mein Liebling. Ich warte draußen auf dich«, hörte

Elizabeth sich antworten, überrascht vom Klang ihrer eigenen Stimme.

Sie war hinausgegangen und wartete in der Veranda auf das kleine Mädchen. Allmählich tauchte sie aus ihrer Benommenheit auf und dachte sich, dass sie alles nur geträumt hatte. Sie konnte ihre Tochter nicht geschlagen haben. Sie hatte sie nie geschlagen ... auf jeden Fall nicht so. Was war nur in sie gefahren? Gewissensbisse plagten sie, und sie schämte sich entsetzlich.

Sie atmete tief durch und ließ die eisige Luft in ihre Lungen.

Amélie trat zu ihr, ohne ein Wort zu sagen.

Als sie den roten Abdruck ihrer Finger auf der Wange des Kindes sah, brach Elizabeth beinahe in Tränen aus. Sie hätte alles dafür gegeben, diese letzten fünf Minuten auszulöschen ... ihre unüberlegte Geste aus ihrem Gedächtnis zu tilgen.

Sie gingen nebeneinander her, ohne zu sprechen, ohne sich anzulangen, als hätten sie beide Angst vor der geringsten Berührung.

Nach einer Weile entdeckte Elizabeth im Unterholz einen Baumstamm, den der Schnee nicht erreicht hatte.

Sie ließ sich darauf nieder. Als sie sah, dass Amélie stehen blieb, deutete sie auf den Platz neben sich und murmelte:

»Komm setz dich, mein Mäuschen. Ich muss dir etwas sagen.«

Amélie kletterte schweigend auf den Stamm, wobei sie es sorgfältig vermied, ihre Mutter anzusehen.

Elizabeth nahm ihren ganzen Mut zusammen.

»Amélie, ich bitte dich um Verzeihung. Ich wollte dir nicht wehtun. Ich weiß nicht, was über mich gekommen ist ...«

Sie warf einen Blick auf das verschlossene, kleine Gesicht und hatte dabei das Gefühl, gegen eine Wand zu reden. Mit sanfter Stimme fuhr sie fort:

»Amélie ... Hörst du mir überhaupt zu?«

»Ja, Mama«, erwiderte das kleine Mädchen ein wenig schroff.

»Bist du mir sehr böse?«, wollte Elizabeth wissen, der sowohl ihre Situation als auch ihre Frage peinlich war, die sie plötzlich völlig lächerlich fand.

Amélie antwortete nicht. Sie starrte weiter schweigend auf ihre Barbie-Puppe und fingerte nervös an ihr herum.

Wie kann ich sie nur erreichen?, fragte Elizabeth. Wie kann ich diese Mauer der Gleichgültigkeit, der inneren Auflehnung ... und vielleicht des Hasses durchbrechen?

Vor Verzweiflung begann sie zu weinen.

Ihr Taschentuch war ganz durchnässt, und da sie keines mehr hatte, wandte sie sich spontan an Amélie und bat sie um eines.

Überrascht hörte sie, wie das Kind ihr antwortete:

»Ich gebe dir eines, wenn du die Augen schließt.«

Obwohl Elizabeth nicht begriff, worauf sie hinauswollte, war sie dennoch glücklich, endlich eine Art von Dialog begonnen zu haben, und kam ihrer Bitte sogleich nach, die sie dennoch merkwürdig fand. Sie schloss die Augen.

Sie spürte, wie Amélie ihren Arm berührte.

»Gib mir deine Hand und lass die Augen zu«, sagte das kleine Mädchen.

Elizabeth streckte die Hand aus.

Der Gegenstand, den Amélie auf ihre Handfläche legte, war so leicht, dass sie ihn kaum fühlte.

»Darf ich jetzt die Augen aufmachen?«, fragte sie neugierig.

Da sie keine Antwort erhielt, öffnete sie die Augen. Ungläubig blickte sie einen Moment lang auf die riesige, schwarze, behaarte Spinne, die auf ihrer Handfläche thronte. Dann stieß sie einen Schrei des Entsetzens aus und sprang mit einem Satz auf, wobei das Tier zu Boden fiel und auf den Schnee rollte.

Amélie, die diesen Schrei falsch interpretierte, schloss daraus, dass Nellie sie gebissen hatte. Sie beugte sich hinunter, hob rasch ihre Spinne auf, setzte sie auf ihre Knie und beobachtete ihre Mutter auf eine seltsame Art. Ungerührt wartete sie auf die ersten Anzeichen der Wirkung des Bisses.

Elizabeth wartete, bis ihr Herz wieder gleichmäßig schlug. Sie ärgerte sich über ihre ängstliche Reaktion, die sie völlig überzogen fand. Sie war überzeugt, dass das kleine Mädchen ihr nur einen üblen Streich spielen wollte. Keine Minute glaubte sie daran, dass die Spinne echt sein könnte.

Entgegen den Erwartungen ihrer Tochter, wirkte sie nicht so, als ob sie »verrückt würde«, sondern eher wütend.

Sie stellte sich vor das Kind, das sie forschend ansah, und schrie:

»Ich finde das nicht lustig, Amélie!«

Das kleine Mädchen starrte sie unverwandt an, mit zugleich verstörter und ungeduldiger Miene.

Elizabeth zeigte mit dem Finger auf die Spinne.

»Wo hast du dieses ... dieses grässliche Ding gefunden?«, schalt sie.

»Das ist kein grässliches Ding!«, empörte sich Amélie. »Das ist Nellie!«

»Nellie ...? Nellie!«, wiederholte Elizabeth verdutzt.

Dieser Name hallte wie ein Echo in ihren Erinnerungen wider. Sie hatte diesen Namen schon einmal gehört. Und sie hatte ihn aus Amélies Mund gehört ...

»Ich dachte, das wäre der Name einer Puppe«, fügte sie nach einer Weile hinzu und setzte sich wieder neben ihre Tochter, um sich das Ding genauer anzusehen.

Das Kleid der Spinne faszinierte sie ... pechschwarz und glänzend, mit einem roten Herzmal auf dem Rücken. Dabei fiel ihr Amélies Halloween-Kostüm ein, und ein Schauder lief ihr über den Rücken.

Amélie untersuchte das Tier, das flach auf ihren Knien lag. Plötzlich war sie beunruhigt, weil es sich nicht bewegte. Sie berührte eines der Beine leicht mit der Fingerspitze und wartete gespannt auf eine Reaktion. Die Spinne rührte sich nicht. Sie berührte sie erneut. Die Spinne bewegte sich immer noch nicht. Mit einem Mal wurde ihr bewusst, was das bedeuten konnte, aber sie verdrängte den Gedanken mit aller Macht ... Nein! Nellie konnte nicht tot sein. Nellie durfte nicht sterben!

Elizabeth wollte sie gerade noch einmal fragen, woher sie die Spinne hatte, als sie das kleine Mädchen mit verblüffter, fassungsloser Stimme stammeln hörte:

»Warum bewegt sie sich nicht?«

»Was meinst du ... *sie bewegt sich nicht?*«, versetzte Elizabeth überrascht.

Beinahe hätte sie hinzugefügt: »Aber mein Liebling, das ist doch ganz normal ...«

Sie hatte geglaubt und wollte auch weiterhin daran glauben, dass Nellie nicht echt war. Dass sie sich daher gar nicht bewegen konnte ...

Ihr Verstand lehnte es ebenso entschieden ab, auch nur die entfernte Möglichkeit in Erwägung zu ziehen, dass die Spinne lebendig war, wie Amélies Verstand sich weigerte, in Betracht zu ziehen, dass die Spinne tot war.

Sie versuchte ein nervöses Zittern zu unterdrücken, streckte die Hand nach Amélie aus und sagte:

»Gib sie mir. Ich sehe mal nach.«

»Nein«, protestierte das kleine Mädchen und legte schützend die Hände um Nellies Körper, da ihr einfiel, dass der Klempner und Gilberte versucht hatten, ihre Spinne zu töten, nachdem sie gebissen worden waren.

Sie warf einen kurzen Blick auf ihre Mutter und dachte dabei angestrengt nach. Sie bemerkte, dass sie nicht wie die anderen reagierte. Warum? ... Vielleicht hatte Nellie sie gar nicht gebissen. Vielleicht war das der Grund, dass sie nicht so aussah, als würde sie »verrückt werden«. Und wenn Nellie sie nicht gebissen hatte ...

Sie hatte keine Ahnung, dass Nellie bereits seit einigen Stunden tot war, seit dem Augenblick nämlich, als sie sie morgens aus dem Haus getragen hatte und ins Auto gestiegen war. Obwohl sie in ihrem kleinen Haus eingeschlossen war, war die Spinne keineswegs vor der Kälte geschützt, die sie erfasst und getötet hatte.

Bestimmt ist sie krank, sagte sich Amélie, der plötzlich einfiel, dass sich Nellie an dem Tag, an dem sie sie gefunden hatte, auch nicht bewegt hatte ... Auch an jenem Tag schien sie tot zu sein und war es nicht.

Sie zögerte und wusste nicht mehr, was sie tun sollte. Ihr Hass auf Elizabeth und ihr Wunsch, sie »verrückt werden« zu lassen, hatten sich unmerklich verflüchtigt und einer unbeschreiblichen Angst Platz gemacht: Nellie schien so krank ... Sie musste sofort behandelt werden. Wen sonst als ihre Mutter konnte sie um Rat fragen?

Vorher musste sie jedoch sichergehen ...

»Mama ...? Hat Nellie dir wehgetan?«

»Aber nein, mein Liebling«, erwiderte Elizabeth überrascht. »Sie hat mich ... Ich war sehr erschrocken, das ist alles. Warum?«

»Nun ... manchmal beißt sie ... Das tut sicher weh.«

»Sie beißt!«, rief Elizabeth mit einem kleinen, verzerrten Lächeln. Sie weigerte sich immer noch, Nellies Realität anzuerkennen.

Ihre Tochter erzählte ihr wieder einmal eine ihrer unglaubwürdigen Geschichten ...

Was macht das schon aus, dachte sich Elizabeth, die immer noch bestrebt war, mit dem kleinen Mädchen Frieden zu schließen. Tun wir so, als ob wir daran glaubten.

»Hat sie dich denn schon gebissen?«, wollte sie wissen.

»Nein, mich doch nicht!«, rief Amélie aus, empört darüber, wie ihre Mutter nur auf den Gedanken kommen konnte, Nellie könnte ihr jemals wehtun. »Sie beißt nur die anderen!«

Natürlich, dachte Elizabeth, die erneut ein nervöses Zittern erfasste. »Sie beißt nur die anderen!«

»Ach! Hat sie vielleicht Papa gebissen?«

»Nein ... die anderen!«

»Wer ist das ... die anderen?«, fragte Elizabeth, während sie eine böse Vorahnung beschlich, die sie mit aller Macht zu verdrängen versuchte.

Sie wusste nicht, warum sie plötzlich das dringende Bedürfnis verspürte, sich die Ohren zuzuhalten, um die Fortsetzung nicht zu hören.

Amélie fuhr unerschütterlich fort:

»Nun ... der Klempner«, stieß sie hervor, wobei sie auf die Reaktion ihrer Mutter achtete. »Er war sehr böse zu Nellie ... Er wollte sie töten.«

Elizabeth klammerte sich an den Baumstamm, um nicht ins Leere ... in den Wahnsinn zu fallen. In ihrem Kopf hallte ein dünnes Stimmchen wider, das jedes Wort einzeln hinausbrüllte: *Er wird sie töten ... Mama! Schnell! ... Nellie! ...*

Die Spinne war kein Spielzeug. Sie hatte Joe Lacasse gebissen, und er war daran gestorben! Das Blut wich aus ihrem Gesicht. All diese gewaltsamen und unerklärlichen Tode ... Konnte es sein, dass ... Wie in einem Traum hörte sie sich fragen:

»Und Gilberte ...?«

Amélies Schweigen war wie ein Geständnis.

»Warum Amélie? Warum?«, fragte sie mit schriller Stimme und ließ den Kopf auf die Brust fallen, um die Schreie zu dämpfen, die sie in sich aufsteigen spürte.

Ein noch abscheulicherer Gedanke kam ihr in den Sinn. Sie musste es wissen.

»Und Alexandre ...? Hat Nellie ihn auch gebissen?«, fragte sie mit erstickter Stimme.

»Er hat die ganze Zeit geweint ... du musstest dich ständig um ihn kümmern. Ich habe dieses Drecksbaby gehasst«, antwortete Amélie, erleichtert darüber, sich endlich von ihren Geheimnissen befreien zu können, die allzu schwer auf ihr lasteten.

Elizabeth schlug die Hände vor das Gesicht und drückte mit den Fingern so stark gegen ihre Stirn, dass ihre Nägel die Haut durchdrangen. Sie spürte nichts, nur dieses unermessliche seelische Leid, das sie erdrückte, das sie zerriss, das ihr Herz und ihren Verstand zermalmte.

Es ist unmöglich!, schrie sie im Stillen. Das alles existiert überhaupt nicht. Es ist ein Albtraum. Ich werde aufwachen ... Ich muss unbedingt aufwachen!

Wie konnte sie zugeben, dass ihre Tochter, die noch ein Kind war, eine Mörderin war? Dass sie ihren eigenen Bruder getötet hatte?

Elizabeth wollte nicht wirklich aufwachen. Lieber wäre sie zu Stein geworden oder auf der Stelle gestorben. Sie wünschte sich, niemals existiert zu haben. Niemals dieses kleine Mädchen geboren zu haben, das gerade ihr Leben zerstört hatte, genauso wie das von Gilberte und Alexandre.

Sie schloss sich lange Zeit in ihrem Schweigen und ihrem Schmerz ein, und nahm weder die Kälte noch den Wind, noch irgendetwas um sie herum wahr.

Amélie streichelte sanft Nellies Rücken. Als sie endlich begriff, dass die Spinne tot war, brach ihre Welt genauso plötzlich zusammen wie die ihrer Mutter, und sie begann zu schreien, während sie den kleinen Körper an sich drückte.

»Nellie! ... Nellie! ... Nein ... Nelliiiie ...«

Elizabeth erwachte aus ihrer Benommenheit. Als sie sah, wie ihre Tochter das widerwärtige Ding an sich drückte, sprang sie mit einem Satz auf.

Wie vom Wahnsinn erfasst, ihre Bewegungen nicht mehr kontrollierend, versuchte sie ihr die Spinne zu entreißen, als ihr plötzlich ein unfassbarer Gedanke kam. Sie ließ sie los und wich zurück, als hätte ihre Hand eine Flamme berührt.

»Wolltest du etwa, dass sie auch mich tötet?«, brüllte sie und schlug Amélie mit dem Handrücken.

Sie packte sie am Arm und warf sie zu Boden. Dann stürzte sie sich auf sie und schlug weiter mit der flachen Hand auf den kleinen Körper ein, der sich zu einer Kugel zusammengerollt hatte. Amélies Schreie vermischten sich mit den ihren.

Nach einer Weile hielt Elizabeth inne, erschöpft und atemlos. Sie kniete mit zerzausten Haaren im Schnee und blickte verstört auf Amélies verquollenes Gesicht. Ihr Blick fiel auf die Augenlider, die allmählich anschwollen. Amélie lag auf der Seite, mit geschlossenen Augen, den Körper von heftigem Schluchzen geschüttelt.

»Oh Gott, nein«, seufzte sie ganz leise, jenseits der Verzweiflung. »Sag mir, dass ich das nicht getan habe.«

Sie beugte sich zu dem kleinen Mädchen hinunter, nahm es in die Arme und wiegte es hin und her, wobei sie murmelte:

»Das wollte ich nicht, Amélie ... Das wollte ich nicht ...«

»Mama ... Mama«, schluchzte Amélie an ihrem Hals.

Elizabeth drückte sie fester an sich und begann leise zu weinen.

Sie behandelte Amélies Auge und gab ihr ein leichtes Schlafmittel, nachdem sie einen Teller Suppe gegessen hatte.

Dann brachte sie sie zu Bett und streckte sich neben ihr aus.

Sie wollte nicht denken ... nur den lebendigen, warmen Körper ihres Kindes spüren, seinen Geruch einatmen. Sie fühlte sich so müde ...

Endlich schlief sie ein.

Amélies Stöhnen riss sie aus dem Schlaf.

Sie brauchte einige Minuten, bis sie wusste, wo sie war, da sie jede Vorstellung von Ort und Zeit verloren hatte. Sie wusste nicht, wie viel Uhr es war, aber in dem Zimmer war es bereits dunkel.

Sie stand auf und schlich sich auf Zehenspitzen aus dem Zimmer. Auch in der Küche war es dunkel. Sie schaltete die Lampe über dem Tisch an und sah auf ihre Armbanduhr, die eine seltsame Stunde zeigte: 22 Uhr 10. Konnte es sein, dass sie so lange geschlafen hatte? Es war kaum vier Uhr nachmittags gewesen, als sie sich hingelegt hatte.

Da sie Lust auf Kaffee hatte, machte sie sich eine große Tasse und nahm sie mit ins Wohnzimmer.

Sie setzte sich auf das Sofa und trank die heiße Flüssigkeit in kleinen Schlucken. Sie wollte an nichts denken, aber ihr undisziplinierter Verstand erinnerte sie ständig an Bilder, die sie lieber vergessen hätte und die sich in ihrem Kopf drängten. Sie musste Ordnung in all das bringen.

Sie begann nachzudenken.

Merkwürdigerweise kam ihr als erstes Olivier in den Sinn.

Gott, wie sehr er mir doch fehlt, stöhnte sie.

Sie stellte die leere Tasse ab und streckte sich auf dem Sofa aus. Einen Arm vor das Gesicht gelegt, fragte sie sich plötzlich, wie er wohl reagiert hätte, wenn er an ihrer Stelle gewesen wäre. Hätte er sich dazu hinreißen lassen, Amélie so zu schlagen, wie sie es getan hatte?

Elizabeth stellte mit Erstaunen fest, dass sie bei der Erinnerung an diese Szene nicht das Geringste empfand. Sie fühlte nichts, so als wäre alles völlig normal verlaufen.

Ja, sagte sie sich, er hätte sie sicher geschlagen. Zunächst hätte er es natürlich nicht glauben wollen. Aber dann hätte ihn eine solche Wut gepackt, dass er sie geschlagen hätte, wie ich ...

Sie versuchte einen Moment die Vergangenheit zu vergessen und an die Zukunft zu denken. Was sollte sie jetzt tun? Wie sollte sie Olivier beibringen, dass seine Tochter eine Mörderin war ... Dass sie Gilberte getötet hatte, und Joe Lacasse, und ihren Bruder ... und Gott weiß wen noch. Vielleicht auch die kleine Diane?

Amélie wollte auch sie töten ... sie selbst!

Ein Schauder lief ihr über den Rücken.

Das war der einzige Moment, in dem sie sich verwirrt fühlte. Sie fing sich jedoch schnell wieder und zwang sich zu Gefühllosigkeit und Kälte. Sie wollte nur noch analysieren.

Olivier ... Wie sollte sie es ihm sagen, ohne ihn zu zerstören? Er würde wahnsinnig werden, da war sie sich sicher. Er hätte weder den Mut noch die Kraft, mit einer derartigen Situation fertig zu werden ... Er würde daran zerbrechen ... Es wäre sein Tod.

Elizabeth verbrachte den Rest der Nacht damit, den düsteren Gedanken nachzuhängen, die sie bedrückten, und versuchte zu verstehen, warum ihr Schicksal plötzlich diesen tragischen Verlauf genommen hatte.

24

Sie sah den Morgen heraufdämmern.

Dunkle Schatten umrahmten ihre Augen. Ihr Gesicht war blass und verstört, aber auf dem Grund ihrer Augen lag ein seltsames Funkeln, eine Mischung aus Gelassenheit und Entschlossenheit.

Sie stand auf und begann den Tag wie gewohnt, so wie sie bisher jeden Tag begonnen hatte ...

Sie weckte Amélie und erneuerte den Verband über ihrem Auge, bevor sie ihr das Frühstück zubereitete. Dann ließ sie sie ein heißes Bad nehmen, um den Schmerz zu lindern, wickelte sie in eine Decke und legte sie bequem auf das Sofa im Wohnzimmer.

Nachdem sie ihr ein Buch gegeben hatte, um sie zu beschäftigen, sagte sie ihr mit einer Stimme, die ganz natürlich klang:

»Amélie, ich muss noch etwas besorgen. Du bleibst, wo du bist, und wartest brav auf mich, in Ordnung? ... Ich bin bald wieder da.«

Sie zog sich an, ging zum Schuppen und wühlte darin herum, bis sie fand, was sie suchte ... Zwei große Plastikkanister nämlich, die sie in den Kofferraum ihres Wagens packte. Dann setzte sie sich ans Steuer, schaltete die Zündung ein und fuhr in Richtung Dorf.

Eine halbe Stunde später kam sie wieder.

Amélie hatte sich nicht von der Stelle gerührt.

Sie setzte sich neben sie, um ihr, auf ihren Wunsch hin, ein Märchen vorzulesen.

Am Nachmittag machte sie einen Spaziergang und ließ das kleine Mädchen wieder alleine. Sie schritt kräftig aus, mit klaren, strahlenden Augen, die auf den Horizont gerichtet waren. Sie fühlte sich erleichtert, als hätte sie sich einer drückenden Last entledigt.

Die Stunden flossen ruhig und beschaulich dahin.

Sie bereitete wie gewohnt das Abendessen zu. Sie schüttete lediglich eine hohe Dosis Schlaftabletten in Amélies Glas Milch. Das kleine Mädchen schlief auf seinem Stuhl ein. Sie hob sie sanft hoch und trug sie auf das Bett im Schlafzimmer.

Dann ging sie nach draußen zum Kofferraum des Autos, ohne sich die Mühe zu machen, Mantel und Stiefel anzuziehen. Sie holte die Kanister heraus, die sie am Vormittag im Dorf mit Benzin gefüllt hatte.

Dann ging sie ins Haus zurück und goss das Benzin auf den Küchenboden, die Wände und die Möbel. Im Bad und Wohnzimmer verfuhr sie genauso. Vor der Tür des Schlafzimmers hielt sie inne und schien einen kurzen Moment zu zögern, schüttelte dann den Kopf und biss sich auf die Lippen. Mit dem Rest des Benzins besprengte sie die Tür.

Sie ging in die Küche zurück, um die leeren Kanister abzustellen, und dann ins Badezimmer. Sie öffnete den Medikamentenschrank und nahm ein kleines Fläschchen heraus, das ihre Dosis an Schlaftabletten enthielt. Sie ließ sich ein großes Glas Wasser einlaufen, atmete tief durch und begann die Tabletten zu schlucken, wobei sie vier oder fünf auf einmal nahm.

Vom Badezimmer aus ging sie zum Herd, streckte die Hand nach dem Regal aus, das sich genau darüber befand, und ergriff mit fester Hand den Glasbehälter, in dem sich die Streichholzschachteln befanden.

Dann ging sie auf das Wohnzimmer zu. Auf der Schwelle drehte sie sich um, zündete gelassen die Streichholzschachtel an und warf sie mit aller Kraft gegen die rückwärtige Wand.

Das Feuer verbreitete sich in Windeseile, erfasste die ganze Wand, den Speiseschrank und die Anrichte.

Zufrieden wankte sie auf das Schlafzimmer zu ... Die Wirkung der Schlaftabletten war bereits spürbar.

Sie legte sich neben Amélie.

Die Hände des Kindes waren kalt und reglos.

Sehr gut, dachte sie, nahm die Leiche ihrer Tochter in die Arme und drückte sie an sich.

Bevor sie die Augen schloss, hatte sie nur einen einzigen Gedanken: Sie wusste und hatte tief in ihrem Inneren immer gewusst, dass sie im Feuer umkommen würde. Wie ihre Mutter und Großmutter vor ihr.

Der einzige Unterschied, dachte sie mit bitterer Ironie, besteht darin, dass ich in gewisser Weise den Zeitpunkt und die Art meines Todes selbst gewählt habe ...

Während ein leises Lächeln um ihre Mundwinkel spielte, fiel sie in einen tiefen Schlaf.

Epilog

Am Sonntag, dem 15. Februar, erschien in einer Tageszeitung von Montreal im Lokalteil eine kurze Meldung:

TRAGÖDIE IN VENDÉE
Ein makabrer Freitag ...

> Am Freitag, dem 13., dem Tag vor dem Valentinstag, starben eine Frau und ihre kleine Tochter in dem Feuer, das das Chalet zerstörte, in dem sie das Wochenende verbringen wollten. Nach den ersten Erkenntnissen der Untersuchung, die noch am gleichen Abend begann, scheint es sich um Brandstiftung zu handeln ...

Inspektor Santini stieß rein zufällig auf diesen kurzen Artikel. Erst als er die Namen der Opfer las, die in den letzten Zeilen erwähnt wurden, erinnerte er sich plötzlich an das vage Gefühl, das er am Tag der Durchsuchung gehabt hatte, als er das Zimmer des kleinen Mädchens verließ. Plötzlich klickte es in seinem Gedächtnis, und das vage Gefühl wurde zur Gewissheit ... Ja, es fehlte tatsächlich etwas in diesem Zimmer ... Ein seltsames kleines Holzhaus mit einem roten Dach.

Aber warum musste er daran denken, fragte er sich, als er den Artikel las. Das hatte doch mit dem Feuer nichts zu tun ...

Olivier klammerte sich mit aller Gewalt an die Vorstellung, dass seine Frau und seine Tochter durch einen Unfall gestorben waren. Es konnte gar nicht anders sein, und alle, die das Gegenteil behaupteten, waren schwachsinnig.

Er tat das Gleiche, was die Einwohner von Windigo bereits Jahre vor ihm getan hatten: Er verkaufte alles und ging in sein Land zurück, nicht wissend, dass der böse Geist eines Tages in Gestalt einer wunderschönen Spinne in sein Leben getreten war ...